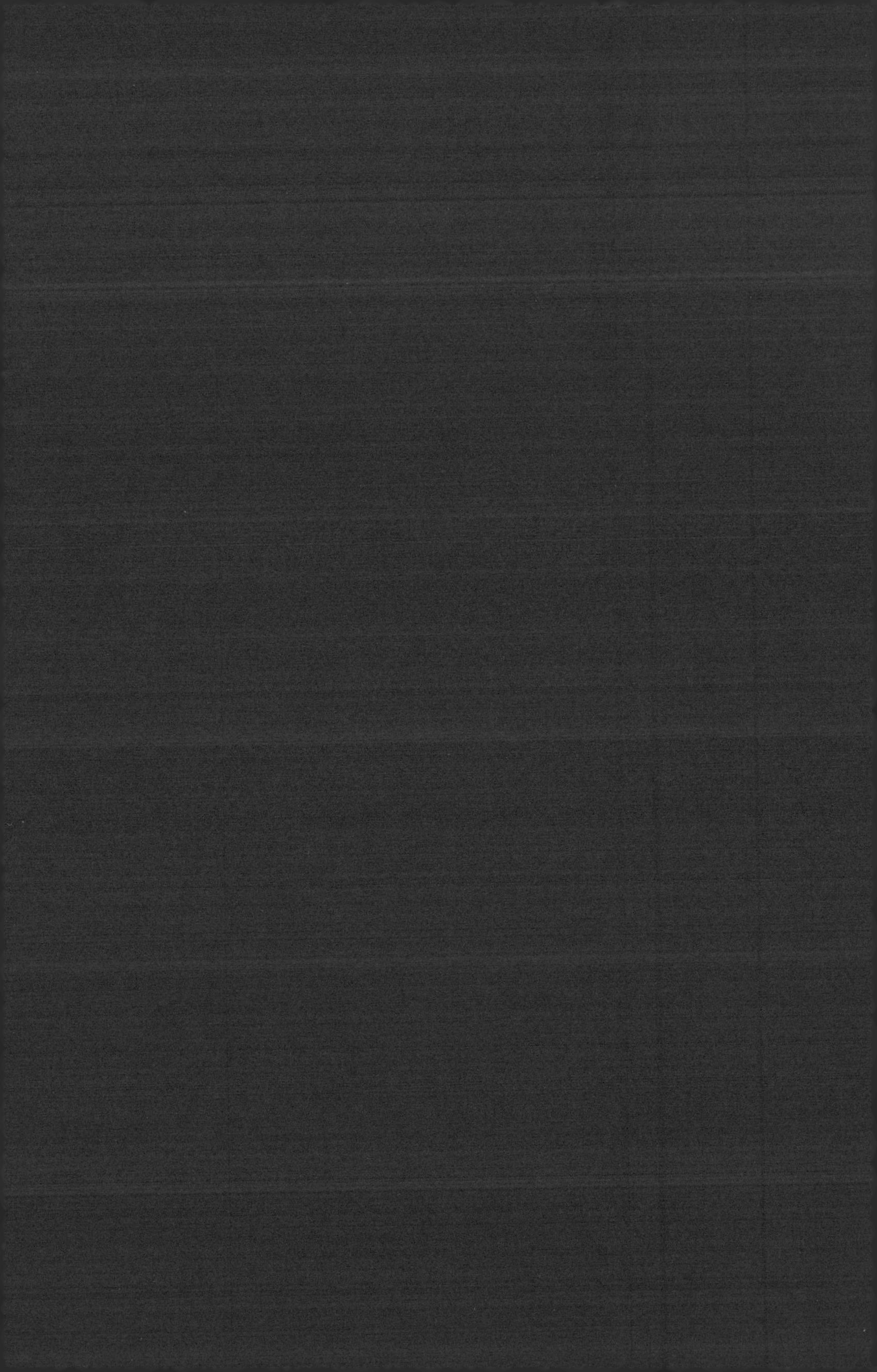

# 그 누이의 사랑

| 박하식 장편소설 |

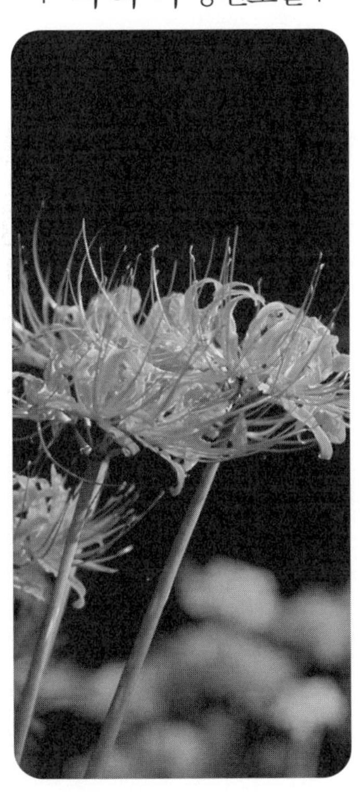

청어

# 그 누이의 사랑

박하식 지음

발행처 · 도서출판 **청어**
발행인 · 이영철
영　업 · 이동호
기　획 · 최윤영 | 김홍순
편　집 · 김영신 | 방세화
디자인 · 오주연
제작부장 · 공병한
인　쇄 · 두리터

등　록 · 1999년 5월 3일(제22-1541호)

1판 1쇄 인쇄 · 2010년 10월 20일
1판 1쇄 발행 · 2010년 10월 30일

주소 · 서울시 서초구 서초동 1588-1 신성빌딩 A동 412호
대표전화 · 586-0477
팩시밀리 · 586-0478

블로그 · http://blog.naver.com/ppi20
E-mail · ppi20@hanmail.net
ISBN · 978-89-94638-14-0　(03810)

그 누이의 사랑

# c o n t e n t s

예수와 석가모니는 인류를 위해 '사랑'으로 '신'을 만들었다. 박애, 자비다. 유교의 인(仁)과 힌두교의 카마도 같다. 인류는 천 년을 두고 그것을 두드리고, 읊고, 노래했다. 소설가들은 소설을 썼다. 여기서 내가 말하는 사랑은 육정(肉情)적이고 감각적인, 동정·긍휼·인류에게 베푸는 구원보다 행복의 실현을 지향하는, 남녀가 서로 애틋하게 그리는 정념이 불타는 에로스 사랑을 말한다.

사랑이란 무엇인가.

죽어도 못 잊는 것이 사랑이다. 사랑에 눈물 흘려보지 않은 사람은 없겠지만, 나는 그 누이의 그리움에 몸부림을 치며 울었다. 사랑 때문에 죽어간 목숨들이 얼마나 많을까. 죽어도 눈을 못 감는 사랑은 헤어진다고 잊히는 것도 아니고, 죽는다고 끝나는 것도 아니다. 죽어서도 없어지지 않는, 하늘의 뜻을 땅에 꽃피게 하는 게 사랑 아닐까.

그 누이는 신이다! 누이가 나타나면 온 천지에 향기가 가득했다. 힘겨운 인생을 살면서도 인간의 품위를 지키며 견딜 수 있었던 것은, 내 마음속에 그 누이에 대한 사랑의 불씨가 살아 있기 때문이었다. 그 누이는 사람이 아니라 하늘의 천사가 인간 세상에 내려와 잠시 머물렀다 간다는 사랑의 화신(化身)이었다.

벼르고 벼르던 『그 누이의 사랑』을 쓰는 나는 늙은 나이다. 실수로 컴퓨터의 완성된 원고 파일을 잃고 내 운명을 붙잡고 얼마나 울었던가. 다시 쓰는 데 꼬박 삼 년이 걸렸다. 그래도 잃어버린 원고가 더 아깝다.

내가 죽지 않고 한을 풀 수 있게 된 것은 그 누이의 혼이 하늘에 닿음이었다. 나는 얼마쯤 더 살아 욕망의 덩어리를 풀어낼 수 있을 것인가. 흘러간 지난 세월을 쓰다가 보니 피로 얼룩진 6·25가 나오고, 탐욕스런 벼슬아치와 한 방울의 피까지 신을 위하여 바치는 종교를 들먹이지 않을 수 없었고, 죽음은 가볍다. 생과 사, 전쟁, 종교와 사랑은 너무 어려워 진리를 못 쓰고 얼버무렸다.

가난은 문학 때문이었다. 이 시대에 비 새는 집에 산다면 얼마나 못난 인간일까. 한때 문방구점과 신문기자 질을 하면서도 나는 외톨이였다. 갈 길이 먼 마음은 언제나 피안의 언덕인 그놈의 소설을 영원히 더듬어야 하는 천형병을 앓았다. 부와 권력, 그것만이 전부인 이 세상에서 돈과 명예를 헌신짝처럼 버리며 살았다. 가난해야 참 인간으로 살 수 있다는 생각을 했다. 가족의 원망은 감당할 길 없었다. 참으로 고통스러운 나날을 보내며 내가 나를 미워했다. 마음속에 언제나 행복은 없었다. 핏발 선 눈으로 인생을 앓고, 시간을 허비하고, 죽음을 꿈꾸며 방황하는 나에게 소설은 무엇인가. 절망이며 벽이었다. 그래서 나는 순수의 때만큼의 양심도 없는 똑똑한 인간으로 살지 못했다.

인간을 학대하고, 허깨비로 만드는 광풍의 세상을 살면서 '이

건 아닌데' 싶은 생각들을 담으려고 애썼다. 잘 쓰려고 다듬고 그러다 보니 묘사보다는 지루한 서술에 빠지고, 베틀을 다듬다가 문래가 된 꼴로 본모습을 잃어버렸다. 이 비문자의 시대에 매달리는 사람들의 대결 끝에서 소설문학의 위기에 인류의 장래를 책임져야 할 '문학이어야' 하는 글을 쓰지 못하고, 아름다운 꽃을 피우고 열매를 맺는 씨앗을 뿌리지 못했다. 부끄럽다. 나는 언제쯤 하늘에 부끄럽지 않은 글을 쓸 수 있을까.

여섯 번째 소설 『단군의 눈물』을 낸 지 6년이 흘렀다. 발표 지면도 못 얻고, 돈도 없고, 출판을 단념할 수밖에 없는 운명으로 살아가는 나에게 한국문화예술위원회 창작지원금이 날개를 달아주었다. 그 돈은 서울 문인들만 탈 수 있는 것으로 알고 있었는데, 시골의 무명작가가 탈거라고는 꿈에도 생각 못했다. 신의 축복이었다. 누군가를 미워해야 직성이 풀리는, 유독 나에게는 야박한 아내가 그날은 조기 한 마리를 구워 개다리소반에 올려주는 것을 보고, '그것이 얼마나 위대한 것인가'를 알 수 있었다. 작품을 인정해주신 생면부지의 평론가 김윤식 서울대 교수 등 열다섯 분 심사위원님의 건강을 빈다.

소설이란 자기의 삶이 허구적으로 재구성되는 부분이 있기 때문에, 또 같은 주제도 쓰는 사람에 따라 다르게 나타나는 글이기에 위대한 것이지만, 인간이 쓰는 어떤 소설도 자전적인 의미에서 자유로울 수는 없었다. 그러나 이 소설은 픽션임을 밝혀둔다.

소설 쓰기 스물세 해째, 살아 있는 것들은 언젠가는 스스로 아름다운 운명을 완수할 수 있다는 것을 배웠다. 한 사람의 독자가 없어도 좋고, 혼자 문학을 통한 마음의 치유를 간직할 책을 쓰면 된다는 마음은, 책을 읽는 사람들의 돈과 시간 낭비가 안 되는 책이었으면 좋겠다는 생각이 든다. 나랏돈을 한 푼이라도 헛되이 쓰지 않기 위해서가 아니라, 조국의 문화가 바로 빛나기 위해서이다.

좋은 책이 되기를 얼마나 빌었던가. 그동안 나를 위해준 사람과 출판을 허락해주신 청어 출판사 이영철 님께 깊은 감은 드린다. 그리고 열망한다. 이 소설 속 '그 누이'의 혼이 하늘에서 사랑의 꽃을 피우기를.

늦가을,
영주 산골 우거 누옥(漏屋)에서

박하식

# 누이는 천사다

나는 그 누이의 그리움에서 살았다. "동상임!" 하고 한 번 불러
준 그 한마디는 천 년의 세월보다 길고 아름다웠다. 나는 이날까
지 그렇게 사람의 마음을 감동시키는, 영혼을 아프게 울리는 여
인의 목소리를 들어본 적이 없다. 어떻게 그렇게 깊은 울림으로
온몸을 떨리게 하는지, 형언할 수 없는 감동에 휩싸이게 했다.

약간 떨리는 듯 사람의 애간장이 다 타 들어가게 하는 목소리
에는 아름다운 마음이 들어 있었다. 하늘과 땅, 신과 인간을 연
결하는 간절한 하늘의 소리였다. 그 누이의 목소리는 하늘과 땅,
천당과 지옥까지 전해지는 목소리였다. 하늘의 소리를 닮아 있
었다. 그 누이의 목소리에서는 향기가 났다. 그윽한 영혼의 향
기. 엄마 젖꼭지에서 흘러나오는 듯한 젖 냄새 같은 향기가 났

다. 가는 곳마다, 발자국마다 연꽃이 피어났다. 마음이 따뜻했다. 영혼에서는 꽃향기가 났다.

그 누이는 꽃이었다. 하늘의 꽃이었다. 천사의 꽃이었다. 날개 없는 천사였다. 천사의 얼굴이었다. 마음도 예쁘고, 얼굴도 예쁜 누이는 한 송이 눈처럼 깨끗했다. 어디에도 물들지 않은 맑고 깨끗한 꽃이었다. 얼굴은 눈부시게 아름다웠다. 언제나 앵두 알 같은 빨간 입술이 예뻤다.

그 누이는 동정녀였다. 순정만화의 주인공이었다. 성채였다. 신목(神木)이었다. 손은 천사의 손길이었다. 천사의 발이었다. 천인(天人)인 천사는 땅에 와 살 수 없지 않은가. 그 누이는 하늘의 선녀가 인간 세상에 내려와 땅에 잠시 머물렀다 간다는, 어깨에 날개가 달린 하늘의 천사였다. 하늘의 천신이 아니면 그렇게 아름답고, 그리울 수가 없었다.

아득한 옛날, 끝없는 우주 공간 하늘나라에 살았다는 천사는 저 모습이리라. 그 누이는 이 땅에 잠시 온 여신이었다. 달의 여신, 천사들이 산다는 달나라에서 온 여신이었다. 그다지도 고운 마음은 어디서부터 오는 것일까. 낚싯바늘로 고기를 끌어올리듯, 작은 가슴으로 온 우주를 다 끌어안는 누이였다. 깨끗하고 맑은 인간의 본성을 그대로 보여주는 누이였다. 사람을 미워할 줄 몰랐다. 착한 심성은 유리알처럼 맑았다. 가슴이 호수처럼 맑고 밝았다.

눈을 자주 깜빡거렸다. 누이의 긴 속눈썹 속에는 천사가 살고 있었다. 그의 말 한마디는 사람들의 심금을 울렸고, 만날 때마다 정을 주었다. 그 마음속에는 부처가 들어 있었다. 누이에게는 세상을 다 웃게 하는 힘이 있었다. 모든 사람에게 날개를 달아주고 싶어 하는 누이의 마음에는 신선한 태양이 들어 있었다. 그 누이가 어떤 모습을 하고, 어떤 표정을 짓고, 어떤 말을 하더라도 그 말에는 하늘이 같이하고 땅이 함께 웃었다.

마음 닿는 곳마다 꽃이 피었다. 그의 몸에서 흘러나오는 땀과 분비물은 정화수였고, 마음은 맑은 공기였다. 말은 꽃이었다. 걷는 걸음걸이에서는 발자국마다 꽃이 피어났다. 얼굴에 어두움이라고는 없었다. 맑음뿐이었다. 맑은 향기가 난다. 때 묻지 않은 하얀 천년의 속살을 지닌 누이의 온몸에서는 가을 사과밭에서 나는 농익은 사과 향기 같은 달콤한 향내가 났다. 누이가 나타나면 천지에 향기가 진동했다. 골 안에 향내가 가득했다. 누이가 풍기는 달콤한 향기는 그렇게 좋을 수가 없었다.

그 누이는 사랑의 여신이었다. 성녀였다. 황금빛 무궁화였다. 호박꽃이었다. 아침저녁으로 울타리에서 피는 노란 호박꽃이 그렇게 예쁘다는 것을, 그 누이를 보고 알았다. 연꽃 신이었다. 활신(活神)이었다. 예술의 신이었다. 성모마리아였다. 등신불이었다. 천진신(天眞神)이었다. 평화의 여신이었다. 하늘이 천사를 인간 세상에 내려 보낸 살아 있는 신의 선물이었다. 그 누이의 육신은 하늘의 선녀가 인간 세상에 잠시 꽃으로 현신해 내려온, 단군 시대부터 하늘의 복본(複本)을 꿈꾸는 인간 세상의 혼불이었다.

이 세상에서 신이 창조한 피조물 중에 가장 위대한 창작이 있다면, 그것은 하나의 인간인 그 누이의 창조였다. 하느님이 지구를 만들고, 억만 인간을 만들고, 그 누이 하나를 못 만들었다면 우주를 다 완벽하게 만들었다 할지라도 그것은 아무 의미 없는 미완성의 신의 작품이었으리라. 그 누이는 우주를 있게 한 창조 신이었다. 누이는 지구를 있게 한 여신이었다. 꽃이 세상에서 가장 아름답고 예쁘다고 감탄하지만, 꽃 속의 꽃인 그 누이의 아름다움에 비하면 아무것도 아니었다.

18세기 말 독일의 실존주의 철학자 니체는 "그리스도교가 삶을 파괴하는 타락의 원인"이라고 지적하며 "그러므로 신은 새로운 가치를 창조해야 한다. 신은 죽었다"고 설파했다. 또 "여성의 위대한 재능은 거짓말이고, 최대의 관심사는 외모에 있다"고 여성 비하 발언을 하면서 "선물을 좋아하고, 거짓말하기와 외모 꾸미기가 여성의 본질"이라고 했다. 그러나 니체가 그 누이를 보았다면 그런 궤변은 늘어놓지 못했을 것이다. 고독한 방랑생활로 생을 마감한 세계의 대철학자 니체는 여성에 대해서는 너무 무지했다. 눈먼 말을 한 것이다.

이 세상의 여성이 다 누이 같은 여자라면 여자의 본질은 성모마리아보다 위대하며, 이브가 아담을 유혹하여 인류를 에덴동산에서 쫓겨나게 만들었다는 성경은 큰 오류를 범한 기록으로 남을 것이다. 거룩한 하느님의 말씀과 대철학자의 외침에 왜곡이 있다면, 그 잘못으로 인해 그 말을 믿은 오늘날 지구의 인간들은 잘못되었고, 인류는 타락한 죄인으로 변하여 살아가고 있는 것이다. 그 말이 우주의 진리를 얼마나 그르치게 했고, 자연의 섭리를 어긋나게 했으며, 인류를 죄악의 구렁텅이로 빠뜨려 불행하게 만들었다는 것을, 무언으로 증명해주기 위해 지구에 온 듯한 누이였다.

이브는 지구상에 분명 생명을 존재케 한 여신이었다. 이브를 닮은 그 누이는 인간 세상에 사랑과 생명을 수호하고 보존하기 위해 온 수호천사였다. 눈에 보이는 누이를 통해, 눈에 보이지 않는 인간이 신의 세계에로의 접근을 시도하는, 하늘의 빛을 닮은 지구의 여신이었다.

누이는 야누스처럼 밤에는 악마고 낮에는 천사인 두 얼굴을 지닌 여성의 모습이 아니었다. 천사의 얼굴을 지닌 여신이었다. 여신의 얼굴이었다. 가만히 있을 때 옆모습이 너무 아름다운 누이는 신을 닮아 있었다. 나는 그 누이의 발에서 꼭 깨물고 싶도록 통통한 천사의 발가락을 보았다. 나는 그 누이의 몸에서 신의 그림자를 보았다. 그 누이는 마음이 따뜻했다. 가면 같은 것은 없었다. 참뿐이었다. 마음속에는 언제나 천사가 들어 있었다. 그 누이는 가슴으로 살았다. 영혼으로 살았다. 악마가 없었다. 그 누이는 아버지 눈을 뜨게 한 효녀 심청이었다. 심청이가 인당수에서 타고 나온 연꽃이었다. 절개를 지킨 성춘향이었다. 사랑의 시를 노래한 황진이였다. 조국을 지킨 의기 논개였다. 계월향이었다. 어머니 신사임당이었다. 이 땅의 혼불 류관순 누이였다. 영원히 사는 선녀였다. 천사의 사제였다.

그 누이는 하늘에도 다시없고 땅에도 다시없는 천사였다. 아무리 봐도 뱃속에 천사가 들어 있는 누이는 하늘이 보낸 여신이 아니고서는 그럴 수가 없었다. 악마와 천사가 공존하는 인간 세상에 자기 몸의 절반을 뚝 잘라 남에게 내어주는 누이였다. 얼굴은 항상 깨끗하고, 부드러운 기운이 감도는 누이의 마음속에는 온통 천사뿐이었다. 용서뿐이었다. 천사가 아니고서는 그런 착한 하늘의 마음을 가질 수가 없었다.

그 누이는 사람이 아니고 천사였다. 날개 없는 천사였다. 지금은 날개가 없지만, 여왕개미의 어깻죽지에 날개가 살아나듯 언젠가는 날개가 돋아나고, 날개가 돋으면 자유의 날개를 퍼덕이며 무한한 창공의 하늘을 훨훨 날 것이다. 천사의 날갯짓으로 우리 곁에 온 그 누이는 일생 동안 나에게 있어서는 '신 없는 종교'였고, '하늘의 천사'였다. 언제나 날개옷만 걸치면 하늘로 날아오를 것만 같았다. 그 누이는 하늘의 뜻을 인간 세상에 하나의 육신이 되어 전하러 온 이 땅에 잠시 현신한 몸 꽃이었다.

내 고향 뒷동산에 아카시아나무 꽃이 흐드러지게 피는 계절이었다. 달콤한 아카시아 꽃을 억수로 따먹고 자란 때문인지 그 누이의 몸에서는 언제나 아카시아 꽃향내가 났다. 누이가 옆에 오면 아기살 냄새 같은 향내가 진동했다. 이른 봄, 어느 날 밤, 달빛 아래서 맡는 모진 매화의 암향이었다. 누이가 가지고 있는, 누이에게서 나는 숨은 향기는 하늘이 인류에게 맡겨놓은 마지막 보물인 유일한 침향(沈香)이었다. 법향(法香)이었다. 향수를 뿌리지 않았는데도 온몸에는 아카시아 꽃 같은 이향(異香)이 가득했다. 늦가을 사과밭에서 바람결에 풍겨오는 달콤한 사과 향이었다. 높은 산 솔밭에서 불어오는 바람, 온 산천에 솔향기가 가득한 송이 향의 여운이었다. 누이의 향기는 향기가 만 리를 간다는 만리향이었다. 천향(天香)이었다.

누이의 향기가 온 누리에 가득했다. 온 천지에 누이가 가득했다. 산골 마을에 가득했다. 그런데 정말 그 누이의 아름다움은 자기가 아름다우면서도 아름다움을 모르는 데 있었다. 하얀, 때묻은 무명적삼 섶을 자꾸 여미어도 옷섶이 터질 것 같이 부풀어

오르는 처녀의 젖가슴이 나를 숨 막히게 했다.

누이는 내 영혼의 노래를 불러주었다. '고향의 봄' 노래를 잘 불렀다. 음의 높낮이는 배우지 않았는데도 정확했고, 밤에 아카시아나무 꽃 숲 속에서 부르는 산골 처녀의 애절한 노랫가락은 정말 고요히 잠든 세상을 일깨우는 요정의 목소리였다. 밤바람에 흩날리는 아카시아 꽃향기와 같이 흘러가는 맑은 노랫소리는 가슴 깊이 흘렀다. 산을 넘고 강을 건너 숲 속을 지나, 저 하늘 멀리멀리 퍼져 날아갔다. 고요한 밤하늘에 울리는 은은하고 애절한 음절의 떨림은 가락의 고비를 넘길 때마다 절정에서 오는 가슴을 메어지게 하는 애절한 가락의 노랫소리를, 나는 오늘까지, 이 하늘 밑에서 어느 가수에게서도 그렇게 아름다운 음색(후일 들은 가수 김지애의 떨리는 애절한 음영이 비슷했음)의 소리를 듣지 못했다. 깊은 밤 그 누이가 눈을 깜박거리며 노래를 부르면 하늘에서는 달이 웃고, 아카시아나무 꽃 주저리가 주렁주렁 알몸으로 춤을 추었다.

너럭바위가 있는 아카시아 꽃나무 밑에서 우리는 언제나 둘이 만났다. 그리고 하나가 되었다. 엄마 없이 자란 우리는 둥지에서 엄마 잃은 작은 한 쌍의 아기 새처럼, 두 마리의 여린 새는 어미 잃은 새끼끼리의 원초적 그리움에서 만났다. 서로의 고통을 분담하기 위해 만나는 승화된 만남이었다. 슬픔을 공유하기 위해 서로가 서로의 여린 깃으로 외로움을 달래주는 상대역으로 만난 우리는 상처받은 어린 새처럼 서로의 육체와 영혼을 보듬고 쓰다듬었다.

누이는 정을 몹시 그리워했다. 보면서도 더 보고 싶다고 했다.

매일 밤 만나면서도 다시 만날 시간이 기다려진다고 했다. 아침이 되면 '하루가 언제 가나' 하고 만날 시간이 십 년 같이 지루하게 기다려진다는 것이었다. 밤이 오면 우리는 칠월칠석날 일 년에 한 번 은하수를 건너서 상봉한다는 견우직녀 같은 그리움에서 만나 얘기꽃을 피웠다. 날이 가면서 우리의 만남은 은하계 저쪽 오작교에서 만나는 견우직녀의 애틋한 사랑처럼 점점 더 깊어갔다. 밀회가 깊어갈수록 열여덟 살의 내 안에 그 누이가 있었고, 열아홉 살의 꽃송이 누이 안에 내가 살았다.

큰 아카시아나무 밑에는 둘이 누워도 될 만한 넓은 너럭바위가 밤이면 언제나 우리를 기다리고 있었다. 너럭바위 아래에는 멀리, 천년을 쉬지 않고 돌아가는 물레방아가 있었고, 그 뒤로는 하늘의 비익조가 땅에 떨어져 소나무로 태어나 세세생생 부부가 되기 위해 몸을 비비 꼰다는 늙은 연리지 소나무 한 그루가 서 있었다. 그 연리지 나무 밑에는 서낭당이 있었고, 서낭당이 있는 고개에서는 멀리 보이는 목화밭 사이로 서울로 떠나가는 꿈을 가득 실은 기차가 보였는데, 차창에 흘리는 불빛이 밤이면 찬란했다. 그 불빛이 보이는 너럭바위에서 나를 하루만 안 봐도 보고 싶어 견딜 수 없다는 누이는, 밤마다 연리지가 지키고 서서 내려다보고 있는 밑에서 나를 기다렸다. 누이는 내가 늦으면 바위에 누워 밤하늘의 별들을 헤며 누워 잠들기도 했고, 누이가 늦으면 내가 기다리다 만나기도 했다.

누이는 뭔가 남 주기를 그렇게 좋아했다. 먹을 것을 주지 못해 안달이었다. 우리는 누이가 치마 속에 감춰 가지고 온 삶은 감자와 고구마, 옥수수 같은 밤참을 먹으며 얘기꽃을 피웠다.

그날 밤은 부엉이가 많이 우는 밤이었다. 누이가 무언가를 불쑥 내밀었다. 그것은 어머니 제사를 지내고 감춰두었다가 가지고 온 오징어였다. 아카시아나무 밑 둥지에 하늘소가 엉금엉금 기어 다니다가 짝짓기 하는 것을 보면서 우리는 오징어를 뜯어먹었다. 귓볼이 빨갛게 달아오른 누이는 오징어를 쫄쫄 째 내 입에만 넣어주었다. 나는 내가 씹던 오징어를 누이의 입안에 넣어주었다. 누이는 내 침이 묻은 오징어가 맛이 더 좋다고 즐거워했다.

누이는 만나면 내 손을 꼭 잡고, 헤어질 때까지 땀이 밴 손을 놓지 않고 쥐고 있었다. 그럴 때면 나는 누이를 내게 보내주신 신에게 감사드리며, 내가 이렇게 행복해도 되는 것인가, 나는 너무 행복하다고, 하늘에 이 은혜를 어떻게 갚아야 하나, 죽을 때까지 갚아도 못다 갚을 빚이라는 생각을 했다. 이런 시간이 오래 가기를 기도드렸다. 우리는 그런 밤을 밤마다 보냈다. 손만 꼭 쥐고 있었는데도 왜 그리 좋았을까. 온 생명이 다 타들어가는 듯한 두 생명의 환희의 떨림은 한없는 그리움으로 가득했다.

연리지 소나무를 바라보고 있던 내가 물었다.

"저 연리지 소나무는 왜……."

내가 말을 하려 하자 누이가 손가락으로 내 입을 막았다. 아무 말도 하지 말라는 뜻이다. 말을 안 해도 누이는 내가 할 말을 다 안다는 것이다. 그리고 누이가 손가락질을 하며 물었다.

"저 연리지 소나무는 왜 두 나무가 한 그루의 나무가 되려고 저렇게 몸을 비비 꼬는 것일까, 그걸 물으려 했지?"

"몰라!"

"사람도 부부가 되면 두 몸이 하나가 되기 위해 저렇게 몸부림을 칠까?"

"……."

내가 아무 대답이 없자, 나를 가만히 바라보고 있던 누이는, 자신에게도 자신을 사랑하기 위해 몸을 꼬며 기다리는 사람이 있다면 빨리 혼인을 해 저 연리지 소나무처럼 비비 꼬며 살고 싶다고 말했다.


그날 밤은 내가 늦었다. 너럭바위에 늦게 온 내가 주위를 아무리 둘러봐도 어디에도 누이는 없었다. 흔들리는 나무 그림자가 괴상한 모습을 만들어가며 움찔움찔했다. 누이는 아직 오지 않았다는 생각을 하며 뭔가 나타날 듯 괴기스러운 무서움 속에서 바위에 앉아 기다리고 있는데, 바위 뒤에서 어흥! 하고 누이가 뛰쳐나온 것이다. 숲 속에 숨어 있던 누이가 호랑이로 변신해 불쑥 뛰어나왔다.

"어매야!"

"놀랐지?"

누이가 숨찬 호흡을 몰아쉬며 돌연 바위 위에 벌떡 드러누웠다. 민첩하고 빠른 행동이었다. 치마가 들춰지며 백옥 같은 허벅지가 드러났다. 흰 허벅지가 달빛 아래 눈부시게 빛났다. 맑은 영혼끼리의 교감, 달아오르는 뺨들이 맞닿아 타는 듯한 열기에, 우리는 서로의 몸을 정신으로 불태웠다. 그 누이와 나만이 아는 실로 뜨거운 밤이었다.

그때 우리는 매일 밤, 늦게 온 사람이 먼저 온 사람의 소원 하나씩 들어주기를 했다. 그날 호랑이로 변신한 누이가 늦게 온 사람이 됐다. 누이가 물었다.

"오늘 밤 동상임 소원이 뭔데?"

"으음…… 없어!"

"정말로 없어?"

그 누이는 내 옆구리를 간질이며 짓궂게 다그쳤다.

"아, 저, 그……."

그날 나는 마음속에 숨기고 있던 하고 싶은 말은 하지 못하고 끙끙 앓으며 더듬거리다가, '오늘의 소원 들어주기' 하나는 저금하기로 한다며 누이를 사랑한다는 말은 끝내 하지 못하고, 누이의 반짝이는 눈을 보며 "누이는 눈이 참 예뻐요" 하고 엉뚱한 말을 했다. 누이도 "오늘 밤하늘의 달은 왜 저리 밝을까?" 하고 엉뚱한 대답을 했다. 그리고 우리는 서로 손을 꼭 잡고 깔깔 웃었다.

만나고 또 만나면서 우리는 무슨 할 말이 그리도 많은지 긴 밤을 꼬박 새우기도 하며, 깊어가는 여름밤과 함께 이야기는 가슴에 만리장성을 쌓아갔다.

그날 밤은 높은 산, 넓은 들, 온 세상이 은은한 금빛으로 밝아지고, 말구유에서 아기 예수가, 룸바니 동산에서 아기 부처가 탄생하는 듯한 지극히 고요한 밤이었다. 숲 속에서는 온갖 생명들이 춤을 추고, 풀벌레들이 애절한 울음소리를 그치지 않고 울고 있었다. 찬이슬에 온몸을 적시는 아카시아나무 꽃주렁이들이 깔깔대며 웃는 소리가 들려오는 듯한 밤이었다. 꽃들이 노래를 불렀다. 내 손을 꼭 잡고 있던 누이가 창공에 빛나는 하늘의 별을 바라보며 엉뚱한 말을 했다.

"별들의 눈에는 사랑이 보일까. 사람의 마음이 보일까. 그리고 인간들의 죄가 보일까. 동상임! 만약에 말이야, 이 세상에 사는 사람들이 다 고기를 안 먹고 곡식과 나물만 먹고 산다면, 인간들이 나무의 천성을 따른다면, 인간의 착한 본성을 다하여 산다면 우리가 사는 지구는 어떻게 변할까. 죄가 없는 세상이 될 거야. 땅에는 수목 속에서 온갖 동물들이 뛰놀며 번식하고, 바다와 강에는 물고기 떼들이 헤엄치며 낙원을 이루며 맘껏 살 거야. 우리 어린 시절, 할아버지가 치는 봇도랑에 우글거리던 그 많은 물고기들은 지금은 다 어디로 가고 없을까. 만약 인간들이 나무를 베는 도구를 안 만들었다면 지구에는 나무가 가득할 거야. 그렇게 돌과 나무만 존재했던 그 옛날, 맑은 개울물에 고기가 뛰노는 착한 지구로 돌아갈 수는 없을까. 비가 오나 바람이 부나, 자연에 순응하며 살아가는 나무나 짐승들처럼 인간은 그렇게 살 수는 없을까. 나는 죄 없는 세상에서 한 그루의 나무가 되어 꽃을 피우며 살고 싶다"고 말했다. 꽃바람 속에서 아카시아 꽃송이가 몸부림치는 것을 하염없이 보고 있던 누이는, "나는 죽어 다시 태어난다면 꽃으로 태어나고 싶다"고도 말했다.

그날 밤은 풀벌레들의 울음소리가 절정을 이루고, 꽃 속에 숨어 있던 벌들이 아카시아 꽃 꿀단지에 주둥이를 틀어박고 꿀에 취해 고요히 잠드는 밤이었다. 밤하늘에서 한줄기 별똥별이 흐르는 것을 지켜보고 있던 누이는 "밤하늘에 반짝이는 별이 각각 한 사람씩의 영혼을 갖고 있다"며, 어린 시절 할머니에게서 들은 전설을 되풀이하며 "우리 오누이가 저 하늘의 별에 가서 영원히 나는 꽃이 되고, 너는 나비가 되어 살았으면 좋겠다"고 창백한 얼굴로 말했다.

그리고 우리 둘은 같은 시간에 눈 뜨고, 같은 시간에 밥 먹고, 같은 시간에 눈감고 싶다고도 했다. 세상에는 하늘이 정해주는 부부가 있다며, 우리는 그런 부부로 한마음 한뜻이 되어 살았으면 좋겠다고 말했다. 저 별 속에 가 오두막집을 짓고 평생 순결한 몸과 마음을 지니고, 한 남자의 아내로, 한 여자의 남편으로 서로 사랑하며, 초가지붕에 박 넝쿨을 얹고, 텃밭에 오이·호박·쑥갓·상추를 심고, 들꽃으로 울타리를 친 마당 하늘 아래 우리 아이들이 하늘의 별을 머리에 이고 맘껏 뛰놀고, 한마음 한뜻의 부부가 되어 아기를 낳고 살다, 그래도 잊지 못하면 다시 지상으로 내려와 꽃으로 태어나 서로 마주보는 찔레꽃으로 하얗게 피었으면 좋겠다고 했다. 나는 동상임을 죽도록 사랑하며 살고 싶다고도 했다. 저 별에 못 가는 오누이라면 사람들이 아예 찾아오지 못하는, 아무도 없는 먼 곳 어디로 도망가 둘이만 살고 싶다고 말하기도 했다. 그날 누이의 얼굴은 하염없이 슬픈 표정이었다. 평소에 말이 별로 없던 누이는 그날 밤 말이 많았다. 누이는 막연하게 우리의 슬픈 이별을 예감하고 있었던 모양이었다. 무엇인가를 몹시 애타게 갈망하는 누이는 당황하면서 또 말을 더듬었다.

"동상임!"

그건 한 사람이 한 사람을 지극히 사랑하는 순간, 심장에서 터져 나오는 소리였다.

"응."

"오늘 밤, 동상임! 내 부탁 하나 들어줄래?"

"뭔데?"

고개를 들어 심통을 부리며 대답하는 내 얼굴을 누이가 눈물이 글썽한 눈으로 바라보고 있었다.

"얘기해 봐. 들어줄 만한 거면 들어주고……."

"꼭 들어준다고 해야 말하겠어."

그때 누이는 울고 있었다.

"왜 그래? 울고 있잖아!"

"……."

"그래, 누이가 하라는 대로 다 할게!"

나는 줄항복을 했다. 그날 밤, 누이의 마음속에서는 슬픔이 서늘하게 메아리치고 있었다. 그 마음은 누이의 마음속 보이지 않는 깊은 곳, 빗장을 풀지 않고 꼭꼭 묻어두어 차마 누구도 들여다볼 수 없었던, 감추고 감추었던 그 애절한 가슴속 사연을 다 털어놓았다.

"나를 마음대로 하란 말이야. 동상임이 내 처녀성을 가지란 말이야. 나는 오늘 밤을 첫날밤이라 생각하고, 낮에 동천강(東川江) 맑은 물에 가서 깨끗이 목욕을 하고 왔어. 어차피 누구에겐가 줘버릴 정조라면, 다른 데 시집을 가는 한이 있더라도 내 아까운 처녀성을 동상임에게 주고 싶어. 내 처녀 꽃을 하늘에 바치듯 바치고 싶어."

누이의 음성이 꿈결처럼 아득히 들려왔다. 그 말이 평생 가슴에 못을 박게 될 인연의 말이라는 것을 그때는 몰랐다. 나는 달빛에 비치는 누이의 눈을 조용한 시선으로 응시했다. 애절한 눈빛이 모든 걸 말하고 있었다. 허둥지둥 말을 한 누이는, 오래 손을 꼭 잡고 있어 땀이 밴 내 손을 엉겁결에 끌어 자기의 검정 몽당치마 앙금 속으로 세차게 밀어 넣었다. 그러고는 얼굴이 빨갛게 달아오른 누이가 급한 숨을 몰아쉬면서 간절한 애원이 흐르는 소리로 다시 말을 했다.

"나는 곧 시집갈지도 몰라. 할아버지가 정혼한 곳으로 시집을 안 가면 독약을 마시고 자결하신다고 위협했어. 동상임이 오늘 밤 내 몸을 안 가지면, 우리는 영원히 헤어지지 말자고, 언제나 곁에서 안 떠나겠다고 손가락을 걸면서 하늘에 맹서한 약속을 나는 못 지킬 것 같아⋯⋯. 오늘 밤 동상이 내 처녀성만 가지면 모든 것은 해결되는 거야. 동상임은 내 말을 들어야 해, 안 들으면 안 돼. 우리는 사고를 쳐야 해. 아기를 배면 그만일걸! 이 순간을 놓치면 한평생 후회할 거야. 그리고 또 내가 막상 다른 곳으로 시집을 간다 해도 동상임이 못 견디게 보고 싶어 도망갈지도 몰라. 하루라도 안 보면 못 살 것 같아!"

폭발하듯 단숨에 많은 말을 내뱉은 누이는, 집에서 자꾸 시집을 보내려 한다는 말을 끝으로 입을 꼭 다물었다. 세상에 태어나 가장 사랑하는 단 한 사람을 위해 간직해온 처녀의 순결인 하늘의 꽃을 나에게 주려는 것이다. 누이에게는 생명과 같은 것이다. 곱게 자라나면서 누구에게 바칠까 아끼던 치마 속에 핀 꽃을 신에게 바치듯 주겠다는 것이다. 순간, 나는 하늘이 무너져 내려앉는 것을 느꼈다. 갑자기 앞이 안 보였다. 이런 날이 올 줄은 꿈에도 몰랐다.

정신을 놓고 있는 나를 누이가 입술을 악물고 눈물을 주르륵 흘리며 떨리는 손으로, 너무 오래 쥐고 있어 땀이 밴 내 손을 다시 끌어 그녀의 하얀 젖가슴 속으로 밀어 넣었다. 국화 꽃망울에 내 손끝이 닿는 순간, 나는 죽는 줄 알았다. 고압선에 닿은 듯 전류가 흐르는 가슴은 단번에 빠개지고, 맥박이 빨라지고, 숨이 막힐 지경이었다. 누이의 할딱거리는 가슴 뛰는 박동소리가 희미하게 들려왔다. 한 마리의 작고 가여운 새의 팔랑거림이 내 가슴으로 전해왔을 때, 누이와 하나가 되고 싶다고 나의 몸 깊은 곳에서는 몸부림을 치고 있었다.

그토록 안아보고 싶었던 누이였다. 누이의 입술은 화로보다 뜨거웠다. 누이는 호흡이 점점 가빠지면서 마치 숨이 그대로 끊어져버릴 것 같은 아슬아슬한 오르가슴의 순간처럼 신음을 토해냈다. 누이가 간절히 원하는 것은 분명 사랑이었다. 그 뜨거운 욕망! 얼마나 기다리고 기다리던 그리움인가! 이대로 돌이 되어 굳어버렸으면 싶었다. 이제 한 마리 수컷은 암컷에게 해야 할 행동만 남아 있었다. 남자가 여자의 어깨를 붙들어 자기 가슴으로 넘어뜨려 끌어안으면서, 남자의 뿌리를 여자의 하얀 숨겨진 수풀 밑 동굴 속으로 밀어 넣으면 그만인 것이다. 온 우주가 합일하는 찰나였다. 그런데 나는 그러지 못했다. 오랜 시간이 흐른 뒤였다. 의식을 잃은 채 누워 앓고 있는 누이의 하늘 아래 첫 동네를 더듬으며 타액을 섞고 있던 나는 문득 정신이 들었다. 그러나 천사 같은 누이에게 짐승 같은 짓은 할 수는 없지 않은가. 성역(聖域)을 범할 수는 없었다. 천사와 인간은 결혼을 할 수 없지 않은가.

천사인 누이는 꽃이 가득한 황금 궁전에서 황금 드레스를 입고 결혼을 해야 한다. 황금 마차를 타고 황금 침대에서 잠들며, 황금 아이를 낳고, 황금 그릇에 황금 밥을 먹으며, 황금 보석을 몸에 감고, 시녀를 거느리고, 무지개를 타고, 하늘나라의 구름다리를 거닐며 살아야 한다. 하늘 무도회를 가거나, 호화 유람선을 타고 망망대해를 누비다가, 그것도 싫증이 나면 비행기를 타고 하늘 구름밭을 날아다니며 살아야 한다. 그런 누이를 내가 어떻게 감히 같이 잠을 자고, 물동이를 이고 밥을 짓게 하고, 밭에 김을 매게 하고, 내 아이를 낳고 살게 할 수 있단 말인가. 그러면 나는 선녀의 날개옷을 훔치는 나무꾼이 되는 것이다. 아무리 가슴에 손을 얹고 물어봐도 하늘에서 내려온 선녀 같은 누이에게 그럴 수는 없었다. 나는 그날 밤 끝내 도망을 쳤고, 누이는 서럽게 울면서 집으로 돌아갔다.

그 후 정혼을 한 누이는 밤마다 남몰래 내 방 문밖에 와 그 고운 목소리로 "동상임!" 하고 불렀다. 방문을 향해 내 이름을 간절히 불렀다. 그 목소리는 하늘 저편에서 들려오듯 아득했다. 그해 가을은 내내 그렇게 보냈다. 이름을 부르지 않더라도 밤이면 누이가 문밖에 와 있다는 것을 아는 나는 잠 못 들었다. 발끝으로 사뿐히 걷는 낙엽이 밟히는 발소리와 문 앞에서 내쉬는 깊은 한숨소리가 들려왔다. 문을 열면, 국화꽃 향이 거실로 가득 쏟아져 들어오듯 누이의 향기가 창호지를 스며 넘어들어 코를 찌를 것이다. 그해 가을은 밤마다 방문 앞에서 내 이름을 부르는 그 누이의 목소리가 들리는 듯한 환청에 시달리며 살았다.

누이의 마음은 천사같이 착했다. 얼굴은 양귀비꽃보다 천배만배 예뻤다. 한 송이 하늘 꽃이었다. 여름의 나팔꽃이었다. 가을의 국화꽃이었다. 아니, 하얀 예쁜 꽃씨였다. 누이의 눈빛은 왜 그리 아름다운가. 눈빛이 주옥같이 빛나는 누이였다. 그 누이의 마음은 동그랗고 예뻤다. 복스러운 얼굴에는 웃음꽃뿐이었다. 얼굴 가득히 영혼을 흔드는 기쁨, 흰 배꽃 같은 얼굴빛은 언제나 마음에 따라 그렇게 평화스러울 수가 없었다. 이 하늘 밑 세상에서 얼굴이 하얗게 아름답고, 마음이 천사같이 순결한, 그 누이 같은 처녀는 없었다. 그녀는 이 세상에는 없는 기쁨을 인간들에게 간직하게 해주기 위해 하늘나라에서 내려온 천사였다. 아! 천사의 화신이 하강을 한 것이다.

그 누이의 성은 양(梁), 이름은 순자(順子)였다. 그런데 사람들은 성과 이름을 합해 그냥 '양(羊)이 처녀'라 불렀다. 누이가 양털처럼 순한 때문이었다. 양이라는 이름. 그 이름이 이 하늘 밑에 있기에 내가 있고, 그 이름이 없으면 내 존재의 의미를 송두리째 잃어버리게 하는 이름, 그 이름이 있으므로 비로소 내 삶이 생명력을 얻어 더욱 빛나게 하는 이름. 그 이름 세 자를 양면 괘지에 밤을 새워 적어본다. 신문이나 잡지를 보다가 양(梁) 자와, 순(順) 자, 자(子) 자와 같은 글자가 눈에 띄는 날이면 그 글자가 그렇게 아름다울 수가 없었다. 한 자 한 자가 보석처럼 서광을 발하며, 하늘에 환하게 빛나는 것이었다. 그 글자 하나만 봐도 마음이 평안해지면서 행복해지는 것이었다. 오래 들여다보고 있으면 그 황홀한 글자들은 눈앞이 몽롱해지면서 한 자 한 자가 천사가 되어 날개를 퍼덕이며 하늘로 날아 올라갔다.

그 누이는 이듬해 봄, 연꽃 같은 연연한 미소를 남기고 고향을 등지고 군인장교에게로 시집을 갔다.

앞산에 진달래가 붉게 타는 그해 봄이었다. 또 한 여자인 '동생 순자'는 피어오르는 꽃송이처럼 화사하고 따뜻한, 터질 것 같은 장미 꽃봉오리처럼 예쁜 소녀였다.

나는 살면서 두 번 사랑을 했다. 의남매 편지를 받은 처녀는 둘이었다. 이상하게 두 사람 다 의남매를 맺은 사연이 사랑으로 변했다. 그리고 두 사람의 이름은 똑같이 '순자'였다. 나는 같은 이름을 사랑해야 할 운명인지 모른다. 그 이름을 사랑했는지 모른다.

성만 달랐다. 처음은 열여덟 살인 내 나이보다 한 살 위인 열아홉 살의 '그 누이'였고, 두 번째는 훗날 내가 결혼을 한 후에 나를 '오빠'라 불렀던 꿈 많은 문학 소녀였다.

'동생 순자'는 맑은 마음에 미소를 머금은 꽃봉오리였다. 내 나이 스물일곱 살 때 열여덟 살 소녀는, 내 나이보다 아홉 살 아래인 그녀는, 피어나는 가슴이 언제나 터질 것 같은 한 송이 꽃봉오리였다. 늘 소월의 시집을 손에 들고 코스모스가 핀 가을 들길을 걸으며 그림자처럼 나를 따르던, 천진난만한 사랑의 꿈을 꾸던 문학소녀, 동생 순자는 활짝 핀 장미꽃 같은 미소를 이 땅에 남기고 어느 날 비행기를 타고 한 마리의 새가 되어 멀리멀리 서독 하늘로 날아가 버렸다. 나 때문에 고향을 등지고 백의의 천사가 되어 서독으로 갔다. 말도 안 통하는 낯선 이역만리에서 어떻게 살았는지 모를 나의 불망(不忘)의 파랑새는, 영원히 조국의 하늘로 돌아오지 않았다.

# 영원한 이별

광복이 된 다음 해인 단기 4279년(1946년) 5월, 내 고향 뒷동산에 아카시아나무 꽃이 흐드러지게 피는 계절이었다. 나는 그 누이로부터 한 통의 편지를 받았다. 의남매를 맺자는 편지였다.

어머니 없이 외롭게 자라면서 모성애에 굶주린 그 누이의, 정을 몹시 갈망하는 애틋한 사연의 편지가 가슴에 터질 듯 안겨왔다. 사랑이란 아름다운 떨림의 기쁨이었다. 누구나 그녀를 한 번만 보면 뒤돌아보게 하는, 볼 때마다 마음에 기쁨을 샘솟게 하는 정이 철철 넘치는 그녀였다.

그녀의 편지를 받은 순간, 온 세상이 아름답게 보였다. 꿈을 꾸는 게 아닌가 생각했다. 영혼이 맑은 처녀, 그 누이는 마음이 순수했다. 그녀를 볼 때마다 가슴에 기쁨을 샘솟게 하는, 세상의 평화와 정이란 정은 혼자 가슴에 지닌, 천사 같은 그녀와 가까이 지낼 수 없을까 막연한 생각은 했었지만 결코 이루어질 수 없는 꿈이라 여겼는데, 그렇게 마음을 사로잡던 선녀 같은 처녀가 못생긴 나무꾼에게 편지를 전해오다니, 그것은 참 기막히는 사연이었다.

얼떨결에 하얀 종이에 연필로 또박또박 써내려간 편지를 받아 가슴에 꼭 끌어안았다. 벌써 뜨거운 내 몸속에 그 누이가 와 있었다. 천하를 얻은 행복감에 가슴이 떨리고 황홀했다. 나는 그 편지를 가슴속에서 꺼내, 읽고 또 읽었다. 그 편지를 다시 꺼내 읽는 순간, 내 가슴속으로 화살 하나가 날아와 꽂혔다.

아! 한 여자를 사랑한다는 게 어떤 것이라는 것을 막연히 알게 되었다. 그것은 남자의 본능이었다. 그날 밤 나는 편지를 가슴에 꼭 껴안은 채 잠들었고, 그 처녀를 가슴에 그리며 아랫도리에 흥건히 첫 몽정을 했다. 비로소 내가 사내로 태어났다는 보람을 느꼈다.

지금이야 남녀 간의 교제가 자유롭고, 처녀들이 허벅지와 젖가슴의 아름다움을 다 드러내놓고 다니는 세상이지만, 그때는 그렇지 않았다. 지금 시대는 사랑의 자유를 맘껏 구가할 수 있지만, 그때 여성의 미소는 남자의 욕망을 불러일으키는 것으로, 성적 매력은 공동선(共同善)을 위해 제한되어야 하는 것으로 억제되어 왔다. 여자가 허연 허벅지를 다 드러내놓고 다닌다는 것은 보지도 듣지도 못했고, 상상도 못할 일이었다. 지금이야 유부녀도 배꼽티를 입고 히프를 흔들며 남자들을 유혹하는 세상이지만, 그때는 여자가 흰 속살을 드러내 보이면 세상이 망하는 것으로 알고 있었다.

그때는 '남녀칠세부동석'의 도덕이 그대로 행세하는 시대로, 남녀 간의 교제가 유별했다. 남자와 여자는 삼사촌 간이라도 일곱 살이 넘으면 둘만이 한자리에 앉으면 안 되었다. 여자가 옷깃을 벌려 옷 속의 살을 보이게 앉아서는 안 되며, 웃음을 보여서도 절대 안 되었다. 한 마을에서 자란 처녀 총각이 우물길에서 우연히 만나 둘만이 대화를 나누는 것이 마을 부녀자들의 눈에 들키는 날엔, 그 처녀는 아예 버린 계집애로 취급당했다.

결혼을 한다 해도 미리 사진을 주고받거나, 선을 본다 해도 아침 햇살 가득한 우물가에서 파대 같은 머리꼬리에 빨간 댕기를 엉덩이까지 길게 늘어뜨린 처녀가 수줍음에 가슴 설레며 물동이를 이고 뒤돌아서는 모습을 남자가 멀리서 바라볼 수밖에 없었다. 얼굴 한번 못 보고 결혼을 했고, 중매쟁이 말만 듣고 혼인을 했다. 가문과 가문끼리의 결혼이었다. 그때는 처녀가 남자에게 손목을 한번 잡히는 날이면 아예 몸을 버린 순결을 짓밟힌 처녀로 그 남자와 혼인을 해야 하는 것으로 믿었던, 순결을 신성시하는 시대였다. 시골 처녀 총각이 터놓고 만난다는 것은 어림도 없었다.

그러나 일제 36년의 식민지시대를 거치면서 해방된 조국은, 자유와 평등을 부르짖는 서구의 자유물질문명이 물밀듯 밀려와 결혼이 점차 자유화·개인화하는 방향으로 흘러갔다. 전래해오던 유교사상의 남녀윤리의 유별이 점차 사라지고, 미풍양속의 전통이 희미해져가면서 처녀 총각의 만남이 자유로워졌고, 한마을에서 의남매를 맺으면 그런 대로 궁색하게나마 둘이 만날 수 있는 것이 허용되는 시대로 변해갔다. 해방 후 그때는 의남매를 맺는 것이 한때 유행이었고, 의남매를 맺은 오누이가 부부로 변신하는 예가 마을마다 있었다. 그 누이와 나는 그런 의남매를 맺었다.

그날 밤 소반에 정화수를 떠놓고, 둘이 남몰래 달을 보고 절을 했다. 부엉이가 많이 우는 날 밤이었다. 바늘에 실을 꿰어 먹물을 적셔 두 사람의 팔을 한데 겹쳐 한 끈에 꿴 다음, 먹물로 살갗에 까맣게 문신을 넣어 영원히 변치 말자는 증표를 남겼다. 손을 잡고 달을 쳐다보고 합장을 하며 간절한 의남매의 정이 변치 말기를 천지신명께 기도드렸다. 서로가 서로를 내 몸같이 생각하고 사랑하겠다는 둘만의 언약식을 가졌다. 소백산 산봉우리를 보고 맹서했다. 굽이굽이 흐르는 낙동강 물을 바라보며 다짐했다.

그 누이는 내게 만년필을 정표로 주었고, 나는 은반지를 그녀의 손에 끼워주었다. '불망기(不忘記)'라는 글을 붓으로 써 서로 주고받아 가슴에 품었다. 그것은 어디까지나 의남매의 굳은 서약이었지만, 그러면서도 그것은 막연하게나마 서로의 마음이 하나로 영원히 변치 말기를 바라는 사랑의 약속이었다. 어쩌면 결혼을 하기 위한 하나의 전제 조건으로서, 서로의 사랑을 굳게 다짐하는 은밀한 언약이기도 했던 것이다. 아니, 그것은 목숨을 맹세할 수 있는 첫사랑이었다.

그런 누이가 내 운명을 이렇게 바꿔놓을 줄은 꿈에도 몰랐다. '동상임'이란 말 한마디가 그렇게 가슴에 시리게 박힐 줄이야. 그것이 그렇게 엄청난 것인 줄은 꿈에도 몰랐다. 그게 아니라고 다시 천번 만번 머리를 도리질하며 다짐해보지만, 한번 준 마음은 돌릴 수가 없었다. 그 누이의 편지를 가슴에 안은 이후의 내 인생은 알맹이는 없고, 이미 빈껍데기만 남아 숨 쉬고 있었다.

이상하게도 그 누이 앞에서는 바보가 되는 것이었다. 어느 순간 나도 모르게 그렇게 되었다. 어쩌면 사람의 마음을 그렇게 사로잡을 수 있을까. 그게 사랑인 모양이었다. 내 의지와는 상관없이 마음은 마음대로 따로 움직이기 시작했고, 누이 앞에서는 손가락 하나 내 맘대로 못 움직이는 포로의 몸이 되고 말았다.

이 지구는 그 누이의 것이었고, 내 마음은 다 그 누이에게 가 있었다. 누이는 내 영혼의 주인이었다. 그날로부터 나는 그녀의 포로였고, 분신이었다. 그 누이는 나의 전부였다. 누이 몸에 내 피가 흐르고 내 몸에 누이의 피가 대신 흐르고 있었다. 그 누이의 눈빛을 통해서 세상을 보았고, 내가 서 있는 하늘과 땅, 숨 쉬고 있는 공기마저도 그 누이의 것이었다. 때로는 나도 살아 있다는 것을 느끼고 싶었지만, 영혼은 이미 그 누이에게 가고 내게는 아무것도 없었다. 지금 생각하면 '그 누이의 편지 한 장'은 내 인생에 있어서 곧 나의 우주였고, 삶의 의미이며, 생명의 전부였고, 내 사랑의 영원한 식민지였다.

적어도 나에게 있어서는 그 누이의 터럭 한 올이 우주보다 컸다. 나의 소중한 그 누이의 터럭 한 올을 뽑아 지구를 만든다면 온 지구를 만들고 남음이 있지만, 이 지구를 가지고는 그 누이의 작은 터럭 한 올을 못 만들 그런 누이였다. 아아, 나에게 있어서 하늘에 영원히 타오르는 불덩어리의 뜨거운 태양도 내가 사랑하는 그 누이의 사랑에 비하면 너무 작았다. 그렇게 아름다운 순결을 지닌, 내 영혼을 울리는, 내 마음을 꼭 쥐고 떠난 그 누이의 새는 한번 날아간 후 다시는 고향 숲으로 날아들지 않았다.

　어떻게 사람의 마음을 그렇게 사로잡을 수 있는 것일까. 마음을 빼앗긴 나는 내 자신이 살았는지 죽었는지조차 모르는 삶을 허둥대며 살았다. 나는 영혼이 없었다. 영혼 없는 인간으로 살았다. 영혼 없는 인간과 함께 사는 사람들은 어떤 느낌이었을까. 그렇게 사는 내 인생은 인생이 아닌 허깨비였다. 내 마음은 누이가 몽땅 가지고 떠나 없고, 나는 형체만 살아 거죽만 움직거리는 낮도깨비였다.

　내게 첫사랑을 눈뜨게 한 그 누이의 편지는 내 인생에 있어서 너무나 간절했다. 온통 어두운 세상 속에서 환한 빛이었다. 그 속에서 내 서러운 마음이 바라고 찾아 헤맨 것은 그래도 그 누이의 마지막 간절한 생명의 눈빛이었다. 나를 한없이 측은한 마음으로 마지막 바라보던 눈빛, 그렇게 내 몸이 녹아내릴 듯 애틋한 눈빛은 나에게 있어서는 처음이었다. 이상하게도 나는 그 누이가 떠나면서 억지로 웃음을 지어 보이던, 물기를 머금은 애원이 담긴 간절한 눈빛에서 참사랑을 보았고, 그 눈빛 하나로 세상을 살아갈 용기를 얻었다.

　깨어 있는 일생 동안 한시도 그 간절한 눈빛을 잊은 적이 없었다. 잠들면 매일 밤 꿈속에서 찾아 헤매는, 내가 갖지 못한 누이의 눈빛이었다. 그것은 아득한 침묵의 눈빛이었다. 그 눈빛을 준 그녀에게 내 마음은 일생 동안 가 있었고, 온갖 것을 다 해주고 싶었다. 먹고 싶은 것을 다 사주고 싶었고, 보고 싶은 것은 다 보게 하고 싶었다. 가고 싶은 곳은 다 가게 하고 싶었고, 갖고 싶은 것은 다 갖게 하고 싶었다. 아무도 못 올라가는 천 길 절벽 위에 핀 철쭉꽃을 꺾어, 그 꽃보다 더 아름다운 미소를 짓는 순정공의 아내 수로부인에게 헌화가와 함께 바치는 소 모는 늙은이가 되고 싶었고, 선덕여왕을 사모하다 상사병에 걸려 죽어간 노총각 지귀처럼, 세상의 모든 꽃을 선덕여왕보다 아름다운 누이의 가슴에 안겨주고 싶었다.

밤하늘의 별을 따주고 싶었다. 둥근 달을 안겨주고 싶었다. 아니 이 세상의 모든 것을, 하늘 아래 가득한 보물을 다 누이의 가슴에 안겨주고 싶었다. 루비, 백금반지, 모피코트, 비로드치마, 세계에서 제일 큰 다이아몬드를 누이의 고운 열 손가락에 끼워주고 싶었다.

그런데 아무것도 못 해준 채 그 누이는 떠나고 말았다. 어떠한 말로도 위로가 되지 못하는 슬픈 사랑의 눈빛을 남긴 채, 어느 날 고요히 날개옷을 입고 하늘나라로 올라가는 선녀처럼 천사의 몸짓을 보이며 시집을 갔다.

그날 내게 가혹한 형벌을 내리는 하늘은 흐리고, 인간에게 감당할 만큼의 시련을 준다는 하늘이 그날은 내게 감당 못할 운명을 주는 날이었다. 시리도록 아름다운 누이를 떠나보내야 하는 나는 아무 죄도 없었다. 독립운동을 하던 아버지가 일본 놈 헌병에게 총 맞아 죽으시던 그 자리인 동신(洞神)나무 밑에서, 또 할아버지가 산사람들의 짐을 져다 준 빨갱이란 죄명으로 총살당하던 날이었다.

나는 누이의 마지막 떠나는 뒷모습을 보지 말아달라는 약속을 어기고, 누이의 떠나가는 모습을 숨어서 지켜보고 있었다. 뒷모습에 표정이 더 많은 것 같았다. 슬플 때, 기쁠 때, 그리고 어린 시절을 같이한 그 누이는 하얀 동정이 달린 파란 저고리에 다홍치마를 입고, 살구꽃이 만발한 동구 밖 꽃길로 사라져갔다. 선녀의 흰 발가락에 꽃 같은 버선을 신고, 그녀가 어린 시절 뛰놀며 무수히 발자국을 남긴 동신나무 밑 고샅길로, 녹의홍상(綠衣紅裳) 치맛자락을 부풀리면서 천사가 되어 떠나는 모습이었다.

보내는 내 마음은 눈물을 흘리지 않으려고 맹서했다. 누이는 뒷모습이 더 아름다운 여인이었다. 떠나는 누이의 모습을 보면서 내 가슴에는 날지 못하는 한 마리 새가 파닥거렸다. 끝내 보일 듯 말 듯하던 누이가 탄 가마가 한 점 그림자로 멀리 희미하게 사라져 점점 보이지 않았다. 사랑하는 사람을 눈앞에서 어떻게 다른 사람에게 떠나보낸단 말인가. 그건 안 돼, 안 돼! 손을 허공에 휘 저으며 소리 높여 외쳐봤지만, 소리는 허공에서 메아리만 칠 뿐 돌아오지 않았다. 누이의 떠남은 세상에 홀로 남겨진 영혼의 아픔이었다.

내가 겪은 첫 상실의 아픔은 첫돌을 지나고였다. 어느 날 어린 내 생명의 모든 것이었던 어머니의 얼굴이 눈동자 속에서 사라지고 없었다. 엄마의 젖이 먹고 싶어 아무리 찾아 울어 봐도 어디에도 엄마는 없었다. 마음이 초조해지기 시작해 우는 나에게 빈 젖꼭지를 물리고 안아주는 할머니의 가슴을 죽자고 밀치며, 내 눈동자 속에서 사라진 그리움의 정체를 찾아 숨이 꼴딱 넘어가게 울었다. 배가 고파 엄마 젖이 먹고 싶어 견디지 못해 할머니의 빈 젖가슴을 물고 밤낮으로 숨이 넘어가게 울고, 꿈에서도 어머니가 그리워 찾아 발버둥 치며 울었지만, 내 어린 눈동자 속에 다시 기적처럼 불쑥 나타나야 할 어머니의 얼굴은 끝내 그림자도 보이지 않았다.

그것이 내가 세상에 홀로 버려진 첫 번째 아픔이었다. 결국 그 어린 생명은 인간의 내부에 터를 잡고 있는, 이별이라는 절대 존재를 몰라야 할 슬픈 악을 알고 말았고, 마음속에 모성애의 부재와 이별이라는 그 채워지지 않는 공백의 슬픔을 가슴에 새기고 말았다. 그렇게 어머니의 떠나감이 첫 번째 아픔이었고, 누이의 떠나감은 두 번째 슬픔이었다.

하늘이 내려앉고 땅이 꺼져도 그 누이만은 잡았어야 했었다. 이렇게 애틋하게 보고 싶을 줄은 꿈에도 몰랐다. 내가 그토록 갈망하던 그리움의 영혼이 거기에 있었다. 그런데 잡지 못했다. 이제 누이는 가고 없다. 누이 없이 살아야 한다는 게 믿어지지 않았다. 그길로 눈앞에서 하늘이 무너져 내려앉기 시작했다. 흐느낌이 땅바닥에 산산이 부서지고 있었다. 정녕코 하늘이 내려앉는 소리가 들렸다.

아카시아나무에 몸을 의지해 다시 정신을 수습해 살구꽃이 솜이불처럼 피어오르는 꽃길로 멀리 사라져가는 누이가 탄 가마의 뒷모습을 바라보았을 때는 눈앞에는 아무것도 보이지 않았다. 갑자기 하늘이 노랗게 보이더니만 점점 의식이 몽롱해졌다. 천지가 캄캄해지며 아무것도 보이지 않았다.

정막과 어둠속에서 아주 오랜 시간이 흐른 뒤였다. 산새들의 울음소리에 눈을 뜨면서 깨어났다. 눈을 뜨고 나서 한참 동안은 내가 누워 있는 곳이 어디인지 알 수 없는 멍한 상태였다. 그곳이 너럭바위가 있는 아카시아나무 밑이라는 것을 알기까지는 상당한 시간이 지난 후였다. 처음 망막에 비친 것은 눈물에 젖은 밤하늘의 별빛이었다.

그날 밤 그 차가운 하늘의 별빛이 왜 그리 서러운지 몰랐다. 하늘을 쳐다보고 누워 있던 나는 내가 왜 여기 와 있는지 이상히 여길 만큼 기억이 안 나 어리둥절해 있다가, 오랜 시간이 흐른 뒤에야 떠나가던 누이가 탄 가마가 희미하게 떠오르며, 내 머리카락을 몽땅 뽑아 누이가 가는 길에 신을 삼아 바치고 싶었던 생각이 떠올랐다. 그때는 할아버지 앞에 '천자' 책을 펴놓고 무릎을 꿇고 앉아 "남자는 세 번 운다. 태어날 때 울고, 부모가 돌아가셨을 때 울고, 나라가 망했을 때 운다. 그 외에는 눈물을 흘리지 않는다"고 맹서한 교훈도 소용없었다. 눈물이 그냥 못 둑이 터진 듯 감당할 길 없이 줄줄 흘러내렸다.

신랑은 국방경비대 장교였다. 신랑은 누이보다 나이가 좀 많았지만 대학을 졸업했다. 가문과 조건이 나와는 비교가 안 되는 신랑감이었다. 처음은 누이가 옆에 없어도 괜찮다고 생각했다. 떠나 있어도 누이는 항상 내 곁에 있었다. 그 누이 속에 내가 살고, 내 속에 누이가 사는 삶은 더 바랄 것 없이 행복하다고 생각했다. 견우와 직녀는 떨어져 있어도 서로의 그리움으로 행복하지 않은가. 누이만 행복하면 된다고, 누이가 행복하면 나도 행복하다고 다짐했다. 하지만 그 결심은 소용없었다.

처음엔 같은 하늘 밑에 누이가 살아 있다는 것만으로도, 만난 인연만으로도 행복하다고 생각했지만 그게 아니었다. 마음속으로는 눈물을 땅에 뿌리며 그 누이의 행복을 빌면서도, 현실은 누이가 옆에 있어야 하는 이율배반적인 내 마음은 그날 밤 하늘이 무너져 내려앉는 아픔을 느끼며 서럽게 통곡하며 울었다.

누이가 없이는 살 수 없을 것 같았다. 이제는 하늘도 어제의 하늘이 아니었고, 땅도 어제의 땅이 아니었다. 만해의 조국의 임처럼 "임은 갔지만 나는 임을 보내지 않았습니다" 하고 울었다. 이렇게 죽도록 보고 싶을 줄은 꿈에도 몰랐다. 사랑하기 때문에 보낸다는 말은 거짓이었다. 진실로 사랑하는 사람이 고통을 받는 것은 원하지 않을 것이다. 진실로 사랑하는 사람이 다른 사람과 결혼하여 행복하게 사는 것을 바랄 수는 있을지는 모른다. 진실로 사랑한다면 사랑하는 그 사람의 행복을 빌 수 있을 것이다. 그러나 그 누이가 없이는 하루도 못 살 것 같았다. 질투와 소유욕, 이토록 사무치는 마음을 어떻게 한단 말인가.

발끝에서 머리끝까지 아파오기 시작했다. 살점이 점점이 떨리면서 아파왔다. 뼈가 녹아나는 듯 아팠다. 산다는 것은 일초 일초가 고통일 뿐, 바늘을 무더기로 삼킨 것처럼 위가 찢어지는 듯 아파왔다. 살점이 떨어져나가 피가 철철 흐르고 마디마디가 떨어져나가는 아픔이 이 아픔보다 더 할까. 그런데 누이는 이제는 가고 없다. 누이는 내가 다른 사람을 사랑할 수 있다고 믿는 것일까. 다른 여자를 만나 결혼을 할 수 없다는 것을 모른단 말인가. 아니, 누이는 다른 사람을 사랑할 수 있단 말인가. 누이는 그 군인장교를 사랑할 수 있는 것인가, 나보다 더 사랑할 자신이 있는가. 나는 이제 어떻게 하란 말인가. 아무리 땅을 치며 목메어 불러 봐도 누이는 가고 없고, 어린 시절 어머니를 잃고 그리워울 때보다 더 서럽게 짐승처럼 울어도 소용없었다.

대체 인간이 참을 수 있는 고통의 한계는 어디까지일까. 시도
때도 없이 나의 발길은 아카시아나무 밑으로 향했다. 우리의 행
복이 그 바위에 있었다. 너럭바위에 누이가 앉았던 자리를 바라
본다. 바위에 코끝을 대고 누이의 냄새를 맡아본다. 바위에서는
누이의 몸 향내가 났다. 손으로 바위를 쓰다듬어 본다. 지난날
그 누이의 꽃 같은 손으로 쓰다듬던 바위를 쓰다듬는다. 지금 누
이의 손은 무엇을 쓰다듬고 있을까. 지금 무엇인가를 쓰다듬지
않고는 배기지 못할 내 외로운 손은, 누이가 가고 없는 누이의
손때 묻은 바위를 쓰다듬으며 홀로 몸부림을 친다.


돌에다 이름을 씁니다.
흙에다 이름을 씁니다.
하늘에다 누이의 이름을 새깁니다.
가슴에다 누이의 이름을 새깁니다.
아무리 해도 지워지지 않는 이름입니다.


떠난 후 알았다. 그 누이는 사람이 아니라 천사라는 것을…….
뺨을 타고 눈물이 흐른다. 자꾸자꾸 흐른다. 맑고 밝게 웃던 누
이가 떠오른다. 숲 속 어딘가에서 누이가 불쑥 뛰쳐나올 것만 같
다. 눈물이 가슴을 적시고, 얼굴을 적시고, 목덜미까지 철철 넘
쳐흘렀다. 영혼 밖에서 부는 바람이 그대로 두개골을 뚫고 지나
간다. 누이가 없이 살아갈 수 있을까를 생각했을 때, 외로움보다
두려움이 앞섰다.

아카시아나무를 주먹으로 치고, 발로 바위를 차며, 그까짓 이른 봄 아지랑이 같은 인생, 죽으면 그만이라고 피가 철철 흐르도록 머리를 나무에 짓찧고 또 찧으며 울었다. 바위에서 일어나 몽유병자처럼 온밤을 하늘 밑 누이를 찾아 헤매며 땅을 치며 울었다. 하늘도 울고, 땅도 울었다. 산천초목이 다 울었다. 산천이 찢어지는 울음을 우는 총 맞은 불쌍한 짐승처럼 홀로 울부짖었다.

눈에서 피눈물이 흘러나왔다. 머리가 깨져 피가 철철 흘러도, 깨진 머리보다 가슴이 더 아팠다. 누이가 없는 세상은, 온 천하를 다 준다 해도 싫다고 피눈물을 흘리며 울었다. 짝 잃은 외로운 늑대처럼 캄캄한 밤을 울었다. 발버둥을 치고 땅을 치며, 눈물로 허벅지가 다 젖도록 하늘이 떠나가게 울어도 소용없었다.

# 상사병이 든 서러운 몸

그길로 시름시름 앓던 나는 온몸이 불덩어리처럼 달아오르며 자리에 누워 앓기 시작했다. 손끝 하나 움직일 수가 없었다. 밥도 안 넘어가고, 잠도 안 오고, 물 한 모금 안 넘어가더니, 끝내는 실어증까지 겹쳤다. 죽음 직전에 서울의 대학병원에까지 실려 갔으나 병원에서는 몸에 신열을 동반한 목에 물이 안 넘어가는 병을, 현대의학으로는 병명을 모른다며, 실연의 상처를 치료하는 특효약은 아직 발명되지 않았다고 집으로 돌아가라고 했다.

사람이 다 싫었다. 어떤 것도 다 싫고, 밉고, 말도 귀에 들리지 않았다. 눈을 감고 뜨기가 싫었다. 세상이 다 보기 싫었다. 밥 한 숟갈을 목구멍까지 밀어 넣어도 넘어가지를 않았다. 물이 목구멍에 걸려 넘어가지를 않았다. 물 한 모금 넘기기가 그렇게 힘들었다. 허리가 방바닥에 딱 달라붙어 떨어지지를 않는다. 시간이 흐를수록 살은 다 빠지고 뼈만 앙상하게 남았다. 신기한 것은 그래도 죽지 않고 목숨이 붙어 있다는 사실이었다. 한 달 동안 물 한 모금 안 넘겼는데도 죽지 않고 살아 있었다. 사람이 얼마나 아프면 죽을까. 그래도 죽지 않는다.

그때 내 주위에는 아무도 없었다. 이 세상에는 나 혼자뿐이었다. 세상은 병든 나를 버렸다. 누이는 시집을 가고 없고, 나 하나가 죽든 살든 자기 일에 바쁜 세상 사람들은 무관심했다. 나의 편이 되어줄 이는 눈물을 줄줄 흘리시는 할아버지 한 분뿐, 모든 사람이 나 몰라라 했다. 누구도 내 병을 낫게 할 수 없었다. 세상에 병이 있으면 약이 있고, 약이 있으면 병을 고치는 법이 있을 법한데, 나는 하늘 아래 약이 없는 병을 앓고 있었다. 몸은 일으킬 수 없이 축 늘어져 시체처럼 누워 있으면서도 죽지 못하는 모진 목숨은, 무슨 못 죽을 사연이 그리 깊은지 눈을 감질 못했다. 눈 하나만 살아 반짝였다. 반 일 년을 죽은 듯 방에 누워 있던 자리에서 눈을 뜨고, 귀신같은 몸이 다시 일어났을 때는 그해 가을도 깊어가고 있었다.

뒷동산에 단풍이 꽃보다 아름다운 계절이었다. 잎 떨어지는 산을 바라보고 있었다. 찔레꽃이 만발한 봄, 흉년이 들었던 그해 가을은 단풍이 유난히 아름다웠다. 단풍잎은 한 잎 두 잎 떨어지고 또 떨어지고, 아름다운 단풍이 눈부시게 불타고 있었다. 활활 타는 단풍 불꽃이 내 가슴에 옮겨 붙었다.

나의 슬픈 영혼은, 그 누이가 시집가던 그해 이른 봄, 텃밭에

심은 옥수수의 연한 싹이 뾰족뾰족 땅을 치밀어 움트는 것을 보고 자리에 몸져누웠는데, 꽃피는 봄이 가고, 그해 긴긴 푸른 여름이 가고, 온 산천이 울긋불긋 누런 황금빛으로 화장을 하는 가을이 온 것이다. 가을볕도 차츰 온기를 잃어가는 계절, 낙엽이 앞산을 아름답게 물들일 때, 연한 옥수수 싹이 한 길을 자라, 옥수수수염이 지고 그 옥수수를 꺾어먹을 때서야 겨우 고개를 들고 일어날 수 있었다.

　그토록 간절한 정성에 낫지 않을 병이 있을까. 할아버지의 정성은 지극했다. 할아버지와 함께 뼈뿐인 나를 침을 놓아 밤엔 잠들게 하고, 낮에는 약을 달여 입에 넣어주시던 할아버지 친구 한 의사 분은, 이 병은 무슨 큰 충격에 의해 정신을 상실한 상심으로 일어난 ‘상한 병’ 이라 했고, 별명이 만물박사인 돌팔이 한의사는 이 병은 틀림없는 ‘화풍병(花風病)’ 이라 했다.


　고개를 들고 일어난 나는 미친 듯 그 누이가 떠나고 없는 집 뒷동산에 올라 누이와 같이 앉아 놀던 너럭바위가 있는 아카시아나무 숲 속에 두 개의 무덤을 만들었다. 하나는 누이의 무덤이었고, 하나는 나의 무덤이었다. 어머니 젖가슴 같은 두 개의 봉분을 만들고 잔디를 곱게 입혔다.

　이 세상에 그 누이가 있었다는 것을 잊어버리자. 가슴에 품고 있던 누이에게서 받은 편지들, 자꾸 여름 밤 하루살이 떼처럼 달라붙는 누이의 기억들을 모두 몽당비로 싹싹 쓸어 모아 무덤 속에 묻고 장사를 지냈다. 아픈 기억들은 모두 청산에 장사를 지내고 묻었다.

마지막으로 누이가 청색 실로 '불망기(不忘記)'라고 수놓아 평생 간직하라고 준 액자를 무덤 속에 넣고 순장을 했다. 사랑을 묻은 것이다. 이제 그 누이는 죽어서 무덤 속에 있는 것이다. 누이가 기념으로 준 만년필과, 같이 찍은 의남매기념 사진을 모두 불살랐다. 야생화를 꺾어 꽃다발을 만들어 누이의 무덤 앞에 놓고 큰절을 했다. 그리고 신라 경덕왕 때 죽은 누이를 위하여 재를 올리며 눈물을 짓던 월명사(月明師)의 '위망매영재가(爲亡妹營齋歌)'를 불렀다.

삶과 죽음의 길은
여기 있으니 두려워지고
나는 간다는 말도
못다 이르고 어찌 가는가.
어느 가을 이른 바람에
여기저기 떨어지는 나뭇잎처럼
한 가지에 나서
가는 곳을 모르는구나!
아아! 미타찰(彌陀刹)에서 만날 나
도를 닦으며 기다리련다.


이제 누이는 죽고 없었다. 죽은 사람으로 치고 살아야지, 살아 있다고 생각하면 한시도 안 보고는 보고 싶어 견딜 수가 없었다. 살 수가 없었다. 너무너무 보고 싶어 죽을 것만 같았다. 이제 그 누이는 이 하늘 밑에서는 죽고 없었다.

다음은 내 무덤 앞에 꽃을 꺾어놓고, 내 슬픈 혼백을 위해 제사를 지냈다. 앞으로 내 육체와 영혼의 편안함을 위해 두 손을 모아 공손히 절했다. 이제 나는 죽고 없었다. 천지간에 나는 없다. 내 몸은 살아 있지만 영혼은 오늘로부터 죽은 것이다. 이날 이전의 나는 없었다. 과거의 나는 그날로 진정 죽고 없었다.

지금까지 살았던 나의 모든 것을 정리하고 새로 태어나는 것이다. 새로 태어난 재생의 내가 있을 뿐, 과거의 나는 무덤 속에다 묻어두고, 잊고 살아가기로 결심했다. 기억 속의 모든 것은 다 지워버리고 살아가기로 이를 악물고 비장한 결심을 했다. 그리고 그 아카시아 꽃 숲 속 두 개의 무덤가에 꽃, 물, 새, 사과나무를 심었다. 누이가 좋아하는 야생화도 심었다. 그렇게 두 개의 무덤을 만들고 그 누이와 영원한 이별을 고했다. 그 누이와의 이별은 그날로부터 어디까지나 이별이 아닌, 영원한 '사별(死別)'이었다.

그 후 왠지 마음이 무거웠던 이 세상, 그 편지 한 장을 가슴에 꼭 껴안았던 기억만으로 세상을 살아갈 수 있었다. 그 누이의 편지 한 장이 그래도 나에게 살아갈 용기를 주었다.

그 누이는 꽃, 물, 새, 별, 산을 좋아했다. 봄이 오면 천지사방에는 꽃이 피었다. 누이는 이름 없는 꽃들을 좋아했다. 한 송이 꽃을 숨죽이고 깊이 들여다보았다. 한 송이 꽃에 우주가 들어 있다고 했다. 이 세상 사람들은 다 꽃이고, 꽃은 천사라 했다. 꽃은 죽음을 딛고 피어나는 부활의 몸짓이라 했다. 꽃을 보면 피가 맑아진다고 했다. 꽃을 꺾으면 죄가 된다고 했다.

누이는 많은 사람들이 눈 한번 주지 않고 보려고도 하지 않는 산속에 숨어 피는 꽃들을 좋아했다. 자신의 존재를 알리려 하지 않고 풀 속에 숨어 제자리를 지키며 피는 풀꽃들을 좋아했다. 물이 맑아야 꽃이 곱다고 했다. 바람이 맑아야 꽃이 곱다고 했다. 흙이 순해야 고운 꽃이 핀다고 했다. 꽃은 모두 하나의 꽃이며, 신은 하나의 신이라고 했다. 신은 하나며, 꽃은 똑같은 하나이며, 꽃은 하늘의 사랑이라고 했다.

작은 이름 없는 풀 한 포기를 그렇게 사랑했다. 그 많은 풀들은 죽을병이 낫는 불로초 약이라고 했다. 누이는 풀이름을 다 알고 싶다고 눈동자를 반짝이며 말했다. 그때 우리는 아는 꽃 이름이나 풀이름이 별로 없었다. 꽃 이름이나 풀이름을 알고 가르쳐 주는 사람이 있어 배우지도 못했고, 가르쳐주는 학교나 식물백과사전도 없었다.

누이는 자연 그대로 순수하게 산자락이나 들판 돌 틈에 뿌리가 박힌 곳에서 불평 없이 목을 길게 늘이고 피는 개나리와 참꽃을 참 좋아했다. 봄에는 하얗게 피는 찔레꽃을 그렇게 좋아했다. 특히 가시나무에서 환한 빛으로 구름송이처럼 피어나는 흰 찔레꽃이 피면 풍년이 든다고 했다.

어느 날 누이와 나는 들꽃이 피는 언덕을 하염없이 걸었다. 언덕에 달이 뜨면, 꽃은 잠에서 깨어난다. 굳게 입을 다물고 있던 꽃잎이 달빛 아래 몰래 피어나면, 어둠 속에서 노란 꽃잎들이 환하게 웃었다. 한 겹 한 겹 꽃잎을 펼치며, 달빛 아래서 피어나 한껏 요염한 자태를 뽐내는 것은 달맞이꽃이었다. 그 꽃들을 보면서 끝없이 걸었다. 산을 넘고 물을 건너, 밀밭에서 밀 익는 냄새가 하늘 아래 가득한 언덕을 걸었다. 우리는 심한 벼랑이 있고,

잡목들이 우거진 숲 속에서, 때때로 부엉이가 울고 칡넝쿨과 산딸기넝쿨이 휘감긴 들꽃 속에 마음을 맡긴 채 산속을 걸었다. 이 꽃밭에서 한평생이 다 지나간다 해도 상관없다는 듯 누워 잠들기도 했었다.

어느 날 우리는 여름빛이 녹색으로 활활 타오르는 하늘 아래 야생화 바다를 꽃향기에 취해 걸었다. 들꽃이 가득한 미소로 반겨주는 들길을 끝없이 걸었다. 풀씨가 떨어져 만든 세계에서 꽃들이 노래를 불렀다. 이 세상 꽃밭 속에서 하늘 아래 존재하는 모든 것은 누이와 나 둘뿐이었다. 그 누이는 세상의 무엇보다 꽃을 소중하게 여겼다. 나는 앞서 걸었지만, 마음이 착하기 그지없는 그 누이는 뒤처져 걸었다. 어린 꽃 한 송이라도 밟힐까봐 조바심하며 걸었다. 여린 싹이 찢어지거나 밟히면 그 아픔이 어떠할까. 풀 한 포기, 나뭇잎 하나라도 태어나면 그 생명은 아픔 없이 그대로 행복한 생을 구가하며 살아야 하고, 천명을 누려야 한다는 것이 누이의 아픔이었다.

어느 순간, 짧은 검정치마를 나풀거리며 꽃밭을 나비처럼 날아다니던 누이가 보이지 않았다. 온 길을 되밟아 돌아갔을 때 누이는 꽃밭에 엎드려 울고 있었다. 누이 손에 들려 있던 것은 내가 지나온 발자국에 밟힌 풀꽃 한 뿌리였다.

"생명이 아프다!"

누이는 상처받은 어린 싹을 잡고 울고 있었다. 꽃이 너무 아름다워 운다는 새침데기 누이는 나를 보자, 울다가 웃는 앞니 빠진 강아지처럼 언제 울었느냐는 듯 방긋이 웃었다. 울다가 웃던 누이는, 들여다보고 울고 있던 이름 없는 밟힌 꽃 한 송이를 간절

한 애원이 흐르는 눈으로 내 가슴에 안겨주고는 숲속 어디론가
사라졌다.

　깊은 산속을 누비며 누이를 찾았다. 누이를 부르며 개구리, 지
네, 도마뱀, 들쥐들이 우글거리는 엉클진 숲 속을 정신없이 찾아
헤맸다. 그러나 누이는 어디에도 없었다. 딱따구리가 나무둥지
를 딱딱 쪼는 소리가 들려왔다. 숲 속에서 산새들이 지저귀는 새
소리와 함께, 나무 위 어딘가에서 누이가 조용히 시를 읊는 소리
가 들려왔다. 시를 낭송하는 소리는 새소리보다 아름다웠다. 산
새 소리와 어울려 은은히 들려오는 누이의 애절한 목소리는 인
도 승려 시인 산티디바의 시, '기원(祈願)'이었다.


　　　이 소녀는
　　　앓는 이들에게는
　　　그들이 온전히 나을 때까지
　　　약이 되고, 의원이 되고, 종이 되게 하소서

　　　굶주린 이들에게는 음식의 비로
　　　목마른 이들에게는 음료의 비로
　　　괴로움을 없애게 하소서

　　　가난한 이들에게는
　　　다함이 없는 창고가 되어
　　　모든 것을 나누어주게 하소서

　　　내 존재, 내 기쁨, 과거 현재 미래의 소녀의 마음을

아낌없이 바치오니
모든 사람의 원을 이루게 하소서

기왕에 모든 것을 내바친다면
사람들을 위해 바치는 것이 가장 좋겠습니다
모든 사람이 원하는 대로 소녀를 내어놓겠습니다

내 육신을 내어놓는 것을 무엇을 주저하오리까
모든 사람에게 기쁨이 된다면
무슨 일이든 나를 시키소서

그러나 그들 가운데 누구도
결코 소녀 때문에
불운을 겪는 일이 없게 하소서

나로 인해 사람의 마음이
기뻐지거나 행복해진다면, 언제까지나
그들의 모든 바람 이룰 수 있는 원인이 되게 하소서

나를 해치고 조롱하는 모든 이들을
깨닫게 하소서

짓밟힌 자들의 수호자가 되고
길 가는 이들의 길잡이가 되며
물 건너는 배와 둑과 다리가 되게 하소서

어두운 곳에 등불이 되고
잠자리가 필요한 곳에 잠자리가 되며
시종이 필요한 곳에 몸종이 되게 하소서

하늘과 땅이 존재하는 한
한 세상의 고통을 극복하는
일을 계속하게 하소서

세상의 모든 고통을
나에게 돌려지도록 하시고
소녀의 사랑으로 세상이 복되게 하소서


그날 누이는 넝쿨이 휘감긴 들꽃 속에서 잠자리와 벌 나비들이 날고 있는 꽃길을 걷고 또 걸으며 행복해했다. 누이는 세상의 무엇보다 꽃을 좋아했다. 속곳이 다 드러나는 짧은 검정 몽당치마를 나풀거리며, 광활하게 펼쳐진 들판을 누비며 행복해했다. 그렇게 행복해하고 즐거워하는 누이의 모습은 처음이었다.

꽃은 왜 필까, 무엇 때문에 필까, 왜 질까. 누이는 꽃이 지는 이유를 알 수 없다고 울었다. 나는 누이에게 꽃에 대해 물었다. 누이는 꽃길을 걸으면 사람의 마음에 꽃물이 든다고 했다. 꽃을 사랑하는 마음은 세상을 아름답게 한다고 했다. 캄캄한 밤, 하늘을 나는 반딧불처럼 파란 불빛 같은 꽃송이 하나가 이승을 바라보는 창문이라고 했다. 꽃의 아름다움에는 그리움과 서러움이 함께 들어 있다고 했다.

천사가 따로 없다는 것이다. 인간이 꽃밭에서 살면 천사가 된다는 것이다. 아무리 흉측한 짐승이라도 제 새끼를 보면 기쁨이 넘쳐나듯, 꽃을 보는 사람의 마음은 아름다운 영혼으로 돌아온다는 것이다. 작은 꽃이 사람을 살린다고 했다. 꽃은 병을 낫게 한다고 했다. 꽃은 칼을 이긴다고 했다. 손에 꽃을 든 사람과 총을 든 사람이 싸우면, 총을 든 사람이 가슴을 쏴 죽일 수는 있어도, 꽃을 든 사람의 마음을 뚫어 영혼을 죽일 수는 없으니 꽃을 든 사람이 이긴다는 것이다.

꽃은 세상일로 찢기고 상처 입은 가슴을 어루만져준다고 했다. 꽃이 피면 물맛이 달다고 했다. 꽃은 생명의 기쁨이라 했다. 꽃은 누구에게나 기쁨을 준다고 했다. 고운 꽃길을 걷고 있을 때 나쁜 생각을 하는 사람은 없으며, 마음이 맑아진다는 것이다. 꽃 속에는 사랑이 들어 있고, 사람이 들어 있다고 했다. 우리 어머니 아버지가 들어 있고, 하느님이 들어 있다는 것이다. 파란 하늘이 들어 있다는 것이다. 꽃은 작은 속삭임으로 큰 가르침을 주며, 꽃은 말을 한다고 했다. 못 알아들을 뿐이라는 것이다.

그 누이는 산속에 홀로 피는 이름 모를 꽃에 조용히 다가가 입을 맞췄다. 그 꽃 속에 인간의 눈물, 기쁨, 사랑, 하늘의 뜻이 들어 있다고 했다. 누이는 다북쑥을 그렇게 사랑했다. 착한 본성의 누이에게서는 산 꽃향기가 났다. 그 누이는 길가의 이름 없는 풀들에게 말을 걸었다. 오만가지 풀들처럼 살고 싶다고도 했다. 꽃과 대화를 했다. 꽃을 하루 종일 들여다보고 있는 그 누이였다. 꽃은 생명의 뿌리라고 했다. 그 누이는 죽으면 식물이나 나무로 태어나고 싶다고도 했다. 아니, 꽃으로 태어나고 싶다고 했다.

나는 그 누이가 떠나고 없는 버림받은 땅 산골 텃밭에 그리운 빛깔로 채워진 오두막집을 짓고, 홀로 슬픈 사랑의 씨를 뿌리며 살았다. 그 생명의 소리를 듣기 위해 한 그루의 사과나무를 심으며, 꽃나무로 울타리를 쳤다. 주위에는 가지각색의 꽃을 심어 야생화 꽃동산을 만들었다. 꽃들이 봄부터 가을까지 피어나기 시작했다. 청순하고 고고한 그 자태가 그지없이 고왔다. 누이처럼 산속에 홀로 외로이 핀 꽃이기 때문일 것이다. 작은 꽃이 더 아름답다. 야생화는 겹꽃이 없었다. 작고 초라하지만, 별빛처럼 반짝이는 작은 꽃대의 가녀린 꽃은 누이처럼 아름답고 향기가 그윽했다. 그 꽃에는 정결한 꽃 혼이 들어 있었다. 그 꽃들을 사랑하며, 빈 가슴을 달래며 살았다. 산속에서 누이를 그리워하며 홀로 살았다.

산에는 어디에든지 꽃이 피었다. 인적 없는 곳에, 이름 없는 꽃들이 절로 피어났다. 꽃은 저만치 홀로 피었다. 저마다 넓은 들판에 한 송이씩 피어 있는 꽃들이다. 햇빛과 구름과 바람과 눈보라 속에서도, 꽃을 피우기 위한 꿈을 간직한 채 노랗게 피어나는 꽃들이었다. 어쩌면 저마다 저렇게 각각 다른 색깔의 예쁜 꽃을 피울 수 있을까. 침묵으로 들판을 응시하다 조용히 피고 지는 꽃들은, 무슨 사연이 있어 저렇게 홀로 피는 것일까. 그런 이름 모를 꽃들이 지천으로 피어났다.

아무도 보아주는 이 없이 혼자서 자라고 피는 저 눈부신 꽃들은, 지난겨울 얼음 속에서 그렇게 밤하늘에서 시커먼 먹구름을 울게 했던, 눈 더미 속에서 매서운 광란의 돌풍에 온통 피멍이 든 퍼런 몸뚱이가 되어도, 그래도 기어이 피어난 꽃들은 그 발가 벗은 겨울의 검붉은 피멍을 터뜨리는 통곡의 피 토함이었다.

그 꽃들을 보면서 살았다. 그 꽃들을 보면서 산을 사랑했다. 많은 돌을 사랑할 수 있었다. 그 꽃, 물, 새, 돌들을 품은 산은 인간에게 무슨 의미를 지니고 살아가게 하는 것일까. 무슨 신비의 힘을 지녔기에 난리를 피해 들어온 사람, 세상이 싫어서 산에 은신한 사람들을 다 품어주는 것일까. 따뜻한 어머니의 품속처럼 안아주어 모든 아픔을 치유할 수 있고, 사랑을 잃은 인간들의 영혼마저 산에 의지해 살아갈 수 있게 하는 것일까.

나는 산을 바라본다. 산은 커다란 생명체인 시들지 않는 영원한 어머니 품속이다. 산에는 바위에 뿌리를 내리는 생명력이 있고, 시가 있고, 음악이 있고, 사랑이 있고, 종교가 있다. 그리고 말이 없다. 말이 없지만 많은 말을 했다. 아득히 홀린 듯 산을 더듬는다. 희미한 숨결이 전해오는 것 같은 산은 신비를 품고 있다. 태초의 신비가 잠들어 있었다.

나무들이 가득했다. 산 빛이 좋았다. 찬란한 슬픔의 봄이 오면, 산은 사람의 마음을 기쁘게 했다. 산속에서는 마음이 열렸다. 몸이 열렸다. 산은 부정을 씻어주었다. 산정(山情)은 울적할 때 마음을 위로해주었다. 산은 사랑을 잊게 했다. 산은 보잘것없는 인간을 어머니처럼 안아주었다. 산은 허허로운 가슴을 안고 찾아드는 슬픈 사연의 사람들을 침묵 가운데 깊은 품속으로 안아주었다. 사랑을 잃어버린 인간을 품어주었다.

산은 버림받은 인간에게는 위대한 어머니였고, 구원의 누이였다. 봄여름, 가을, 겨울 언제나 아름다운 산새소리를 들으며 살 수 있었다. 숲속에서 산새도 울고, 나도 울면서 살았다. 산은 죽은 자들의 소망도 무덤으로 받아주었다. 변하지 않는 것은 세상 이치를 가르치는 저 푸른 생명의 나무들이었다. 산속에는 바람이 불고, 구름이 쉬어가는 바위들이 있고, 푸른 잎새를 키우는 나무들이 가슴에 하늘을 수놓으며 살고 있었다.

나무는 남을 탓하지 않았다. 바람이 불면 나무들이 춤을 추며 노래를 불렀다. 나무들이 말을 했다. 산에는 어느 것 하나 아름답지 않은 것이 없었다. 산속에는 행복이 있었다. 유월의 태양이 그러했다. 신록은 어쩌면 저렇게 푸를 수 있는 것일까. 산 빛이 너무 곱다. 무슨 물을 먹었기에 푸른 물감을 저렇게 지천으로 토해낼 수 있단 말인가. 눈부시게 아름다웠다.

산은 사철을 두고 늘 새로웠다. 봄 숲은, 같은 숲이라도 그렇게 아름다울 수가 없었다. 아무리 아름답고 고운 꽃도 저 푸름을 넘어설 수 있을까. 투명한 연두색에 눈이 멀어버릴 것만 같은 하늘이다. 푸름이 저 아름다운 꽃들을 덮어버리고 있지 않은가. 더할 나위 없이 사랑스러운 희망이 넘치는 초록빛이다. 까닭 없이 사람의 가슴을 설레게 하는 푸름은 인간보다 먼저 세상에 태어났을까. 하느님이 지구를 창조하시고 인간 생명이 처음 나타났을 때, 사람들은 푸른 숲 속에서 살았을 것이다. 그렇다면 인간이 땅에 처음 발을 딛으면서 비상의 꿈을 꾸게 한 것은, 공기와 하늘을 나는 새들이 아니라 나무인지 모른다.

나무의 수액을 먹으면 수명장수한다. 피톤치드는 항암작용을 한다. 죽을병이 든 사람을 살리는 수액이 약이 되는 것은 무슨 뜻일까. 사람들은 나무 잎으로 고칠 수 없는 병이 없다는 것을 모른다. 먹을 것을 나무에서 얻고, 활동시키는 정신을 자연에서 펴오는, 햇빛과 물을 바람에서 얻는 산에는, 나무와 모든 생명 있는 것들이 함께 살고 있었다.

산속에는 넘쳐흐르는 생명이 있었다. 꽃을 피우고 열매를 맺기 위해 얼굴을 내밀고 나오는 생명들이 있었다. 산비둘기들이 구구 울었다. 꾀꼬리, 장끼, 때까치, 부엉이, 소쩍새가 울었다. 뻐꾸기가 뻐꾹뻐꾹 울고 있었다. 저 자유로운 산새들이 둥지에서 알을 품은 채 짝을 지어 날았다.

산에는 들꽃과 풀, 산새들이 살고 있었다. 다람쥐와 토끼, 고라니, 노루, 궁노루, 멧돼지들이 함께 살고 있었다. 산에는 밤에 사는 동물이 있고, 낮에 사는 동물이 있었다. 아무 죄 없는 짐승들이 모여 살았다. 어여쁜 꽃들이 모여 살았다. 나무와 산새들, 짐승들은 사랑을 속삭이는 노래를 부르며 살았다. 청설모가 조르르 나뭇가지를 뛰어 넘어 짝짓기를 하며 논다.

하염없이 반짝이는 생명의 기쁨들, 산은 무료함이 없었다. 숲속에서는 종족 보존을 위한 바람이 쉬지 않고 불었다. 바람은 새끼를 치게 하고, 기르고, 열매를 맺게 하고, 꽃을 피웠다. 한없는 생명의 경외심과 시시각각 새로워지는 것들로 가득했다. 산은 새로운 생명과, 자연의 진리는 둘이 아니라 하나라는 것을 가르치고 있었다. 산은 우주와 생명이 공존하는 완벽한 하나의 조화였다.

산 너머 산이 있었다. 산에는 산사(山寺)도 있고, 산새도 있었다. 산은 강을 만들고, 강은 굽이굽이 산을 휘감아 돌아 물이 흐른다. 산맥들을 이어간 깎아지른 벼랑과 기암절벽, 하늘을 연모해 휘달리는 소백산맥이 하늘에 닿을 듯 첩첩한 산봉우리에서 밤을 하얗게 새운다. 산에는 나무들로 둘러싸인 계곡이 있고, 계곡이 있는 곳에 물이 흐르고, 물이 흐르는 곳에 돌이 있고, 돌이 있는 곳에 넉넉한 숲이 있고, 숲이 있는 곳에 꽃이 피었다.

밤에는 늑대와 부엉이가 울었다. 그리고 산새들이 울고 있었다. 산새들이 지저귀는 숲속에 계절은 변함없이 찾아와 흘러가고, 바위들은 아득한 시간을 견디며 흐르는 물소리와 함께 대자연의 아름다움의 잔치를 펼치고 있었다. 새들은 '휘이이익' '흐르륵' 각기 다른 소리로 울었다. 도덕경을 쓴 노자의 "배움을 끊으면 근심이 없다"는 말은, 산속에서 '지지(知止) 지지(止止)' 우는 새소리를 듣고 쓴 것일까. '지지 지지 부지지(不知止)' 새들이 도덕경을 주줄 외운다.

'부지부지(不知不止)' '지지지지(知止止止)', 우는 새들도 있었다. '휘이이잇' '휘용휘용' 사람을 놀리듯 휘파람을 부는 새들도 있었다. 뻐꾸기는 무슨 한 맺힌 울음을 저리도 애타게 밤새워 우는가. 하염없이 창공을 선회하는 불여귀는 간절한 마음을 전하러 온 누이의 혼인 듯, 밤을 새워 피 토하는 울음을 울었다. 바람이 불 때마다 나무의 정령들이 '우웅우웅' 적막하게 울었다. 숲속에서 나무도 울고, 산새도 울고, 나도 울면서 살았다.

바라보이는 모든 게 산이고, 하늘뿐이었다. 산은 영혼이 지치고 아픈 사람들을 언제나 조용히 안아주었다. 산에는 한없는 사랑을 주는 하얀 안개가 산봉우리를 감싸고 휘감아 돌았다.

폭포가 곳곳에서 웅장한 소리를 내지르며 시원스럽게 쏟아져 내렸다.

어느덧 해는 지고 산속에 어둠이 깔린다. 숲 속에는 정적이 있어서 좋았다. 숲은 고독을 키우지 않는다. 혼자 있어도 외롭지 않았다. 바람소리를 들으면 외롭지 않았다. 사랑을 잃은 인간에게 가장 무서운 것이 있다면 절대고독이었다. 밤을 홀로 견디기가 힘들었다. 그런데 산속에서는 하나도 고독하지 않고, 외롭지 않고, 문명의 소리가 들리지 않아서 좋았다. 노벨이 평화를 위해 화약과 총을 만들어 인류를 몰살하게 하는 공로로 제정했다는, 인류 최고의 상이라는 청사에 길이 빛나는 거짓된 더러운 노벨상이 없으니, 못 탈 사람이 노벨평화상을 타 노벨상에 먹칠을 하는 현상도 없었고, 유엔이 인류 평화를 위해 핵을 만들었다는 인간에게 노벨평화상을 주는, 그런 거짓된 민주주의의 이름으로 평화를 위협하는 인간의 문화가 없어서 좋았다. 인류가 삿된 마음으로 거짓 신을 만들어 숭배하는 사이비종교가 없어서 좋았다.

산은 아침저녁으로 다른 표정을 짓는다. 산 밑으로 흐르는 강물은 하루 종일 바라봐도 싫지 않았다. 산은 내 모습이고, 내 생명이었다. 졸졸 흐르는 자연의 개울물 소리를 밤새도록 들으며 살았다. 산속은 다른 세상이었다. 세상사를 다 잊어버리기에 산보다 더 좋은 곳은 없었다.

누구라도 산속에 들어와 살아보라고 말하고 싶다. 나무가 빽빽한 숲속은 영혼의 쉼터이다. 산은 인간의 길고 긴 세월의 아픔을 쓰다듬어주고, 온갖 나무와 풀, 짐승들을 자기 품으로 불러들이고 아픔을 안아주었다. 숲은 흉과 액을 막아주었다. 인간이 마지막 몸을 맡길 곳도 산밖에 없지 않은가. 모든 존재의 생명을 키우는 산은 우주의 영원한 시공을 품은 신이 아닐까. 인간들은 도시에서 태어나 살지 말고, 산속에서 살았으면 얼마나 좋을 것인가.

산에서는 생명들이 삶을 서로 주고받으며 살았다. 새들은 '짹짹' 그 한마디로 말을 했다. 인간의 더럽고 모진 입처럼 언어폭력을 일삼고 무서운 거짓말을 해 남에게 상처 주지 않았고, 더러운 변명을 늘어놓지 않았다. 주둥이가 큰 물고기가 생존경쟁에서 이기고, 말발을 요령껏 조작하여 유리하게 조화를 부리는 인간이 위대하게 되는 그런 세상이, 산에는 없었다.

산새들이 잠든 나무숲은 고요했다. 서로 부딪치며 쏟아져 흐르는 여울물 소리가 고요한 밤을 흔들었다. 함께 밤을 지새우고 싶어 하는 새들과 밤을 새웠다. 산은 말이 없었다. 가을 산엔 낙엽이 뚝뚝 떨어졌다. 말없이 나뭇잎 위로 나뭇잎이 뚝뚝 떨어져 쌓였다.

홀로 잠을 자고, 홀로 말하면서 살았다. 어느 천년 묵은 무덤가에서 나온 사자(死者)의 슬픈 영혼의 울음소리가 들리는 듯한 적막한 밤, 산속에서 나뭇잎을 긁어모아 몸을 덮고 한 마리의 나약한 들짐승처럼 몸을 움츠리고 잠들었다. 산수유를 따 쌀을 사고, 익은 다래와 머루를 따먹으며 끼니를 때우고, 좋은 공기를 한없이 공짜로 마시며 살았다. 무연하게 흐르는 세월은 가고 또 가고, 달도 지고 새도 잠든 정적 속에서, 눈을 감고 자연과 더불어 자연의 일부가 되어 살았다.

　우리 조상들은 산에서 나무의 소리, 별들의 소리, 물소리, 흙 소리를 들으며 함께 대화하며 살았을 것이다. 세상 인연을 끊고 사람이 산속에 가 살면 산을 닮아 자연의 일부분이 되는 것일까. 저 멀리 아득히 하늘로 올라가는 저녁연기를 바라보며, 산 아래 마을에 동네가 있고 사람들이 살고 있다는 사실조차 까마득하게 잊어가고 있었다.

# 청량산

청량산(淸凉山)은 하늘이 땅과 사람의 아름다운 조화를 이루게 한, 알 수 없는 우주의 오묘한 이치가 응집된 역사적인 명산이다. 우리나라에는 백두산, 태백산, 한라산 등 수많은 명산이 있지만, 그중에서 인연의 힘이 하늘과 땅 사이를 가득 채운 정기가 신과 인간의 합일관계를 가장 잘 이룬 곳이 바로 청량산이라고 한다. 그러기에 신라 때 최치원 선생과 원효대사와 의상대사가 한때 이곳에서 살았고, 조선시대에는 이퇴계 선생을 비롯한 많은 성현들이 이곳에서 득도를 했다.

청량산에는 신라 문무왕(663년) 때 원효대사가 창건한 '청량사' 라는 천년 고찰이 있는데, 그 절에서 전해 내려오는 '삼각우(三角牛)' 설화가 있다. 뿔이 셋 달린 황소가 청량사(연대사)를 창건할 때 무거운 짐을 싣고 험한 산길을 오르내리며 절을 지었는데, 절이 완공되자 지쳐서 쓰러져 죽었다. 그 소의 무덤이 청량사 법당 앞에 있다. 그렇게 창건된 청량사는 수려한 자연경관을 지녔지만, 인간에게는 편안한 삶을 허락하지 않는 천년도량으로 알려져 오늘에 이르고 있으며, 수도와 학문의 길을 열어주는 사찰로 전해진다.

그러기에 청량산에는 신라 때 최치원 선생이 고운대에서 십년 수도를 하여 신선이 되어 학을 타고 합천 가야산으로 날아갔다는 유적지와 책을 읽던 독서당이 있고, 김생이 글씨 공부를 하여 신필을 얻었다는 김생굴(金生窟)이 있다.

고려 때 공민왕이 홍건적의 난을 피해 은신한 오마대(五馬臺)와 공민왕당이 있고, 공민왕이 쌓았다는 청량산성이 그 옛날을 말하고 있다.

이퇴계 선생이 청량산을 오가산(吾家山)이라 명명하고, 산속에서 글을 읽고 산천정기를 받아 득도를 했고, 성리학을 완성했다는 오산당(悟山堂)이 있다. 퇴계 선생은 세계의 위대한 석학들이 다 참선의 도를 이루어 위대한 성인이 되듯, 매일 청량산을 오르내리며 성현이 되는 구도의 길을 걸으며 '육육봉' 이란 시를 읊었다.

> 청량산 육육봉을 아느니 나와 백구
> 백구야 헌사하랴 못 믿을 손 도화로다
> 도리(桃李)야 떠나지 마라 어주자(魚舟子) 알까 하노라

고려 공민왕이 노국 공주와 함께 이 산성 동굴 속에서 홍건적의 난을 피해 몽진을 했다는, 음양 건곤이 하늘과 땅이 함께 합일을 이루어 용트림을 하는 소금강이라는 청량산 육육봉. 의상봉, 축융봉, 연화봉, 금탑봉, 자소(보살)봉, 경일봉, 외장인봉 등 동굴 속, 파고드는 누이의 그리움을 감당할 길 없어 하늘이 침묵에 잠긴 동굴 속으로 들어가 돌 반석에 앉아 텅 빈 적요 속에 눈을 감고 면벽만 바라보고 있었다.

대체 이토록 누이를 못 잊게 하는 사랑의 정체는 무엇일까. 왜 못 잊게 하는가. 못 잊게 하는 마음은 어디에서부터 오는 것인가. 잊을 수 있는 근본대책은 없는 것인가. 알 길이 없다. 눈을 감고 조용히 앉아 있어도 아무 소리도 들리지 않는다. 물소리, 바람소리뿐. 하늘은 대답이 없고, 고요한 적막 속에서 들려오는 바람소리는, 인생은 사랑으로 태어났기에 사랑을 잊을 수 없다는 대답뿐이다.

고독이 전신을 에워싼다. 강 건너에선 여러 산봉우리가 날개를 쭉쭉 펴 산을 감싸 안고 퍼덕이고 있고, 산 위로는 푸른 하늘이 끝없이 펼쳐진 속에 구름이 흘러간다. 깎아지른 벼랑 아래로는 아득한 푸른 강물이 흘러내리는 웅장한 물소리가 들려오고 있었다.

청량산에는 하늘나라에서 마고(麻姑) 할머니가 태초에 하늘 정원에서 내려와 이곳에서 살았다는 전설의 도원경(桃源境)이 있다. 마고 할머니가 아침이면 찬란한 태양 빛으로 용소(龍沼)에서 목욕을 하고, 태양과 달과 별을 이웃으로 삼아 대화를 나누며 살았다. 신선들이 목퉁소를 불면 마고 할머니가 달나라 광한루 궁궐에서 용을 타고 북두칠성으로 올라가 이십팔수를 돌아다니며 놀다가, 저녁이면 옥황상제와 같이 지상으로 내려와 살았다는 별천지다.

그 낙원의 언덕은 하늘과 같고, 그 빛은 만물에 두루 비쳤으며, 그 지혜는 신과 같았다는 것이다. 겨울 산중턱에 복숭아꽃 오얏 꽃이 만발하고, 저녁이면 선녀들이 천공(天供)을 바치는데 신선들에게 곰발바닥과 원숭이 입술, 용의 간을 대접하는 주연을 베풀고, 천도복숭아와 반도(蟠桃)라는 과일을 먹었다는 것이다. 태양과 달이 결혼을 하여 구슬 아기를 낳고, 태양조(太陽鳥)가 아기를 안고 젖을 먹이며 날아다니며 키웠다.

그때 도원경에는 머리가 셋이고, 팔은 여섯 개며, 쇠 이마를 가지고 있어 찔러도 죽지 않고, 입으로는 연기를 뿜어내며, 모래를 양식으로 씹어 먹고 사는 괴물과 같은 사람들이 살았다는 것이다. 짖지 않는 개와 타조보다 큰, 날지 않는 새들이 같이 살았다. 사람이 죽지 않고 영원히 불사하며, 뒤통수에는 눈이 두 개 있고, 팔이 네 개에, 손이 네 개 달린 사람들이 살았다.

기암괴석으로 둘러싸인 도원경의 천상의 조경에 봄이 이르면 진달래꽃이 만발하고, 공작새가 금척(金尺)을 물고 긴 꼬리를 흔들며 계곡을 선회하며 날고, 사람이 물고기의 젖을 먹고 살았다. 소가 달을 물고 바다 밑을 거닐며 고래와 같이 놀고, 호랑이가 아기를 안고 전설의 동화를 들려주며 살았다.

약 2억만 년 전에는 이곳에서 공룡들이 살다 죽어 멸종되자, 밤이 깊으면 뱀과 이무기가 나와 한판 싸움이 벌어지고, 뱀이 이

무기가 되고 이무기가 용이 되어, 강에서 자꾸 하늘로 날아오르는 연습을 하다가, 용의 머리에 잉어 꼬리가 달린 이무기가 용의 여의주를 빼앗아 물고 하늘로 날아올랐다는 것이다.

학이 날개를 펴고 꼬리를 휘저으며 하늘로 날아오르며, 불사조란 새가 살았는데, 이 새의 수명은 5백 년을 살았으며, 5백 년만에 한 번씩 자기 둥지에 육계와 감송향 몰약을 물고 날아와 분사퇴(焚死堆)를 만들어 분사를 했는데, 그 재 속에서 다시 알이 나와 새는 윤회반복을 되풀이하면서 살았다는 것이다.

신라 때는 이 동굴 속에서 살던 황금 돼지가 황금빛이 가득한 굴에서 최치원을 낳았고, 반석 위에서는 날개 달린 호랑이가 담배를 피우고 옛날이야기를 하며, 황금 송아지와 황금 닭들이 어울려 노는데, 수탉 한 마리가 암탉 서른세 마리씩을 거느리고 알을 낳고 살았고, 구리로 만든 사람이 말을 하고, 이마에는 양심 미터기가 달려 있어 잘못을 저지르는 만큼 미터기가 올라갔으며, 원숭이가 사람의 행세를 하고, 소를 닮은 물고기와 아미 새가 하늘의 진리인 천부경을 앞에 펴놓고 앉아 줄줄 외웠다는 것이다.

태양에 둥지를 틀고 살며, 2천 년마다 한 번씩 지상에 내려온다는, 머리에 빨간 벼슬이 달린 삼족오가 겨울이면 죽었다가 여름이면 살아나 알을 낳고, 아홉 개의 꼬리와 네 개의 귀를 단 새가 밤에 달만 보면 교미를 하고, 사람의 머리와 새 몸을 가진 극락조와 대붕이 절벽 틈 바위벽에서 시를 읊고, 암수가 눈과 날개를 하나씩만 달고 있어 짝을 지어야만 날 수 있는 비익조가 살고 있었다 한다.

머리는 뱀, 턱은 제비, 등은 거북, 꼬리는 물고기 모양으로, 깃에는 오색무늬가 있는 상서로운 새가 살고 있었고, 3년 동안 울지도 않고 먹지도 않고 날지도 않는 새가 하늘로 날아오르면 하늘 꼭대기까지 날아오르고, 강물을 마시면 동해 바닷물이 마르도록 한꺼번에 다 먹어치우고, 한번 울면 산천초목이 떨고 천지가 진동하도록 운다는 봉황새가 살고 있었다. 남양지방에서 여름에 날아와 겨울이면 어디론가 종적 없이 사라진다는 한고조(寒苦鳥)가 같이 살았다.

용소에서는 인어가 용이 되어 밤이면 등천을 했고, 사람의 얼굴을 하고 짐승의 몸을 한 네발을 가진 인면수신(人面獸身)의 사람을 잘 홀린다는 산도깨비 이매(魑魅)들이 줄줄이 나와 즐거운 춤을 추고 노래를 하며 뛰놀고, 하늘에서 옥황상제의 명을 받아 내려온 선녀들이 살았는데 선녀들이 깔깔거리고 웃으며 놀다가 하늘 문이 닫히기 전에 날개옷을 입고 하늘 정원으로 날아 올라 갔다는 것이다.

포수에게 쫓기는 사슴을 나뭇짐 속에 숨겨준 보은으로, 사슴이 노총각 나무꾼에게 목욕을 하는 선녀 삼형제 중 어린 선녀의 날개옷을 감추면 어린 선녀는 하늘로 날아오르지 못할 것이며, 아내로 맞이해 살게 될 것이고, 아기를 셋 낳을 때까지는 절대로 날개옷을 보여줘서는 안 된다고 당부했다는 전설의 용소가 있다. 그러나 나무꾼은 둘째아이를 낳고 애원하는 선녀가 너무 안쓰러워 아내를 사랑하는 마음에서 날개옷을 보여주었고, 선녀는 두 아기를 양쪽 겨드랑이에 끼고 하늘로 날아 올라갔다는 것이다.

그 후, 매일 밤 선녀들이 그 용소에 내려와 살면서 지상 사람들의 소원 한 가지씩을 들어주기 위해, 옥황상제에게 청원을 하러 거북의 등을 타고 하늘로 날아올라갔다는 도원경에는 돼지 얼굴에 매 발톱을 하고 개소리로 우는, 머리에 뿔이 네 개 달린 괴물이 살고 있어, 밤이면 구천의 젖은 목소리로 울부짖는다는 기상천외의 골이 깊은 별천지였다.

무릉도원은 신선들이 사는 피안의 파라다이스 별천지 동네였다. 신선은 어떠한 걸림도 없이 학을 타고 하늘을 유유히 날아다녔다. 신선은 자신의 죽음을 통제하여, 죽었다가 다시 살아난다. 도원경에는 산골 총각들이 사냥꾼에게 쫓기는 사슴을 숨겨 살려주기도 하고, 목욕을 하러 내려온 선녀와 혼인을 하고, 선녀가 천상에서 몰고 온 황소로 밭을 갈고 부지런히 농사를 지으면서, 학을 타고 하늘을 날아다니며 행복하게 살았다.

이매와 쥐, 뱀, 개구리가 말을 하고 서로 교미를 하며 살았고, 고요함 속에 온갖 음악소리가 하늘에서 들려왔다. 풍금이 없는데 천상에서 음악소리가 들려오고, 골짜기에는 밝음이 가득하며, 사람이 소와 교미하여 린(麟)을 낳고, 말과 교미하여 용마를 낳고, 용마와 목마와 철마를 거꾸로 탄 사람들이 달리기 경주를 하며 뛰놀고, 뱀과 용이 노는 자리에 절름발이 노새가 섞여 놀았다고 한다.

계곡을 한 구비 돌 때마다 천용(天龍)과 귀신들이 함께 춤을 추며 놀았고, 용은 하늘을 날고, 호랑이는 남자로 변신하고, 곰은 여자로 변하여 아기에게 젖을 먹이며 살았다. 태양에서 살며 태양의 에너지를 먹고 사는 금오, 가루라, 금시조, 가루빈가, 대붕, 앵소, 사사리, 우르릉가와 천마와 천용이 날고, 사람 얼굴 모양의 꽃을 피우고 사람처럼 기쁨과 슬픔의 감정을 색깔과 표정으로 나타낸다는 인면수(人面樹) 나무가 살았다. 그 나무 아래로 하늘을 가로질러 새들이 날고, 나는 학의 날개가 북해에 뻗고, 신천옹(信天翁) 나그네새가 태어날 때부터 순백의 긴 하얀 깃털 날개를 펴고 하늘을 날며, 허공을 자기 집으로 삼고 달콤한 바람을 먹으며 살았다고 한다.

이 세상을 천상의 낙원으로 만들기 위해, 죽은 생명을 풀잎으로 덮어두었다가 사흘 만에 벗기면 살아난다는 불로초가 피었다. 중국 진시황이 동해바다 삼신산으로 동남동녀 5백 명을 보내 찾던 불로초가 여기에 있었는데, 불로초는 줄기는 황금빛, 가지는 붉은색, 잎은 푸른빛으로 여러 색깔의 열매가 달렸다. 잎이나 열매를 따먹으면 무슨 병이든지 다 나았으며, 죽은 사람이 살아났다는 것이다. 그리고 먹으면 죽지도 늙지도 않는 불로초는 모양과 색깔이 변화무쌍하며, 절벽 푸른 돌 틈 사이 구름에 싸여 피어 있는데, 하늘을 날아다니는 학이나 선녀와 신선들이 심심하면 따먹으며 놀았다는 것이다. 하늘나라 도화원(桃花源)에서만 열린다는 천도복숭아도 이곳에서 열렸는데, 따 먹으면 늙지도 죽지도 않았다는 복숭아였다. 3천 갑자 동방삭이 이 천도복숭아를 따먹고 3천 갑자를 살았다는 도원이다.

산 정상에는 금자탑 아래 죽은 사람을 살린다는 생명수 샘이 사철 풍풍 솟아 넘쳐흘렀고, 용소가 있는 계곡 남쪽에는 북쪽 바다에서 온 곤(鯤)이라는 물고기가 살고 있었는데, 어느 날 이 물고기가 대붕으로 변하여 날개를 펼치니 그 크기가 하늘에 드리운 구름과 같았다고 한다. 새는 구만리장천을 날며 솟구쳐, 바람을 타고 푸른 하늘을 등지고 어떠한 장해물도 거침없이 헤치고 남쪽으로, 남쪽바다로 날아갔다는 것이다.

청량산 속 용소 주위에는 용의 비늘이 번쩍이는 늙은 소나무가 줄을 서 있고, 밤이면 잉어가 나무 위에 올라와 잠을 자다가 달이 뜨면 노래를 부르고, 숫사자가 낳은 새끼를 암사자가 기르고, 언제나 그림자를 드리운 용소에는 빨간 물고기 가사어(袈裟魚)가 살았는데, 스님들이 탐·진·치 삼독을 버리겠다는 서약으로 빨간색 세 줄이 놓인 가사를 걸치는 복식처럼 몸에 빨간 세 띠를 두른 가사어를 먹으면, 병 없이 오래 살 수 있었다고 전한다. 이 가사어는 지리산 반야봉 용유담(龍遊潭)에도 살았다는데 지금은 흔적 없이 사라지고 없으며, 다른 곳으로 절대로 가지 않고 이곳 용소에서만 살았다고 하나, 지금은 전설로만 전해질 뿐이다.

옥황상제 서천꽃밭에 피고 진다는 꽃들이 이곳에 피고 지고 있었고, 죽은 사람을 살린다는 살살이꽃이 피었다. 신산만산할락궁이 15살 때 어머니 무덤을 파헤치고 살살이꽃을 뿌리니 뼈와 살이 살아나고, 숨살이 꽃을 뿌리니 숨을 쉬며 눈을 떠 죽은 지 오래된 어머니가 살아났다는 환생꽃이 피고 있었다.

양의 모양을 한, 몸통에 다리가 네 개의 뿌리를 가진 풀 나무가 살고 있었다. 영혼을 가진 풀이었다. 뿌리는 유리, 둥치는 황금, 줄기는 수정, 잎은 호박, 꽃은 미옥으로 된 보배나무들이 살고 있었는데, 나뭇가지에 금, 은, 유리, 수정, 호박 열매가 주렁주렁 달린 밑으로 선비를 닮은 팔색조와 뱀 꼬리에 날개가 달린 새들이 날아다니며 우짖었다.

　도원경 협곡의 암벽, 구름이 머물다 간 자리에 가부좌를 틀고 앉아 내 본모습을 찾고 있었다. 아무리 생각해도 인생은 태어날 때도 혼자고, 죽을 때도 혼자인 것이다. 죽음을 아는 인간은 번뇌와 고독을 느끼며 살아야 한다. 죽음에서 벗어나지 못하고 사는 인간은 불행하다. 죽음을 모르고 사는 동물들에게는 죽음이 없다. 죽음을 아는 인간에게는 죽음이 있다. 인간은 동물만 못하다. 인간은 뭔가? 누가 나를 있게 했는가. 그것이 신인가, 부모인가. 내 영혼의 주인은 누구인가. 나를 운전하는 운전사는 누구인가. 사랑은 무엇인가. 나는 무엇을 하기 위해 태어났고, 이곳에 와 있는가.

　하늘을 쳐다본다. 누이의 얼굴이 떠오른다. 누이의 얼굴은 하늘을 닮아 있다. 그 누이를 어떻게 잊을 수 있단 말인가. 하루 종일 앉아 있다가, 천년 묵은 여우가 둔갑을 하듯 미친 듯 벼랑을 굴러내려도 그리운 마음은 종적이 없는데, 망상이 있는 한 깨달음은 오지 않는 것이었다.

　일심으로 참선에 들어 기도를 한다. 잠도 자지 않고 식음을 전폐하고 앉아 구도의 길을 걸으며, 코피가 뚝뚝 떨어져 바위를 적시도록 정진을 해도, 누이를 잊게 하는 일체의 번뇌를 깨트리는 깨달음은 오지 않는 것이었다. 깨달은 사람은 허공이 없어야 하는데, 있다. 눈에는 허공이 보이지 않아야 하는데, 자꾸 허공 속에 누이가 있다.

　누이를 잊기 위해 또 하늘을 쳐다본다. 하늘에는 흰 구름이 하늘잔치를 벌이는 속에 누이의 얼굴이 자꾸 떠오른다. 이런 우주 속의 색계(色界)가 보이는 한, 영원한 깨달음은 오지 않을 것이다. 생사를 훨훨 뛰어넘는 원융(圓融)의 인과를 얻어야 하는데, 넘을 수가 없었다. 아무리 기다려도, 가고 오고에 막힘이 없고, 일찍도 더딤도 없고, 그릇됨도 어리석음도 없고, 악연도 선연도 없는 그런 깨달음의 정(淨)은 오지 않는 것이었다.

인생의 미래는 알 수 없다. 어느 누가 감히 미래를 장담할 수 있단 말인가. 마음의 때를 못 벗은 육신에 속물적 미련을 둔 몸뚱이가, 어찌 망각의 도를 얻을 수 있을 것인가. 밥을 입으로 먹고, 항문으로 똥을 싸고, 그리고 사랑이 그리운 인간은, 아무리 구도를 한다 해도 안 먹으면 배가 고프고, 병이 들면 몸이 아프고, 그러다 죽고…… 열반의 깨달음을 이룰 수 없는 것이다.

오매불망 그 누이는 잊을 길 없고, 내 몸속의 누이와, 누이 속의 그리운 나의 분별심을 없애지 않는 한, 누이에 대한 사랑은 죽어도 잊을 길이 없다는 생각이었다.

인간은 아무리 이성을 가진 존재라 해도 자기의 몸에 연연한다는 점에서는 짐승과 다를 바 없다. 결국은 하나의 동물인 셈이다. 껍데기만 다를 뿐, 내면은 동물에 지나지 않았다. 사흘을 굶으니 죽을 것만 같았다. 눈에 보이는 것이 없었다. 인간도 결국 동물처럼 먹이를 위해 산다는 생각이 들었다. 안 먹으면 죽는다, 그리고 궁극적으로 자기를 위해서이다, 그 외에는 다 위선일 뿐이다. 아무리 무아경에 들어도 인간의 색욕, 식욕, 수면욕이 있는 한 깨달음을 얻을 수 없다는 생각뿐, 누이의 티 없는 영혼을 못 잊는 한, 고통 없는 미소로 승화된 삶을 누릴 수 있는 마음의 평화는 오지 않는 것이었다.

내가 그렇게 갈망하는 누이의 사랑에 대한 하늘의 대답은 들려오지 않았다. 볼을 스치고 지나가는 바람소리뿐, 들으려는 하늘에서는 아무 소리도 들려오지 않는다. 천장(千丈)의 절벽 아래로는 허공이 있을 뿐, 허공 속에서 저녁노을이 외로이 불타고 있었다.

벼랑을 등지고 앉아 하늘을 우러러본다. 벼랑을 뛰어넘거나 타고 내릴 수는 없다. 바라볼 수밖에 없다. 세상 만물에 고루 빛을 비추려고 애쓰는 태양은 오늘도 서산으로 기울고, 무심한 하늘은 아무 대답 없이 흘러가고 있다.

억겁의 세월이 아롱져 있는 절벽, 강물이 고요히 흐르는 절벽 아래로, 산 빛이 물든 강물을 내려다본다. 그 물에서 물거미가 동그라미를 그리고 있다. 동그라미는 잇따라 여러 개로 늘어나 커지면서 강바닥 가득 퍼진다. 파문이 번져가는 모습은 신기하게 물거미가 동그라미를 그린 물에서는 벌써 사라지고 없는데, 멀리 번져간 커다란 물 태는 오래도록 뚜렷이 남아 있다. 사랑은 저 물 태와 같은 것인가. 파문을 일으킨 사람은 벌써 어디로 떠나고 없어도, 세상에 사랑의 씨는 퍼져나가고, 간절한 사랑만은 저 물 태와 같이 가슴에 새겨져 오래도록 남아 사라지지 않고 흐르고 있는 것인가.

다시 눈을 들어 서쪽 하늘을 바라본다. 우주의 율려(律呂) 운동으로 온통 하늘을 핏빛으로 물들이던 해는 절벽에 걸려 있다. 달무리조차 낙동강 물속으로 잠겨드는데, 철새 한 마리가 북쪽 하늘을 향해 영겁의 어두움 속으로 사라져가고 있다. 나는, 서식지로 돌아가는 저 한 마리의 철새와 같은 것인가. 그렇다면 인간은 아, 늦가을 나뭇가지 끝에 매달린 마지막 하나의 잎새와 같은 것인가. 잎새보다 나은 것이 무엇인가. 해는 서산에 걸려 있고, 바람은 무섭게 불고, 무릎 아래로는 절망의 빛깔로 채워진 무애한 절벽이 있을 뿐이다. 억겁의 세월 동안 비바람에 씻기어 세상의 여러 가지 사물의 형상을 나타내고 있는 절벽에서, 나는 자연의 위대함을 다시 한 번 되새기며 앉아 있었다.

강 아래를 내려다본다. 강 아래 언덕에 피어 있는 꽃들이 누이로 보인다. 강바닥에서 누이의 목소리가 들려온다. 누이가 빨리 내려오라고 손짓한다. 나는 살아 있어봤자 이 세상에서 할 일이 없다. 살아 있음이 아픔이었다. 그리고 누이에게서 해방되는 길은, 오직 이 천 길 낭떠러지 아래로 떨어지는 길밖에 없다는 생각이 들었다. 지금 당장 이 세상을 떠난다 해도 억울한 것도, 손해 볼 것도 없는 인생이었다.

죽으면 누이를 잊을 수 있을 것이다. 이 고통에서 헤어나는 유일한 방법은 세상을 등지는 것이라는 생각을 하고, 뛰어내릴 것을 결심했다. 사람이 영원으로 가는 길은 그리 오래 걸리지 않는다. 순간이다. 눈앞에 그 누이의 모습이 어지럽게 나타났다가는 사라지고, 사라졌다가는 다시 나타났다. 아찔한 절벽을 뛰어내리려는 순간, '땅! 따앙!' 어디서 종소리가 들려온다. 청량사에서 들려오는 저녁 종소리였다. 온 누리에 자비 광명을 알리는 종소리가 울러 퍼진다. 이 세상 모든 중생제도를 위한 사바세계에 울러 퍼지는 간절한 염원이 담긴 종소리가, 청량산 외로운 절벽을 붙잡고 울고 있었다. 떨어지지 않는 인연을 붙잡고 우는 대책 없는 종소리였다. 몸 전체가 큰 입으로 허공에 매달려 울고 있는 종소리는 청량산 절벽에 와 박혔다가 다시 내 귀에 부딪혀 석양

절벽을 향해 따갑게 울고 있었다. 뜨거운 내 운명의 번뇌를 붙잡고 울고 있었다.

석가모니는 순례의 길을 떠나 룸비니 동산에서 생사 해탈의 법을 구하여 6년 만에 정각을 이루어 부처가 되었다. 곧 그길로 자기가 깨달은 사제와 12인연, 팔정도를 설법했다. 그러나 달마는 펑펑 쏟아지는 눈 속에서 밤을 새우며 왼팔을 스스로 잘라 피를 뿌리면서까지 도를 얻으려고 발버둥 쳤지만, 깨달음을 얻지 못하다가 면벽 9년 만에 겨우 득도할 수 있었다.

하지만 나 같은 인연 없는 중생은, 속세의 인연을 끊고 9년이 아니라 강산이 변하도록 청량산 속 절벽에 매달려 하늘을 지붕 삼고 눈을 감고 앉아 있는다 해도, 만적(萬寂)의 등신불처럼 몸을 불사르는 소신공양을 올리지 않는 한, 밤과 낮이 따로 없고 죽음과 삶이 하나인 사랑의 깨달음이 올 것 같지 않았다.

마음의 정체는 알 수 없는 것, 마음의 한량없는 정체를 찾아본다. 바다의 파도처럼 잠시도 쉬지 않고 일렁이는 마음은, 넓을 때는 바다같이 우주같이 넓다가도, 좁을 때는 바늘 하나 꽂을 구멍이 없다. 마음은 형상이 없고, 끝이 없다. 눈에 보이지도 않는다. 무극이며 태극이었다. 형체는 없는데, 실체는 있었다. 실체는 하나일 뿐이다. 그 하나는 나였다.

모든 것은 내 마음에 달려 있었다. 곧 내가 우주인 부처, 곧 하느님이었다. 마음도 하나, 우주도 하나인 그 마음의 주인은 나였다. 그 나는 어디로 가는 것인가. 찾을 수 없고, 볼 수 없는 곳으로 돌아가는 것이다. 오늘 찾을 수 없는 그것은 과거에도 없었고, 미래에도 없었다. 거기에는 가는 것도 없고, 오는 것도 없었다. 죽는 일도 없고, 태어남도 없었다. 가고, 오고, 나고, 죽음이 없는 곳에는 어떤 생명의 연기가 있을 리 없다. 종내는 사랑도 없는 것이다. 인과의 생멸이 없는 곳에는 우주 변화의 작위(作爲)가 있을 리 없다. 다만 그것은 하나인 무위(無爲)일 뿐이다.

어풍대와 만경대 등 12대와 김생굴, 최치원굴 등 3개굴을 옮겨 다니며, 절벽 바위 위에 앉아 뜨는 아침 해를 바라보고 지는 저녁 해를 하루 종일 바라본다. 신발을 벗어 절벽에 걸어놓고, 그 누이를 잊는 깨달음을 얻기 위해 참선에 들어 바위 위에 꼼작하지 않고 눈을 감고 앉아 있었다. 보이지 않는 거대한 힘의 붉은 회오리바람이 광풍처럼 하늘에서 밀려온다. 구름 위로 보이는 것은 가없는 하늘, 태 없는 땅, 공허(空虛)뿐이었다. 마음의 하염없음을 본다. 일체가 뜬구름이요, 무상이었다.

고요한 마음의 깨달음을 얻어 누이를 잊어야 하는데, 아득한 허공과 까마득한 천 길 단애의 절벽이 눈앞을 가로막고 있을 뿐, 가득 찬 것 같으면서도 텅 비어 있는 삼라만상은, 돈점(돈오돈수, 돈오점수)의 깨달음이 오지 않는 것이었다.

사랑은 마음의 병이다. 일어나는 마음을 없애면 된다. 그러나 머리에서 발끝까지 누이로 가득한 마음의 번뇌 망상은 지울 길이 없었다. 사랑이란 뭔가. 나의 존재는 무엇인가. 누가 사랑을 있게 했는가, 하게 했는가. 그것이 신인가, 사람인가. 형상과 본질의 원인은 어디서 왔는가. 사랑의 본질은 생명과 함께 존재하는 것인가. 아무리 생각해도 존재, 그 이상의 것은 깨달을 수 없었다.

마음의 자리는 생멸이 없다는 것을 깨달아야 하는데 깨달음이 오지 않았고, 빠끔히 보여야 할 목탁 속 구멍 안의 작은 빛 같은, 어두움 속의 해탈은 보이지 않는 것이었다. 인간이 깨달음을 얻으면, 일어나는 불타는 욕망을 잠재우고, 자기의 마음을 마음대로 째고 꿰매고 성형수술 할 수 있는 의사처럼 될 수 있을까. 그래야만 누이를 가슴에서 가위로 싹둑 잘라내듯 없애고 꿰맬 수 있을 텐데 말이다.

눈을 감고 영겁 속에 앉아 있어도 인간의 존재란 보잘것없는 것, 인생은 불완전한 것뿐이다. 무엇 하나 보장받은 것은 없었다. 사랑도, 부귀영화도, 생명도, 하늘로부터 보장받은 것은 없었다. 뜬구름인 것이다. 인간이 이 세상에 태어날 때는 죽음을 알지 못한다. 죽을 때는 다시 태어나는지를 알지 못한다. 나고 죽는 것도 모르고, 가고 오는 것도 모른다. 어디로 가는 것도 모른다. 자식이 많으면 뭘 하며, 돈이 많고 명예가 높으면 뭘 하는 것인가. 백 년 전에 끝나는 것이다. 인간은 태어날 때도 혼자고, 죽을 때도 혼자인 것이다. 자유, 자유 하지만, 그것은 개의 목에 걸린 끈처럼 묶인 끈 안에서의 자유일 뿐, 인생은 외나무다리 저 건너편 피안의 세계에서만 꿈과 희망이 춤을 춘다.

인간이 세상에 와서 얼마를 살다 갈지, 얼마를 사랑하다 죽을지 모른다. 불행은 처음부터 예고되는 일이 아니다. 인생은 미로다. 불행과 이별은 언제, 어디에서, 어떻게 돌풍처럼 돌진할지 모른다. 절벽처럼 한 치 앞을 내다볼 수 없는 게 인생이다. 누구도 내일의 악몽을 점칠 수 없다. 사랑도 행복도 보이지 않는다. 죽음의 문턱 앞에서 가부좌를 틀고 죽도록 앉아 있어도, 상의 얽매임 속에서 벗어날 수 없었다.

세상일은 마음먹기에 따라 자기의 선택에 달려 있다는 생각 뿐, 빛과 하나가 되는 깨달음은 오지 않는 것이었다. 마음은 모양이 없고, 색깔도 없으며, 무게가 없어 달 수도 보여줄 수도 없는 것, 마음 한번 잘못 쓰면 평생 소용없는 인생이 되어버린다는 생각뿐이었다.

곧 마음이 우주다. 마음이 우주 만물의 주인인 것이다. 내 마음이 법당이었다. 법당 속에 만들어놓은 부처는 진짜 부처가 아니고, 자기 마음속에 있는 부처가 진짜 부처인 것이다. 부처를 다른 데서 찾는 것은 어리석은 일이었다. 육신은 사멸이 있어도, 마음은 허공과 같아서 끊어지지도 멸하지도 않는 것이었다. 그것이 마음인 것이다. 마음이 곧 천당이었다. 그런데 어리석은 사람들은 천당을 자기 마음속에서 찾지 않고, 다른 먼 하늘나라에서 찾는 허황된 세월을 헤매고 있었다.

잠자는 것도 잊고, 밥 먹는 것도 잊고, 어디가 아프거나 슬프다거나 시간이 흐르는 것도 잊고, 호흡도 잊고, '나' 라는 존재도 잊고, '너' 라는 상대도 잊고, 살아 있다는 것도 잊고, 죽는다는 것도 잊고 눈을 감고 앉아 있었다. 아무리 죽도록 앉아 있어도 그 누이의 간절한 생각이 떠오를 뿐, 살아야겠다는 생명의 이기심 때문에 깨달음은 오지 않는 것이었다.

생과 사는 둘이 아니다. 세상은 생도 사도 없고, 가고 옴도 없고, 옳고 그름도 없고, 머무름도 없는 것이다. 즉 '나' 라는 존재는 없는 것이다. 마음과 육신이 없어야 하는데, 있다. 생사가 있는 마음의 갈피 속에서는 깨달음은 오지 않는 것이다. 나라는 존재는 없다고 생각하고, 그 누이의 사랑도 없다고 생각하고 누이를 잊어야 하는데, 새가 하늘을 날아가듯 마음에 흔적이 없어야 하는데 그렇게 되지가 않았다. 결국은 아무것도 깨달을 수 없었다.

몸과 마음은 환상이다. 눈에 보이는 모든 것은 허상이다. 사랑도 환상이다. 육신의 내 색깔이 비바람에 바래지고 없어지는 날, 영혼으로부터 자유로워질 것이다. 조용한 침묵에 잠긴다. 목숨이 생사의 마지막 관문을 넘나들며 고요히 눈을 감고 나를 하늘에 맡기는 순간, 가물가물 내 마음속에 찾아들어야 할 끝없는 고요와 평화는 찾아들지 않는다.

사랑은 하나다. 우주도 하나다. '사랑이 하나' 인 질량 불변의 법칙은 변하지 않는다. 내가 없는데 너와 내가 있을 리 없고, 이승이 없는데 저승이 있을 리 없다. 그런데 어리석은 사람들은 무명 속에서 '네 사랑이다' '내 자식이다' 하고 다투고 있지만, 알고 보면 빈손으로 왔다가 빈손으로 가는 것이다. 그러기에 살아 있을 때는 옷에 주머니가 달려 있지만 수의(壽衣)에는 주머니가 없는 것이 아닌가.

무엇을 담아간단 말인가. 캄캄한 어두움 속에 빛이 있어 광명의 눈으로 바라보면, 원래 내 것이란 없는 것이다. 내 사랑이란 것도 없는 것이다. 내 자식, 내 지식이란 것도 없는 것이다. 인간의 얄팍한 지식은 죽음이 두려워 신을 만들고, 삶이 두려워 사회를 만들고, 불쌍한 영혼이 종교를 만들고, 인간이 그리워 사랑을 만들고, 자식을 낳아 인연을 만든 것뿐이다. 궁전도 사람이 짓는다. 부처도 사람이 만들었다. 예수도 사람이 만들었다. 왕궁이 좁아서 자유를 찾아 뛰쳐나온 석가여래를 다시 법당에 잡아 가두어 감옥을 만든 것도, 자유를 찾아 달아나는 예수를 잡아 십자가에 못 박아 죽게 한 것도 사람들이 한 짓들이다.

인간이 나기 전에는 예수도 부처도 없었다. 아무리 위대한 신이라도 인간이 없이 신이 존재할 수 없다. 그런 신을 만들어 팔아 영육을 채우고, 문화라는 이름으로 도덕과 미래를 만들어 팔며, 쾌적한 아파트와 값비싼 고급자동차와 현란한 문명의 이기를 향유하기 위해 인간 본성을 버리는 데 기를 쓰며, 철저히 자신을 고립시키고 사회를 단절시키며 인간성 상실의 삶을 만들어 사는 것이 오늘의 영악한 인간들이었다.

그들은 그 무엇을 찾아 헤매다가, 없는 헛것을 잡으려고 허덕이다가 허망하게 죽어가는 것이다. 죽을 때 가져갈 것이란 아무것도 없다. 사랑은 나의 것이 아니다. 우주의 모든 것은 다 나의 것이 아닌 것이다.

깨달음을 얻기 위해 청량사 절, 벽에 그려진 심우도를 본다. 인간의 본성을 찾아 깨달음에 이르는 길을 소에 비유해 그린 심우도에는, 소는 보이지 않고 동자가 고삐를 들고 혼자서 잃어버린 소를 찾아 산속 길을 헤맨다. 소의 발자국을 발견한다. 소를 본다. 소를 잡아타고 피리를 불며 집으로 돌아온다. 소는 흰 색깔로 변한다. 동자는 소도 잊고 혼자 조용히 앉아 있다. 무상의 깨달음, 공(空)을 얻은 것이다. 찾아도 결국은 아무것도 없다. 인생은 개공도(皆空道)인 것이다.

원래는 자기의 이름도 없다. 성도 없다. 생명도 없다. 생명은 내 것이 아닌 것이다. 천지의 이(理)에 의해 형화(形化)된 음양오행으로 암수가 태어나고, 오온(五蘊)이 모아져 생겨난 일기(一氣)

의 형태가 부모의 은덕으로 몸을 잠시 빌려 태어난 것이 소멸하는 것이다. 그 형체는 우주섭리 속에 잠시 머물러 있다가 본래의 모습으로 돌아가는 것이다. 그 하나는 무(無)다. 아니, 그 하나도 없다. 우주 속에서 생명체는 그렇게 잠시도 쉬지 않고 명멸한다. 그 존재는 물과 바람으로 허공 속에 흩어져 없어지는 것이다.

사서삼경은 지구에 유인(有人)이 최귀(最貴)라 했다. 성경은 인간을 만물의 영장이라 치켜세우고 '만물을 지배하라' 고 했다. 소나 개돼지, 노루나 사슴, 토끼, 양 같은 짐승은 모두 사람에게 잡아먹히라고 하느님이 만들었다. 인간이 지배하라고 한다. 소나 개에게, 잡아먹히는 억울한 사연을 물어본다고 하면 짐승들은 뭐라고 대답할까. 생명을 죽이는 것들은 다 하늘에 죄를 짓는 짓들이다. 유일신이 만들었다, 그 말은 이성을 가진 인간들이, 인간을 위주로 우주를 정립하고 정복하기 위한 인간 중심주의에서 저지르는 작란이다. 우주 진리에 어긋나는 짓들이다.

태어날 때도 동물적인 과정을 거쳐 태어나는 인간은, 하나의 동물이다. 어쩌면 지구상에서 인간보다 더 불완전하고 나쁜 동물은 없을지 모른다. 인간만큼 나쁜 동물은 없다. 어떤 동물이 있어 인간만 못하단 말인가. 물에는 물고기가 헤엄을 치고, 공중에는 새들이 하늘을 훨훨 날아다닌다. 그러나 인간은 헤엄도 못 치고, 날지도 못한다. 나무에 올라가는 데는 원숭이만 못하고, 달리기는 개만 못하고, 밤눈은 올빼미만 못하고, 힘은 말만 못하고, 말귀는 말 못하는 소만큼도 못 알아듣는다. 빠르기는 고양이만 못하고, 정력은 물개만 못하면서 섹스는 시도 때도 없이 즐기고, 후각은 파리만 못하면서 코로 냄새를 맡고, 적의 공격에 대응할 발톱이나 부리도 없으면서 싸움을 좋아한다. 털이 없어 겨울이면 보온이 안 돼 옷을 안 입으면 얼어 죽는다.

그런 인간이란 한심한 동물들은, 배우고 지능이 발달할수록 악에 물들어갔다. 배우면 배울수록 더 나빠지고 잔인한 악마로 변해갔다. 그들은 머리에 머금은 지식을 오징어먹물처럼 우주에 검정 물을 담아 뿌리면서, 자기가 사는 하나뿐인 지구를 망치고, 멸망의 감옥으로 만들어가고 있는 것이다.

어쩌면 인간이란 동물은 미물인 개미만도 못하다. 하찮은 개미도 천재지변을 예감하고, 비가 올 것을 미리 알고 이사를 한다. 쥐는 파선할 배를 미리 알고 바다를 헤엄쳐 그 배에서 도망을 친다. 홍수로 집이 떠내려갈 때, 소도 개도 그 둔한 짐승 돼지도 다 헤엄을 쳐 달아날 줄 아는데, 인간만은 물에 빠져 무더기로 죽는다. 폼페이 베수비오 화산이 폭발하기 직전, 수천 마리의 새떼들이 비명을 지르며 하늘로 솟아올랐다. 새들의 다급한 날갯짓을 보고 무언가 큰일이 일어날 것을 다른 동물들은 직감했다. 모든 동물은 화산이 폭발할 것을 미리 알고 미연에 도망하는데 만물의 영장이란 미련스런 인간들은 모르고 있다가 무더기로 불구덩이 속에서 죽었다.

지구 탄생 이후 하늘의 뜻을 알고 순리에 따라 산다는 하느님의 형상을 닮은 이성을 지닌 만물의 영장이란 인간이 하는 짓거리란 이 무슨 꼴불견인가. 죽음에서 벗어나지 못하는, 죽음을 아는 인간들은 땅굴을 파고, 우주 개발의 꿈을 안고 우주를 정복하겠다고 하늘에 인공위성을 쏴 올린다. 핵을 만들어 미사일을 우주에 날린다. 생각할수록 경이로운 이 지구를 못살게 하고 있는 것이다.

인간들은 우주를 오염시키고 땅의 생태계를 무한정 파괴해 지구는 피를 흘린다. 그리고 같은 동물끼리 맛이 있다고 잡아먹으며, 약육강식을 합리화하고, 자기 마음에 안 든다고 법이란 그물을 만들어 친구를 잡아 가두고, 애인을 뺏고, 바다의 고기를 잡고, 형제를 죽이는 전쟁을 일으키고, 살인을 일삼고 있는 것이다. 자기가 사는 둥지를 쓰레기와 핵 더미로 만들어 물도 마실 수 없게 오염시키고, 숨도 맘껏 쉴 수 없게 공기를 오염시켜 지구의 종말을 고하고 있는 것이다. 이렇게 무지한 동물들이 어디 있단 말인가.

이런 악독한 인간들이 태초의 원시시대로 돌아가 다시 산다거나, 죽었다 새로 태어나 산다 해도 악한 짓을 안 하고 착하게 살 수 있을까. 앞으로 신이 있어 스무 살에서 서른 살까지만, 아니 한 살에서 백 살까지 인생이 죽어 새로 태어나 새로운 삶을 시작할 수 있도록 만든다면, 한 번 잘못 산 인생이었으니까 두 번째는 지난날의 과오를 되풀이하지 않고 서로 믿고 사는 평화로운 세상이 올 것인가. 과거를 거울 삼아 반성하고, 과오를 범하지 않고 사는 천성이 착한 사람들이 있을지는 모르지만, 과거의 악 지식을 밑천으로 더 나쁜 짓을 하는 악마로 변하는 것이 인간일 것이다. 잘못된 지식을 교묘히 꾸며 이용해 살아 있는 지구를 오염시키고, 은혜를 원수로 갚는 더 악한 짓을 할 것이다.

그렇다면 신이 인간을 참 잘 창조했다. 한 번 죽으면 전생을 모르는 것이 맞는 것이다. 만약 죽어서 다시 돌아올 수 있다면,

자기가 죽임을 당한 원수를 만나면 어떻게 할 것인가. 그러기에 신은 인간에게 전생을 알지 못하게 철저한 비밀로 만들었을 것이다.

세상에 어떤 짐승도 제가 사는 둥지를 허물어 못쓰게 하는 미련한 동물은 없다. 자연은 정복의 대상이 아니며, 더불어 살아야 하는 하나의 공동체 운명이란 것을 모르고 사는 동물은 없다. 그런데 인간들은 자기가 사는 둥지를 화장장의 불구덩이로 만들고 있다. 이 같은 인간은 무한한 우주 속 억겁의 시간에서 본다면 어쩌면 하루살이만도 못한 존재들이다. 하루살이 같은 인간들이 핵을 만들어 하늘에 쏘고 불구덩이 속으로 들어가는 위험한 불장난을 치고 있는 것이다. 그런 인간이란 동물은 지구상에서 동물 중에 가장 못쓰는, 있어서는 안 될, 어쩔 수 없는 잡식동물인 것이다.

인간에게 잡아먹히는 동식물 눈으로 본다면 인간은 변명을 내세우는 약탈자요 위선자인, 어쩌면 지구상에서 없어져야 할 악마일지 모른다. 누에에게 입으로 실을 토하게 해 그 실로 옷을 짜 입고, 번데기는 삶아 먹어 나비로 환생을 못하도록 하던 것이, 이제는 몸에 좋다고 건강식품으로 애벌레까지 달달 볶아 분말을 만들어 먹고, 순한 소는 우유를 짜먹고 논밭을 갈고 수레를 끌게 하고 새끼를 낳게 해 제 자식의 학비를 대고, 실컷 부려먹다가 잡아 고기를 부위별로 갈기갈기 찢어 구워 먹고, 가죽은 신을 만들어 신고, 갈비탕을 끓여 뼈까지 우려먹는다. 못된 짓이란 짓은 다 하는 악마 같은 인간들, 인간만큼 더럽고 추잡한 동물은 없을 것이다.

다른 동물들은 다 자연 속에서 혼자 외롭게 견디고 사랑을 배우며 조물주의 섭리를 거스르지 않고 순응하며 살아가고 있는데, 자연을 소유하고 우주를 정복하겠다는 인간만이 만물의 영장이란 이름으로, 본능만으로 먹고 자고 배설하고 짝짓기하고, 자연에 순응하며 살아가는 동물들에 비해 자연의 섭리를 거스르며, 제가 사는 지구를 영원히 배신하고 있는 것이다. 인간은 지구에서 없어져야 할 악의 화신인 것이다. 만약 지금이라도 인간이 자연에 저지른 죄를 참회하고 생명 평화의 길을 찾아 자연의 재발견에 눈을 뜬다면, 그래도 지구의 멸망은 올 것인가.

과연 인류는 경제성장을 한 만큼 행복할까. '더 높이 더 빨리 더 멀리'는 올림픽의 표어다. 그것이 인류의 염원인지는 모르지만, 강자의 꼭두각시놀음인 자본주의의 종속으로 타락한 문화가 문제다. 연예, 스포츠, 축구, 공 한번 잘 찼다고 온통 지구의 지축이 흔들린다. 그게 뭐 그렇게 중요한가. 이것이 강자의 장난에 놀아나는 물질문명인 것이다.

TV 밑에서 자라나는 이 나라의 청소년들은 뭔지도 모르고 그들이 유도하는 대로 정신이 팔려 괴성을 지르며 미쳐서 날뛴다. 월드컵 축구가 지구에 태어난 근본 진리는 어디서 무엇 때문에 온 것일까. 강자의 정복이다. 함락이다! 골문의 정복에 대한 승리의 쾌감. 축구 경기의 창시자는 강도가 아니면 난봉꾼이었을 것이다. 남편이 엄연히 두 눈을 뜨고 있는 부인을 천하의 오입쟁이가 눈독 들여 골인 한 후 그것을 상상하면서 상징해 만든 것이 축구 경기는 아닐까. 골키퍼가 눈을 시퍼렇게 뜨고 골문을 지키고 서 있는데 헐레벌떡 난데없는 공이 숏, 나 보란 듯 날아든다.

함락시킨 것이다. 힘의 상징이다. 곰이 제 쓸개를 빼주고도 모르듯, 그는 아내의 정조를 빼앗기고도 빼앗긴 줄 모르고, 기분이 좋아서 환호를 지른다.

골인! 무엇을 의미하는 것인가. 아내의 정조를 빼앗긴 것이다. 그것이 축구의 진리다. 스포츠는 강자들이 남의 것을 빼앗은 잘못은 다른 데 두고, 그것을 모르게 하기 위한 운동을 통해 눈을 다른 데 돌리게 하는 것이다. 정치의 잘못을 합리화하는 홍보용으로, 인간의 무지를 이용하여 정신을 다른 데 팔게 하는 스포츠는, 우주의 진리를 호도하는 인류를 유희로 미혹하는 마약이다.

서구의 물질문명에 의한 끝없는 달림이 인류의 행복일까. 가진 것만큼 행복할 수 있을까. 그것은 지구의 종말을 재촉하는 것이다. 모든 국가가 고도의 경제성장을 했을 때 비례하여 오는 산업쓰레기와 우주의 리듬을 깨는 환경오염은 지구의 파멸을 불러오고 있는 것이다. 물질문명은 벌써 인간이 인간을 싫어하는 현상을 가져왔다. 오늘의 자연은 그 옛날의 지구가 아니다. 사람도 옛날 사람들이 아니다.

나는 울었다, 아픈 지구가 몸부림치며 죽어가는 징후를 보고. 지금 인간들이 사는 여름 바깥온도는 영상 35도를 넘는데, 실내온도는 20도도 안 된다. 더위를 모른다. 겨울 바깥온도는 영하 30도를 넘는데, 실내온도는 영상 20도 안팎이다. 승용차 안도 마찬가지다. 속살을 다 드러내놓고 육체미를 만끽하며 겨울을 모르고 살아간다. 그들은 여름, 겨울이 없다. 이렇게 사는 사람들은 지구에 죄악을 범하는 것이다. 인간의 편리가 가스를 내뿜어 자연을 못살게 고통을 주는 것이다. 범우주적 입장에서 볼 때 인간은 주어진 자연환경을 거부하고, 인간만의 편리한 공간을 만들기 위해 온난화 가스를 마구 내뿜는 지구 오염은 꽃이 피지 않는 세상이 온다. 환경학자들의 말처럼 지구를 12시로 가정했을 때 9시 15분은 이미 지나갔고, 2시간 45분밖에 안 남은 시한부 운명으로 만들어 병들어 죽게 하고 있는 것이다.

하늘이 있어 내려다본다면 지구란 하나의 동그란 소똥 같은 덩어리 위에 구더기 같은 인간들이 붙어 우글거리며 하루살이 같은 생을 찬미하고 있는 것이다. 일백 년 전에 끝나는 생명들이다. 어쩌면 파리만도 못하고, 구더기 같이 더러운 인간들이다. 하나의 박테리아인 미물들이 우글거리며 처절한 죽음을 기다리고 있는 불쌍한 그것들이, 문화란 이름으로 만든 과학문명은 자연을 오염시키고, 생태계를 파멸시키고, 자정능력을 잃은 지구는 중병을 앓고 있다. 지구에 사람이 살기 시작한 지는 오래되었지만, 앞으로도 오래 살아야 하겠지만, 그럴 것 같지가 않다.

아파 몸부림치는 지구는 밤이 되어도 하늘에 별이 뜨지 않고, 낮에는 태양이 떠도 오존층 오염으로 보이지 않는다. 세계는 곳곳에 연쇄적 기상이변이 오고, 엘니뇨·라니냐 교체가 빨라 해수면 온도가 갈수록 상승한다. 고·저기압 이상 현상은 바다에는 고기가 없는, 인간이 죽어가는 지구를 만들고 있는 것이다. 숲속에서는 새들이 울지 않고, 온실가스와 이산화탄소에 의한 지구 온·냉화 현상으로 바다의 먹이사슬인 플랑크톤이 멸종되는 바다의 붕괴현상이 온다. 앞으로 지구의 온도가 두 배 상승한다고 하니 인간이 살 수 있을까. 고온다습, 슈퍼폭풍, 집중호우와 이상 가뭄, 물 부족으로 수목이 말라죽고, 지하자원이 고갈되고,

유전이 바닥나고, 태양에너지가 없어지도록 만들어 생태계 변화로 지구의 멸망을 예고하고 있는 것이다.

인간의 문화 발달이 이대로 간다면 재앙뿐이다. 대량생산과 소비, 과대포장 쓰레기, 우리 할아버지 시대에는 그런 것이 없었다. 대량생산 쓰레기, 인간이 생활태도를 바꾸지 않는 한, 거대한 생명체인 지구는 멸망의 날을 기다리고 있는 것이다. 인류는 핵전쟁이 아니더라도 세계적 물 기근이 오고, 물이 없는 병든 지구는 잿더미로 변해 스스로 멸망의 날이 올 것을 기약하고 있는 것이다.

옛날 마고 할머니가 살았던 청량산 무릉도원에 낙조는 기울고, 노을에 비친 저녁 햇살이 동굴을 하염없이 비춘다. 캄캄한 동굴 속으로 한줄기 빛이 들어오면, 나는 그 빛으로 책을 읽는다. 산 너머 청량사에서 들려오는 종소리를 벗으로 봉두난발로 앉아 하나의 돌이 되어 정지된 시간 속에서 선현들이 남기고 간 흔적을 읽으면, 책 속에는 소중한 보물들이 들어 있었다. 천 권의 책을 읽는다. 만 권의 책을 읽는다. 책은 영혼의 만남으로 행복한 삶을 이야기한다. 책 속에는 분명 황금으로 지은 궁궐이 있고, 천만 섬의 곡식이 들어 있는 창고가 있고, 옥 같은 미녀가 가득 사는 집이 있고, 밝은 세상이 들어 있었다.

책은 빛이다. 생명의 횃불이다. 사람이 책을 만들고, 책은 사람을 만든다. 책 속에는 사랑이 들어 있었다. 책을 읽을 때만은 삶의 상실감에서 벗어날 수 있었다. 오래 거슬러 올라간 고전을 만나 읽으면 책은 사람을 바꿔놓는다. 한 권의 책을 읽을 땐 기

쓰고, 두 권의 책을 읽을 땐 가슴이 뛰고, 세 권의 책을 읽을 땐 희열을 느끼며 인생이 바뀐다. 수많은 관념들로 가득 찬 책 속에는 사랑의 병을 치유할 수 있는 신비의 능력이 들어 있었다. 책을 읽으면 사랑을 잊을 수 있는 길이 있을는지 모른다.

공자는 책에 취해 "다섯 수레의 책을 읽으면 행복한 인생의 길을 얻을 수 있다"고 했다. 그렇다면 다섯 수레의 책을 읽으면, 나는 사랑하는 그 누이를 잊을 수 있는 길이 열릴지 모른다는 생각을 하며 책을 읽는다. 사랑도 잊을 것이다. 그 길이 책 속에 있을지도 모른다는 생각을 하며 자꾸 책을 읽는다.

"이 세상에 천재는 없다. 노력이 있을 뿐이다. 세상에 태어나 왕자가 되는 것도, 거지가 되는 것도 자기 마음 하나에 달려 있다. 마음에 결심만 하면 안 되는 것이 없다. 대통령이 된다는 생각을 하면 대통령이 되고, 거지가 되는 생각을 하면 거지가 될 것이다"라고 책은 말했다. 인간의 위대함과, 사람이 사람으로서 사람답게 살아가는 길은 책 속에 있었다.

그러나 사랑을 잊게 하는 길에 대한 가르침은 찾을 수 없었다. 만법(萬法)의 책 속에도 누이를 잊는 길은 없었다. 다만 성공한 사람은 천재가 아니라는 것과, 위대한 사람은 다 다독가(多讀家)라는 것, 책 속에 있는 우주의 모든 진리는 하나라는 것이 있었다. 책 속에서 모든 생명의 진리는 둘이 아닌 하나로, 우주 속에 가득한 만물은 하나이며, 세상의 모든 존재는 한 뿌리로, 지구에 사는 모든 생명은 다 같은 하나라는 것을 책은 말하고 있었다.

# 그리움과 한(恨)

가만히 생각해보면 내가 원하는 것은 그 누이의 육체가 아니라 마음이었다. 사람은 마음이 중요했다. 누이는 없더라도 그 마음을 내가 가져야 했다. 마음을 가지고 싶었다. 마음을 내 것으로 만들고 싶었다. 물건과 사람은 소유할 수 있어도, 사랑은 소유가 아니지 않은가.

그 누이의 몸이 옆에 있다 해서 그 누이의 마음이 남편의 것이 아니지 않은가. 영혼을 같이할 수는 없지 않은가. 그까짓 몸뚱이가 뭔데, 죽으면 썩어질 누이의 몸뚱이는 남편이 몽땅 가지더라도, 마음은 내가 가지고 싶었다. 맑고 깨끗한 그 마음을 가지고 싶었다. 이 세상에서 가장 아름다운 꽃보다 더 고귀하고 순결한 마음이었다. 병든 이웃을 다 낫게 하는 그 누이의 마음이었다.

　그러나 인간에게는 마음 외에, 정신적인 것만으로는 해결할 수 없는 그 무엇이 있었다. 원시적인 암수의 열망인 짝짓기가 아니더라도, 자기 유전자의 영원한 존속을 위한 갈망이 있었다. 종족보존을 위한 유일한 수단인, 이성을 향한 '그 무엇'을 간절히 요구하는 것이었다. 성적인 관계는 다만 동물적인 쾌락일 뿐, 사랑은 아니라고 아무리 외쳐 봐도 소용없었다.

　생(生), 식(食), 성(性) 같은 생물체라는 운명의 기둥에 얽매인, 비록 그것이 쾌락을 위한 욕정의 배설물인 동물적인 충동의 섹스 같은 것이 아니더라도, 육체라는 껍데기는 가슴과 가슴이 서로 맞닿고 엉키고 마찰하는 그 실체를 간절히 요구했다. 그런 누이를 갈망하는 허전한 마음은 세상의 어떤 것으로도 채울 수가 없었다.

　세상이 다 시들했다. 살아가는데 하루도 즐거운 날이 없었다. 살아 있다는 기쁨을 느껴야 하는데, 기쁨이 없었다. 삶의 경이로움이나 환희 같은 것은 고사하고, 조그마한 행복감 같은 것도 없었다. 그 누이가 그리워지는 마음 때문이었다. 맛좋은 음식을 보면 제일 먼저 누이가 생각나는 것이었다. 아무리 좋은 옷을 입고, 맛있는 음식을 먹어도, 하나도 마음에 차는 것이 없었다. 행복 불감증 같은 것이었다.

　전한(前漢)시대 때 흉노 오랑캐 왕에게 볼모로 잡혀 시집간 절세미인 왕소군(王昭君)의 애통한 사연처럼, 봄이 와도 봄이 아니었다. 봄이 오는 것을 기다리는 사람이 되지 못했다. 봄이 와 꽁꽁 얼어붙은 뜰에 해마다 설중매가 곱게 피는 것도, 소녀의 웃음처럼 활짝 피는 흰 목련도 다 싫다. 봄 동산에 노랗게 피는 동백

꽃도 보기 싫었다. 봄의 감동을 느낄 수가 없었다. 모든 것은 겨울이요, 어둠이며, 절망이었다.

세상의 모든 것은 가고 온다. 봄이 가면 반드시 이듬해 꽃피는 봄이 다시 온다. 머지않아 봄이 오리라. 그러나 한 번 사랑을 잃은 가슴에 봄은 다시 오지 않았다. 절망의 세월은 흐르고, 또 한 해가 가면 봄이 오고 만물은 어김없이 소생했지만, 그 누이가 떠나고 없는 가슴에는 봄은 다시 오지 않는 것이었다.

모든 것은 시간이 해결한다. 사랑은 불변의 화신이 아니다. 사랑은 태양이 아닌 용광로다. 바다를 가르고, 하늘로 치솟아 올라 천지를 뒤덮는 활화산의 시뻘건 불기둥도, 시간이 흐르면 식는다. 사랑은 뜨거운 활화산과 다름이 없고, 용암 덩어리를 토해내는 불덩어리의 화염은 시간이 흐르면 식는다. 사랑도 화산처럼 시간이 시들게 한다. 녹슬게 한다. 죽음도 갈라놓을 수 없다는 사랑하는 부부의 이별도 시간이 해결한다.

약속을 헌신짝처럼 버리는 것이 인간이 아닌가. 그 사람이 아니면 죽음을 달라던 사랑도, 사랑의 대상이 죽으면 죽는 그날부터 그 사람은 땅에다 갖다 묻고 무덤의 흙이 마르기도 전에 다른 사람에게 눈길을 준다. 다른 사람을 사랑하며 살아간다. 사람의 마음이란 아침에 먹은 마음이 저녁에 바뀌고, 내일 바뀔 수도 있고, 또 모레 변할 수도 있는 것이다. 얼마든지 변하고 다른 사람을 사랑하면서 살 수 있는 것이다. 인간은 그렇게 잊을 수 있다. 단 일 회의 불륜으로 부부가 원수로 변하며 허물어지는, 허약하기 짝이 없이 쉽게 식는 게 사랑의 불기둥인 것이다.

사람의 맛이란 다 같은 것이다. 그 맛이 그 맛인 것이다. 그런데 색다른 맛이 있다고 온몸을 달구며 바람을 피우는 남편의 불같은 사랑의 욕망도, 남편에게 배신당한 화풀이를 밥 먹듯 하던 아내의 탈선도, 시간이 흐르면 식는 것을 볼 수 있었다. 그렇게 세월 앞에서 변하지 않는 것은 없다. 변하는 것이 사랑이었다. 세월이 흐르면 잊게 하는, 인간에겐 망각의 늪이란 게 있고, 있는 것은 없어지며 없던 것은 있어지고, 긴긴 시간 사랑의 영역은 그렇게 변하면서 흘러왔다. 인간이란 요물은 그런 시간 속에서 변하고 잊으면서 살아가게 만들어졌고, 죽을 수 없는 인간의 본능은, 제가 살기 위해서는 어떤 현실도 받아들이며 사랑을 잊으면서 살아가게 했다.

그렇게 삶의 변화에 따라 적응하며 살아가게 만들어진 사랑의 지속기간은 길어야 30개월이라고 한다. 사랑이란 열성적 본능에서 이성으로 옮겨가는 과정의 첫 키스의 감동이 시간이 지날수록, 인체에서 소멸되는 뇌 변화과정을 현대의학의 자기공명 영상장치를 통해 포착한 결과, 사랑을 관장하는 미상핵(微狀核) 부위의 미세한 생명은 길어야 210일이면 완전히 뇌에서 사라지고 없어졌다. 그러나 그런 현대의 핵과학적 증명은 내게 있어서는 무의미했다. 다른 사람의 사랑은 시간이 흐르면 마음속에서 완전히 다 지워져 없어지는지 모르지만, 나의 누이에 대한 사랑은 뇌 속에 꽉 박혀 아무리 세월이 흘러도 영원히 사라지지 않는 것이었다.

요즘 젊은 사람들의 사랑은 그게 아니다. 연애는 하되 사랑은 하지 말 것, 스킨십은 키스까지만 원칙으로 하되 그 이상도 이하도 할 수 있다. 감정이 식으면 깔끔하게 헤어질 것, 서로 교제하면서 사생활에 간섭하지 않을 것, 언제나 부담 없이 만나고 헤어지고, 질질 짜는 것도 매달리는 것도 없다. 교제를 하면서 다른 이성을 만나 이중 삼중 다리를 걸치는 것도 허용된다. 결혼은 하되 아기는 낳지 않는다. 혼인신고 잉크가 마르기도 전에 이혼을 밥 먹듯 하는 세상이다. 아내는 3분의 1만 남편의 소유이다. 3분의 1은 아내 애인의 소유이고, 나머지 3분의 1은 아내가 다니는 직장의 몫이었다.

당신이 아니면 차라리 죽음을 달라며 연애할 때는, 사랑을 위하여 하나밖에 없는 목숨까지 바치겠다고 맹세하던 사랑이 결혼 후 며칠 만에 헤어진다. 술자리에서 같이 하룻밤을 보내고 싶은 충동을 느끼고 그 상대와 섹스를 한다. 그들은 부부간에 서로 파트너를 바꿔가며 하는 스와핑 섹스를 하기도 한다. 그러나 그런 섹스로 만족하는 인간 행위는 사랑이 아닌 것이다.

사랑은 구속이 아닌 자유다. 최고의 가치인 사랑의 존귀함을 모르는 사람들, 성을 개방하는 시대에 살고 있는 사람들, 그것은 바다 건너온 서양 유목민족의 사랑이다. 동양 농경민족의 사랑은 그게 아니다. 사랑은 배타적이고 독점적인 간섭인데, 서로 사랑하면서 간섭하지 않는다는 것은 사랑이 아닐 것이다. 그런 사랑은 진정한 사랑일 수 없을 것이다. 자본주의 시대의 개인주의적 사랑은, 숭고하고 지순한 사랑을 일회용 상품화로 전락시키고 있는 사랑은, 사랑이 아니다.


내 어린 시절 초가집 추녀 끝 새집에서 참새 새끼 한 쌍을 내려 기른 적이 있었다.

학교에서 달려오기가 바쁘게 모이를 주며 들여다보면, 새장에서는 참새 한 쌍이 마주 앉아 아주 정답게 모이를 쪼아 먹으며 서로에게 애정을 표시했다. 수놈이 부리 위로 꼬리를 치켜 올려 부채모양으로 벌리고, 몸을 약간 뒤로 굽히고 '짹짹 짹―' 사랑을 속삭이며 접근을 시도하면, 암놈이 몸을 낮추고 사랑을 행복하게 받아들였다. 금실이 각별한 것은 참새들의 사랑이라고 해서 인간에 비해 다를 게 없었다. 새들의 애정은 진지했고, 사랑 행위 또한 빈번했다.

하루는 새장을 손질하던 나의 실수로 참새 한 마리가 바깥세상으로 날아가 버렸다. 낮 동안 거실 방문을 열어놓고 참새가 제 짝을 찾아 새장으로 날아들기를 기다렸으나 허사였다. 새는 사랑보다는 자유가 그리운 모양이었다. 홀로 남은 한 마리 새가 불쌍했다. 어찌나 슬프게 울면서 새장을 빙빙 도는지, 모이도 안 먹고 처량하게 우는 모습을 지켜볼 수가 없는 나는 참새 한 마리를 다시 붙잡아 짝으로 지내라면서 새장 속으로 넣어주었다. 그런데 몇날 며칠을 두고 지켜보아도 두 마리가 정이 들거나 이상한 낌새를 느낄 수 없었다.

세상사 세월이 약이라니 너희들도 별수 없이 배가 고프면 먹이를 먹고, 시간이 흐르면 저절로 짝이 되리라 믿었다. 그런데 그게 아니었다. 시간이 흘러도 서로의 품에 다가가거나 사랑을 받아들이려는 징조는 보이지 않았다. 한 놈이 둥지에 앉으면 한 놈은 물통 옆에 앉아 있고, 잠 잘 때는 한 녀석은 둥지 속에서 자고, 한 놈은 횃대에 앉아 밤을 지새운다. 떠난 짝에 대한 일편단심 때문인지 아예 마음의 문을 꼭 잠그고 서로가 서로를 서먹하게 대하는 모습이 정말 가슴 아팠다. 이제는 더 지체하지 말고 제 짝을 만나도록 자연의 품으로 돌려보내야 한다고 다짐하고 잠든 밤이었다.

아침에 새장을 열어 날려 보내려 했을 때, 늦게 잡아넣은 암놈이 둥지에서 떨어진 채 싸늘한 시체로 변해 있었다. 참담했다. 나는 죽은 참새를 정성껏 땅에 묻고, 남은 참새 한 마리를 창공으로 날려 보내며 사죄와 함께 명복을 빌었다. 이것이 내 어린 시절 겪은 세 번째 상실의 사랑의 아픔이었다.

지금 사람들이 하는 사랑은 참새 사랑만도 못하다. 신자유주의 사랑이란 무슨 그런 사랑이 있단 말인가. 그것은 사랑이 아닌 지랄 발광이다. 세상이 다 변한다 해도 사랑은 안 변하는 것이다. 우주의 법칙인 사랑의 진리가 어떻게 변할 수 있단 말인가. 나의 그 누이에 대한 사랑은 시공을 훌쩍 넘어 날이 가면 갈수록, 달이 가면 갈수록 더 간절했다. 사랑은 하나다. 하늘에는 태양이 하나이고 달이 하나이듯, 인간에게는 사랑은 둘이 아닌 하나인 것이다. 해도 하나, 달도 하나, 몸도 하나, 사랑도 하나인 것이다. 그 하나인 누이는 오매에도 못 잊는 것이었다. 죽는다 해도 잊을 길이 없었다. 단 하루도 변함없는 그 누이에 대한 그리움은 사막의 태양같이 뜨거웠다. 부모의 은혜처럼, 높은 태산처럼, 깊은 바다처럼, 가없는 하늘처럼, 째깍째깍 하루 8만6천4백 초씩, 50년이란 세월을, 44만7천6백 시간이 흘러도 변함없는 뜨거운 그리움이었다.

계절이 바뀔 때마다 보고 싶었다. 잊으려 하면 할수록 공허한 그리움만 깊어갔다. 꽃 피는 봄이 오면 미치는 듯 보고 싶고, 싱싱한 녹음이 짙어질 때면 누이가 보고 싶어 견딜 수가 없었다. 가을이 깊어가고 낙엽이 뚝뚝 떨어지는 계절이 오면 왜 그리 보고 싶을까. 죽고 싶도록 보고 싶었고, 겨울이 오고 흰 눈이 펑펑 쏟아지는 날이면 눈밭에 피를 토하면서 울었다. 나는 내 삶을 사는 것이 아니라 누이의 그리움으로 사는 것이었다.

누이가 행복하게 살면 내가 행복하다, 내 인생의 목표가 그 누이의 행복을 위해 사는 것이라면 나로 인해 누이에게 조그마한 누라도 끼쳐서는 안 된다는 생각을 하며 하늘을 쳐다본다. 누이가 하늘에서 나의 몹쓸 소행을 훤히 내려다보고 있는 듯해 나는 나쁜 짓을 할 수 없었고, 누이의 바람은 이것이 아닐 텐데, 이렇게 타락한 나를 누이가 알면 어떻게 하나 고민했고, 만약 나의 이런 삶을 그 누이가 알면 누이의 마음에 괴로움을 끼치지나 않을까 가슴 조이며 살았다. 종이에 물이 스며들듯, 눈물이 한이 되어 가슴에 스며든 사랑은 어쩔 수가 없었다.

내가 왜 이러는 것인가. 이제는 누이를 잊어야 한다고 백만 번을 다짐해도 소용없었다. 사람의 마음이란, 자기 마음도 마음대로 할 수 없는 것이었다. 그것이 사랑이었다. 왜 그렇게 되는지는 아무도 모른다. 사랑은 말릴 수도 없고, 죽어도 안 되는 것이었다. 죽음도 사랑을 갈라놓을 수는 없었다. 그것은 하늘의 뜻인 모양이었다. 인간의 힘으로는 어찌할 수 없이 하늘의 뜻을 땅에 꽃피게 하는 게 사랑인 모양이었다.

인간의 힘으로는 막을 수 없는 것이었다. 사랑은 끝났다고 잊혀지는 것도 아니었고, 헤어진다고 없어지는 것도 아니었다. 사랑은 죽어도 끝나지 않는 것이었다. 죽는다고 없어지는 것이 아닌, 씨앗으로 가슴에 남아 죽지 않고 살아 있는 사랑은 어쩔 수가 없었다.

　서울 밤하늘에 십자가가 반짝이는 수많은 교회마다 찾아 들어가 하느님 신전에 엎드려 간절한 소원을 빌었고, 인적 없는 깊은 산속에 숨어 있는 사찰을 헤매며 부처님 앞에서 '그 누이'를 잊게 해 달라고 미친 듯 천번만번 절을 하며 빌었다. 난생처음으로 간절한 기도를 드리며, 법당에서 나오는 노스님의 때 묻은 장삼자락을 붙잡고 부부 연을 물으며, 누이를 잊게 해달라고 울었다.

　"부부란 먼 옛날에 잃어버린 자기 반쪽을 찾는 것이 맞는지요. 타고난 사주팔자에 누구와 부부가 되라고 딱 부러지게 하늘이 정해주는 짝이 있는지요. 부부란 지구에 겨자씨 한 알을 뿌려놓고 하늘에서 바늘을 던져 맞추는 것과 같은 인연이란 말이 맞는지요. 인간은 몇 억겁의 인연이 닿아야 부부가 되옵니까? 불경에서는 일 겁을, 둘레 40리에 무게 3수(銖) 되는 큰 돌을 천사의 옷깃(天衣)으로 삼 년마다 한 번씩 스쳐 돌이 다 닳아 없어지는 세월이라 했고, 또 둘레 40리 되는 성 안에 겨자씨를 가득 채워놓고 하늘의 천인이 삼 년마다 한 알씩 가져가서 마침내 모두 없어지는 세월이라 했습니다. 얼마나 긴 세월인지요. 인간 세상의 시간으로는 4억3천2백만 년이며, 80중겁의 인연이 쌓여야 이루어진다는 것이 부부 연인지요. 인생으로 태어났다 죽고, 죽었다 또 태어나고, 이렇게 되풀이하기를 4억3천2백만 년이 되어야 한다는 것인지요. 4억3천2백만 년이 아니라 그 몇 백 억겁의 세월이 더 흐른다 해도, 한 번만 그 누이와 부부가 되게 하여 주옵소서.”

그러나 중생이 아프면 나도 아프고, 중생이 행복하면 나도 행복하다는 노스님은 이렇게 말하며 허허 웃었다.

“사랑과 부귀영화는 다 한갓 허망한 꿈이다. 다 버려라! 마음이 없으면 사랑도 없어지고 사랑함이 없으면 마음도 없어진다. 사바세계의 사랑이란 다 부질없는 것을 두고 중생의 오욕의 번뇌에서 벗어나지 못하는 인간들이 집착에 얽매어 발버둥치는 것이다. 형상이 있는 것은 다 허망하다는 것, 허상에 속지 말고 속세의 무명을 하루속히 벗으라. 눈으로 보이는 것은 다 진리가 아니다. 인생이란 자기가 온 곳도 모르고 장차 가는 곳도 모르고 살면서 다 아는 체 착각하고, 사랑 타령을 하며 살다 죽는 불쌍한 욕망의 덩어리다. 천만 년 살 것처럼 아등바등하지만, 육신은 이 지구상에 잠시 머물렀다 세상 소풍을 끝내고 어느 날 꽃상여를 타고 가는 나그네란다. 고요한 마을 황토 길에 요령 소리 울리며 저승을 인도하는 소리꾼의 구성진 목소리를 뒤로하고 상여가 한번 지나가면 그만이란다. 세상에 보이는 사랑의 현상은 다 실체가 없는 아름다운 그림자로, 허상이다. 헛된 꿈의 부귀영화를 보고 울지 말란다. 인생이란 그냥 그렇게 인연 따라 왔다 가는 것뿐이지.”

노스님을 만난 나는 절에 폭 빠졌다. 수도를 하여 스님이 되겠다는 마음과, 그렇게 하면 누이를 잊을 수 있을지 모르겠다는 일념에서 그길로 절에 머물렀다.

노스님 말씀대로라면, 해탈의 경지에는 이르지 못하더라도 세월이 흐르면 누이를 잊을 수 있을 것이라는 생각이 들었다. 그래서 나는 요사채에 기거하며 절 밥을 먹었다. 물을 길러오고, 부목이 되어 땔나무를 하러 험한 산에 올라가 하얗게 부서져 내리는 햇빛을 보며 나무를 지고 내려오다가 눈 속에 뒹굴기도 했다.

추운 겨울 돌로 얼음을 깨고 손이 얼어빠지게 시린 개울가에서 중 옷을 무더기로 빨고, 봄이면 풀벌레 소리와 별빛 가득한 대웅전 뜨락을 홀로 쓸고, 스님들과 함께 산에 올라 산나물과 약초를 캐고, 텃밭에 김장배추와 무를 갈고 가꾸고, 허드렛일로 코피를 쏟으며 잠시도 쉬지 않고 시봉하며 구도자의 길을 걸었다. 속세의 번뇌를 잊으려고 새벽 네 시에 일어나 멥쌀밥을 지어 부처님께 공양을 바치고, 산신각 칠성당에 촛불을 켜고, 목탁을 두드리며 염불을 외우고, 스님이 하라는 대로 시자생활을 했다.

스님이 외우라고 준 초발심자경문과 법구경을 달달 외우며, 자비와 사랑을 실천하는 행자 생활을 했다. 스님이 되자면 경문과 율법을 배우고 계를 받아야 할 텐데, 3년이 지나도록 불법을 안 가르쳐주는 것이었다.

그해 흰 눈이 펑펑 쏟아지는 겨울도 지나갔다. 긴긴 겨울이 가고 봄이 와, 조실 방장스님이 거처하는 법당 앞에 불도화가 만발하게 피는 계절이었다. 어두운 골방으로 찾아가 삭발을 하고 계를 받고 불경공부를 하여 온몸을 던져 삼보에 귀의하는 스님이 되고 싶다고 했다.

"할(喝)! 스님은 아무나 되나? 중 팔자라야 중질을 하지!"

방장스님의 불호령이 떨어졌다.

"인생의 본모습을 못 보는 불쌍한 중생아! 내가 70평생을 공부를 해도 모르는 불경을 너는 어떻게 하루아침에 배우려 드느냐? 겨우 삼 년인데……. 나그네는 하룻밤을 자고 가더라도 주인에게 인사를 하고 떠나지만, 영혼은 자기 육신을 의지해 평생을 살다가 떠날 때 말 한마디 없이 매정하게 떠나는 것이 영혼이다. 신(身)·구(口)·의(意), 삼업을 지킬 자신이 있느냐?”

목에 묵언패를 건 방장스님은 한옥 담장 너머로 고개를 내밀고 피어 있던 능소화가 송이째 뚝뚝 떨어지도록 큰소리를 질렀다.

“탐, 진, 치, 삼독을 벗어날 수 있느냐?”

돌담으로 눈길을 옮기면서 으름장을 놓는다.

“세상은 유정 무정이 다 부처다. 너는 복을 주면 받을 그릇이 있느냐? 물같이 산같이 살 수 있느냐? 몸과 향을 불사를 촛불이 있느냐?”

그리고 선문답 같은 화두를 던졌다.

“집착을 버릴 줄 아느냐? 불경에만 매달리면 식(識)의 노예가 되느니라.”

글을 통한 배움은 깨달음을 얻을 수 없다는 말이다. 지식의 종이 되면 팔만대장경을 다 외운다 해도 식의 노예일 뿐, 깨달음이 오지 않는다는 것이란다.

“걸인의 걸식과 스님의 동냥이 무엇이 다른지 아느냐?”

“지팡이를 짚고 다니다 아픈 다리가 다 나으면 지팡이를 버릴 줄 아느냐. 서릿발같이 엄한 계율을 털끝만큼도 범하지 않고 지킬 자신이 있느냐?”

스님은 부처하고만 살란다. 부처하고 그렇게 둘만은 못 살 것 같았다. 너무 어렵다. 그리고 육바라밀을 실천하란다. 일승법계를 일념으로 외우고 게송을 하라는 것이다. 3귀계, 3취정계, 10중금계, 48경계를 하란다. 비구의 250계(戒)를 인간으로서 어떻게 다 지킨단 말인가. 계를 지키지 못하는 중이 되면 중이 안 되는 것만 못하단다.

"얼굴이 중상이 아닌데 중질을 할 수 있겠느냐? 너는 얼굴에 업장이 두껍다! 여자에 미친 너 같은 중생은 중이 될 수 없으니, 업에 미치지 못하는 너는 마음공부나 해가지고 절을 떠나라. 지금은 중이 제 머리를 제가 깎아야 하는 세상이다. 살생을 하면 안 된다. 개미 한 마리 안 밟아죽일 자신이 있느냐? 모기가 제 살에 주둥이를 틀어박고 피를 빨아먹을 때 피를 내줘야 하고, 손으로 탁 때려잡아 죽이면 억겁의 업을 더 받는 것이다."

자라나는 나무순을 꺾으면 안 되는 것은 말할 것도 없고, 길가에 풀 한 포기도 밟아죽이면 안 된다. 거짓말을 해서도 안 되고, 술도 안 먹어야 하고, 여자를 탐하면 더욱 안 되며, 욕도 안 해야 한다는 스님은, 너무 어렵고 힘들어 무섭기까지 했다. 그냥 줘도 못할 것 같았다.

나는 스님이 무엇인지 모른다. 중을 하고 싶어서 하려는 것이 아니었다. 내 목적은 몸부림치게 못 잊는 누이를 잊기 위함이었다. 사랑을 잊기 위한 그런 스님이 되어도 되는 것인지는 모를 일이지만, 이 세상에 중노릇보다 어려운 게 없다는 생각이 들어, 누이를 못 잊는 한이 있더라도 중은 못할 것 같아 그길로 절집을 떠났다.


할아버지 산소를 찾았다. 내 어린 시절 어머니와 아버지의 역할까지 맡아 하신 할아버지였다. 나를 기르신 할아버지셨다. 젊은 아버지가 독립운동을 하다가 동신나무 밑에서 일본 놈 헌병에게 맞아 불알이 터져 죽고, 청춘에 홀로된 어머니가 친정으로 돌아가 오지 않다가 나를 데리러 왔을 때, 우리 가문의 씨를 내줄 수 없다며 나를 주지 않고 천 대의 후사를 이을 손자라고 기르신 할아버지였다.

손자가 상사병이 들었을 때 조당수를 끓여 입에 떠 넣어주시며, 깊은 사연을 모르는 할아버지는 죽을병에 걸린 줄로만 알고 눈빛만 살아 있는 손자를 끌어안고 눈물을 줄줄 흘리시며, "내가 어서 죽어야지. 죽어 저승에 가서 조상님께 빌어 네 병을 깨끗이 낫게 해 주마" 하며 울던 할아버지였다.

대를 잇기 위해 후손이 없으면 재취, 삼취까지 해서라도 아들을 꼭 낳아야 하는 조선시대였으니, 그 손자의 중요함은 어떠했을까. 할아버지에게 손을 잇는 손자는 큰 보물단지였다. 삼대독자로 내려온 손이 귀한 집에서 태어나 선산을 건사할 손자는, 할아버지 앞에서는 보물도 그런 보물은 없었다. 최고의 보물이었다. 아니 신의 존재였다. 불면 날아갈까, 쓰다듬으면 닳을까, 사당을 이을 손자라고 얼마나 귀여워하셨던가.

할아버지 산소 앞에 무릎을 꿇고 절을 하며 '죽음'을 물었다.

인간이 가슴이 얼마나 아프면 죽나요. 저승에도 죽음이 있고, 사랑이 있고, 아픔이 있나요. 죽은 사람은 다 어디로 가나요. 신의 권능은 죽은 사람을 또 죽게 하여 두 번 죽일 수 있는지요. 인생의 본래지(本來地)는 어디입니까. 생명의 가치는 무엇입니까. 이승에서 저승까지의 거리는 얼마입니까. 인공위성을 타고 동쪽에서 서쪽으로, 달마가 서쪽으로 가듯 끝없이 달리면 하늘 끝이 있고, 거기서 하느님을 만날 수 있는지요. 인간의 진정한 삶의 가치는 무엇인지요. 인간은 왜 살아야 하는지요. 왜 사랑을 해야 하는지요. 자꾸 가면 길이 있는지요. 남이 간 길을 따라가는 것이 길이 아닌지요. 위대한 사람은 남이 남긴 길을 흉내 내며 걷지 않고 자기의 길을 간다고 하는데, 그 말이 맞는지요?

돈과 죽음에 대해서만은 신은 왜 그렇게 냉정한지요. 화장터 불구덩이 속에서 나오는 시신의 불탄 모습은, 불탄 사람의 형태와 흔적은 똑같은데, 재 덩어리로 변한 사람의 모습은 똑같은데, 죽음의 깊이는 다른지요. 죽은 자와 살아 있는 자의 가치는 무엇이 다른지요. 셰익스피어의 말처럼, "인간은 무대 위에서 헛소리만 지껄이다 사라지는 배우에 불과"한지요. 칸트의 말처럼, "자연계는 인과율에 따라 변하지만, 정신계는 목적률에 의하여 변화한다"는 말이 맞는지요.

그리고 삼생(三生)이 있나요? 우주의 정기(精氣)가 모이면 유(有)로 변하여 살아 있는 것이고, 흩어지면 무(無)로 돌아가는 생명은, 죽으면 혼백도 흩어져 없어지는 것은 아닌지요. 태양은 캄캄한 밤이라 해서 영원히 없어지는 것이 아니라, 수평선 멀리 서쪽 산 너머로 사라져가고, 태양과 함께 서쪽으로 사라져간 배는 보이지 않지만 동쪽 항구에서 점점 다가오는 배를 볼 수 있듯이, 아침에 태양이 다시 뜨면 언제나 볼 수 있는 배처럼, 영혼은 영원히 없어지는 것이 아니고 다시 돌아오는 배 같은 것인지요.

그리고 또 공자의 말씀처럼 "인간에게 지은 죄는 빌 곳이 있지만, 하늘에 지은 죄는 빌 곳이 없다. 내게 잘못이 있다면 하늘이 나를 버릴 것이다"는 가르침이 맞는지요. "하늘에 지은 죄는 면할 길이 있으나, 인간이 스스로 지은 재앙은 면할 길이 없다"는 말씀이 맞는지요. 모든 행불행은 인간이 자기 스스로 만드는 것은 아닌지요. 죽으면 그만으로, 이승의 삶이 전부는 아닌지요.

"인간은 신이 될 수 없다"는 하느님 유일신의 말씀과, "세상에 존재하는 모든 것은 다 부처다. 부처가 될 수 있다"는 석가모니 말씀 중 어느 말이 맞는지요. 우주 안에 있는 모든 존재는 다 신인데, 우주 공간에 원래 유일신은 없는데, 인간들이 만들어놓고 믿는 신은 아닌지요. 약한 인간들이 죽음이 두려워 신을 만들고, 만들어진 신에 얽매이고 싶어 하는 것은 아닌지요. 신에 의지하지 않고 이성이 있는 인간 스스로 덕과 사회질서를 유지할 수는 없는지요. 인간은 태어나면서부터 죽음을 위해 한발 한발 걸어가고, 육체는 DNA의 변증이 있을 뿐, 몸이 있기에 괴로움을 받아야 하고, 죽으면 잠들었을 때처럼 모든 고통을 다 잊는 것은 아닌지요.

마고성의 천지창조설이 맞는지요. "그때는 혼돈 상태였다. 태초에 빛이 있었다. 소리가 들려왔다. 물 가운데 땅이 나타났다. 달빛 별빛이 고요히 내려 쬐었다. 흙으로 모든 생명이 살아났다. 하늘이 열리는 소리—. 마고성(麻姑城)에서는 단성생식을 하며 살던, 양성동체를 한 몸에 지닌 마고 할머니가 태백산 아래서 궁희와 소희 두 딸을 겨드랑이로 낳았다. 그들은 땅 젖을 먹고 살았다. 두 딸인 천인 천녀는 하늘과 결혼하여 검둥이, 흰둥이, 노란둥이, 푸른둥이를 낳았고, 포도 맛을 보고 펄쩍 뛴다. 그들은 맛을 따라 마고성을 떠난다. 첫째 노랑둥이 황궁 씨는 파밀공원

천산산맥 북쪽인 천산주로 가고, 둘째 푸른둥이 청궁 씨는 동쪽 중원지역인 운해주로 가고, 셋째 흰둥이 백궁 씨는 달이 지는 중동지역인 서쪽 월식주로 가고, 넷째 검둥이 흑궁 씨는 별이 뜨는 인도 동남쪽인 성생주로 떠났다.”

오늘의 인류는 검둥이고, 흰둥이고, 노란둥이고, 푸른둥이고 다 마고 할머니의 손자로 태어났으며 검둥이, 흰둥이, 노란둥이, 푸른둥이가 지구촌 한 동네에서 어울려 짝을 짓고 사는 사람들은, 한국에서 태어나 살다 죽은 영혼이 미국, 영국, 일본, 중국, 소련 등 오대양 육대주 어디에서도 다시 태어날 수 있으며, 한국 사람 미국 사람을 따로 따질 것이 아니라, 다 같은 하늘 밑, 한 할아버지의 자손들이 맞는지요.


인간이 정말 수도정진을 하면 해탈의 강(解脫江)을 건널 수 있고, 깨달음을 얻으면 탐욕과 배고픔, 목마름, 아픔, 사랑도 다 잊을 수 있는지요. 그렇다면 슬픔을 모르는 바보들은 도를 안 닦고도 해탈한 상태로 태어난 축복받는 사람들인지요.

바보와 성인을 분별할 수 있는지요. 바보의 뱃속에 해탈이 들어 있고, 해탈의 뇌 속에 바보가 들어 있다면, 바보로 태어나지 못한 스님들은 숙맥이 되기 위해 한평생 목탁을 두드리며 멀고도 긴 고행의 길을 걷고 있는지요.

‘열반’ 이란 인간이 이룰 수 없는 것, 배를 저어 도달할 수 없는 언덕을 말하는 것은 아닌지요. 사람들이 다 생사윤회의 근본인 욕심을 버리고 깨달음을 얻어 해탈을 한다면, 이 세상은 바보들의 세상이 되는 것은 아닌지요. 깨달음 자체가 삶의 목적이 아니

라면 할 말은 없겠지만, 바보들은 스님들을 보고 웃겠지요. 자기
들은 애초에 바보로 태어났으니 어쩔 수 없지만, 바보로 안 태어
난 스님들은 왜 숙맥이 되기 위해 억지로 그토록 발버둥을 치느
냐고요.

아상(我相)을 가진 사람은 정견(正見)과 무상정정각(無上正正覺)
을 이루는 해탈을 할 수 없다는 말이 맞는지요. 원래 우주 속에
선악은 없잖아요. 죄도 없잖아요. 선악이란 인간이 만든 분별이
지, 자연의 법칙 앞에는 오직 평등과 공평이 있을 뿐, 선악은 없
잖아요. 운다고 봐주고, 빈다고 들어주고, 기도한다고 돌아보는
하느님이 있다면 그것은 하느님이 아니잖아요. 하느님은 태양처
럼 공평한 게 아닌가요. 복권이 당선되라고 빌면 당첨되는지요.
고시에 합격하라고 빌면 합격하는지요. 부처님도 버리고 예수님
도 버리고는 옳은 깨달음을 얻을 수 없는지요.

자기가 아는 지식도 버리고, 깨달음도 버리고, 부처도 다 버리
면 깨달음이 온다는 말이 무엇인지요. 인간이란 언제 어디서 태
어나, 어떻게 살다가, 언제 어디서 어떻게 죽으란 것이 정해져
있고, 번데기가 나비가 되어 날듯 인과법칙에 따라 죽었다 환생
을 하는 게 인생이라면, 이승은 다음 세상을 준비하기 위한 하나
의 과정인 셈이잖아요. 그렇다면 육체의 죽음은 저승의 영원한
환희로 흐르는 통로가 아닌지요.

왜 미래의 더 나은 삶을 준비하기 위해, 태어나는 것보다 고통
스러운 삶을 마치고 빨리 죽는 것이 낫다고 가르치지는 않는지
요. 죽음이 축복이라고 가르치지는 않는지요. 인간이 죽어 흙이
된다는 허무감보다 자연으로 돌아가 다시 생명으로 잉태하여 새

생명으로 태어난다는 재생의 기쁨은, 삶보다 죽음이 속절없이 피고 지는 저 산꽃처럼 아름다운 미래의 축복은 아닌지요.

사람의 생명이 살아 있는 동안 한순간도 떨어질 수 없이 언제 어디서나 그림자처럼 따라다니는 고통과 죽음은, 죽은 풀에 봄 새 삶의 싹이 돋아난 만큼, 죽음이 지나간 자리가 아닌지요. 그렇다면 나는 죽음과 손잡을 수 있다고 생각했다. 육체의 죽음은 환희로 흐르는 새싹이니까.


죽음에 대해 골똘히 물었다. 인간이 공포와 고통을 다 잊을 수 있는 것이 죽음이라면, 생각에 따라 죽을 수 있다고 생각했다. 신이 있나요? 하느님의 "태초에 말씀이 있었으니"라고 했는데, 그 '말씀' 이 길이요 진리요 생명인지요. 그리고 깊고 검은 요단강을 건너 서쪽으로 끝없이 항해하면 천당이 있고, 이승에서 행복하게 산 사람들을 만날 수 있는지요.

한국 교회는 돈이 없는 사람은 아무리 열심히 믿어도 장로가 될 수 없다는 말이 맞는지요. 돈이 없으면 장로가 안 된다는 어느 종교 비평가의 말이 맞는지요. 한국에 기독교가 많고 번창하는 이유는, 믿으면 그만큼 자기의 이기주의를 충족할 수 있는 때문이란 말이 맞는지요. 평생을 굳은 신앙심으로 살다 보면 불 심판을 만나고, 거지 옷을 입고 가난한 자와 병든 자를 구원하러 오시는 하나님의 참모습을 만날 수 있는지요.

서울의 밤하늘에는 한 집 건너 하나씩 붉은 십자가가 하늘을 수놓고 있는데, 시베리아와 중국의 황막한 벌판은 끝없이 달려도 십자가 하나 보이지 않는 것은 왜 그런지요. 그래도 그들도 신의 은총을 받으며 살 수 있는지요. 그들은 곧 멸망하는지요. 십자가는 왜 꼭 붉은색이어야 하며, 밤하늘 높이 붉은색 십자가를 올려 반짝이게 하는 것은 하느님이 그렇게 하라고 해서 하는 것인지요. 죄와 구원, 인간 중심주의는 기독교 신앙에서 비롯된 것은 아닌지요.

"하느님을 안 믿으면, 아무리 연구를 많이 하고, 자선을 많이 하고, 인류에게 공헌을 많이 한 박사라도, 벼슬이 높고 고시에 합격한 판검사님이라도, 이승의 영화는 누리지만 원죄가 있어 천당은 못 간다." "아무리 악을 저질렀다 하더라도 믿는 신자는 회개만 하면 천당을 간다." "인간으로 태어나 하느님을 모르면 짐승만도 못하다." "부처님은 지옥을 갔다. 지옥에 간 부처 미신 형상을 믿겠느냐, 천당에 계시는 하느님을 믿겠느냐?"는 전철 안 선교사들의 외침이 맞는지요.

하늘 끝까지 땅 끝까지 자기 복음을 전파하려는 한국 교회의 배타성 속에 "한국 교회는 예수를 배반했다. 기독교회는 신을 팔아 거부(巨富)가 되는 방법을 아는 탁월한 세습권력이다"라고 어느 비교종교학자가 말했지요. 그 속에 공격적이며 비폭력적인 선교방식이 존재한다는 말이 맞는지요. "교회가 없어지면 사회는 더 행복해진다. 한국은 신(神) 제조공장이다"라는 어느 종교 평론가의 말이 맞는지요. 하느님은 인류를 구원하러 언제 오시는지요. 한 세기만에 한 번쯤 지구에 와서 타락한 인류를 구원하고 갈 수는 없는지요.

전지전능하신 하느님은 왜 이렇게 간절히 원하는 사랑을 이루어지게 할 권능이 없는지요. 하느님을 할아버지도 아버지도 모두 '아버지' 라 부르는데, 손자도 '아버지' 라 부르면 되는지요. 북한 인민들은 할아버지도 아버지도 아들도 다 같이 '수령 김일성 아버지' 라 부르는 말이 맞는지요. 수백 개가 되는 그 동상 앞에서 부부가 되는 사진을 찍어야 부부로 인정받는 인민이 되는 것은 종교가 아닌지요. 하늘나라와 독재자는 촌수가 없는지요.

그리고 자꾸 부른다고 복을 그냥 주는 신이 있는지요. 하느님! 부처님! 자꾸 부르면 하느님, 부처님은 귀가 아프지 않은지요. 우리가 어린 시절, 어머니 아버지를 자꾸 따라다니며 뭐를 사달라고 조르면, 다 들어줄 수 없는 아버지 어머니는 귀찮아하셨잖아요.

세상의 모든 꽃은 하나의 꽃이며, 신은 하나의 신이 아닌지요. 인간이 탄생하기 전에도 신은 있었는지요. 태초에 인간은 만물의 제일 원인이자 하늘과 땅의 통치자이면서 신을 창조했잖아요. 신을 창조한 종교가 있는 한, 인간이 만들어낸 신은 허구라는 깨달음에서 인류는 자유로울 수 없잖아요. 그리고 신을 창조한 인간의 본성은 똑같은데, 동서양이 각각 다른 신을 만들어놓고 섬기고, 한 신을 가지고 각각 다른 이름을 붙여 섬기고, 한 방울의 피까지 신을 위하여 바치는 종교는 왜 그리 많은지요. 웬 종교와 종파는 그리 많은지요. 종교의 교파분열을 극복하지 못하는 한, 전쟁은 막을 길이 없잖아요.

한 가정의 가족이 각각 다른 종교를 믿는 한, 그들은 화합할 수 없잖아요. 하나밖에 없는 신을 놓고 종파들이 각각 다르게 믿는 하느님이 맞는지요. 진성(眞性)은 만법의 근원이잖아요. 신은 만파일원(萬派一源), 만법귀일(萬法歸一)은 아닌지요. 그 하나는 어

디로 돌아가야 하는지요. 석가세존은 하나인데, 부파(部派) 불교
가 생겨나면서 많은 종파가 생겨났잖아요. 여자가 남편과 애인
을 가질 수 있고, 남자가 두 아내를 가지고, 집을 둘 가질 수 있
듯이, 종교도 둘 가질 수 있는지요. 이슬람의 알라와 기독교의
야훼, 두 종교를 한꺼번에 믿으면 안 되는지요.

그리고 죄 안 짓고 착하게 사는 사람보다, 죄는 많이 짓고 참
회하는 사람을 기독교는 더 사랑하는지요. 예수교와 회교, 유대
교는 하나의 유일신인데, 2백 년 동안 무수한 생명을 죽이는 십
자군전쟁을 왜 해야 했는지요. 오늘도 하고 있잖아요.

인도 초기 불교에서는 부처님의 얼굴을 어떤 방법으로 묘사하
느냐 고민하며 부처님의 웃는 얼굴을 그리거나, 고행으로 보리수
나무 밑에서 바짝 마른 얼굴을 그리거나, 감히 함부로 조각하는
건 금기시되었잖아요. 고작해야 손발을 그린다거나, 연좌 위에
하체를 조각하는 게 전부였는데, 지금 세상은 제멋대로 부처를
그리고, 조각하고, 만화로 막 그려 웃기는 세상이 되었잖아요.

그리고 부처의 크기가 왜 그렇게 대형화되어가는지요. 상상을
초월하는 만큼 커져가고, 십자가가 하늘 높이 커지는 만큼 세상
의 평화가 오는지요. 사원의 크기와 석조건물이 웅장한 교회에,
하느님이 그곳에 더 오래 머무르는지요.

그리고 성경의 기록처럼 인간은 신의 의지에 의해 창조된 피
조물이 맞는지요. '알라 이외의 신은 없다' 는 이슬람교 코란의
말씀이 맞는지요. 그리스도교, 유태교, 마니교, 조로아스터교,
힌두교, 불교의 신을 모두 인간이 창조한 것은 아닌지요. 인간은
인간의 의지에 의해 사는 것이 아니라 신의 의지에 의해, 지은

죄업에 따라 업보를 받으며 살아가는 것이 맞는지요. 천당은 죽어서 가는 것이 아니라, 살아서 있는 자기 마음자리가 천당은 아닌지요.

과보(果報)를 받으면서 사는 것이 맞는 것이라면, 인간은 인간이 만든 판에서 자기의 의지에 의해 살다 가는 것이 아니라, 신이 짠 판에서 신의 놀음에 놀아나다가 죽는 노예잖아요. 자기의 뜻과는 아무 상관없이 이 세상에 오고 살다 죽어야 하는, 보이지 않는 절대의 힘이 끄는 대로 질질 끌려 다니며 사는 게 인생이라면, 인간이 세상에 온 존재가치는 무엇인지요.

인간은 신의 제조품이 아닌 자연 생산품은 아닌지요. 하느님의 창조라면 하느님은 나쁜 존재였어요. 왜 전지전능한 하느님은 인간을 완전무결하게 창조할 수 없었는지요. 그런데 왜 그렇게 약하게 하고, 병들게 하고, 사랑은 헤어지게 하여 불행과 죽음의 구렁텅이로 빠트렸는지요. 21세기의 영악한 인간들은 그런 인간으로 다시 태어나기 싫다고, 영계에서 인간으로 윤회하기를 거부하는 혼들의 반란은 없는지요. 그리고 21세기에는 저승 갈 자격도 없는 더러운 인간들이 세상을 지배하는데, 그 죄를 지은 영혼들은 다 어디로 가는지요. 그래도 교회에서 기독교식 긴 영결식을 하면 천당에 가고, 불교식 영가 천도를 올리면 극락에 가는지요. 나무에 빌고, 돌에 빌고, 산에 빌고, 물 떠놓고 비는 것이 법당이나 교회에서 비는 것과 무엇이 다른지요. 그리고 인간이 모르는 하늘의 뜻이 따로 있는지요.

세상의 글자 중에 '하늘 천(天)' 자가 제일 높은 글자인줄 알았는데, '지아비 부(夫)' 자가 하늘 천 자 머리 위를 뚫고 올라간 한

자의 뜻은 무엇을 의미하는지요. 아버지가 하늘보다 높다는 의미는 아닌지요. 한 종자를 파종하는 씨알의 생명체인 한 가정의 지아비가 없으면 하늘도 없고 땅도 없다는 뜻으로, 지아비 부 자가 하늘을 뚫고 올라간 것은 아닌지요.

예수와 석가는 천당과 극락인 하늘나라의 왕궁을 자기 나라로 선포하여, 잠깐 쉬었다 가는 지상의 나그네인 인간들에게 하늘나라에 대한 영원한 동경을 꾸게 하였지만, 공자와 소크라테스는 사람으로 태어나 예(禮)에 맞게 살다 죽는 것이 인간이라 했잖아요. 공자의 제자 자로(子路)가 죽음에 대해 묻자 공자는 "아직 생에 대해서도 다 모르는데 어찌 죽음을 알랴" 했잖아요.

천도(天道)를 주장하는 공자와 소크라테스는, 살아서도 죽어서도 인간은 하나의 영원한 생명체라고 했잖아요. "인간은 인간이다. 영혼의 문제 같은 것은 아니다"라며 우리 곁에 인간으로 살다 갔고, 또 그렇게 살기를 바랐고, 우리도 인간으로 살다 가기를 바랐잖아요.

모든 종교는 용서를 가르치잖아요. 예수는 "원수를 사랑하고 너희를 박해하는 자를 위하여 기도하라" "악을 악으로 갚지 말고 모든 사람 앞에서 선한 일을 도모하라" "네 오른뺨을 치거든 왼편 뺨을 돌려대라" "죄인 우리는 하느님이 용서를 해주셨기 때문에 허물 많은 인간이 영생과 천국을 소유하는 거룩한 은총을 입었으니 남을 용서하고 용서하라" 하고 성경에서 가르치셨잖아요. 선과 악의 이분법, 그 가르침의 현실에서 왜 종교는 용서와 조화보다 상극으로 치닫고 있는지요.

오늘날까지 지구상에는 많은 종교와 철학이 태어났어도, 온 인류가 행복을 같이할 구원의 종교나 철학이 정립되지 못했잖아요. 어떤 종교, 어떤 사상도 인류에게 영원한 행복을 누리게 하는 평화의 신을 만나지 못했고, 인류가 우주의 원리를 같이하는, 인간이 만족할 만한 종교의 메시지를 남기지 못했잖아요.

기독교(유태교, 이슬람교)는 '창조론'과 선과 악의 '이분법'으로 지금까지 우주의 진리를 왜곡하는 엄청난 오류를 범해왔고, 그로 인해 무수한 사람들을 감옥에 보내고 학살했으며, 종교전쟁을 일으키고, 지금도 계속되고 있잖아요. 종교가 인류의 나아가야 할 길을 제시해줄 수 있는 메시아적인 존재의 의미가 지구에서 사라진 지 이미 오래되었잖아요.

인간들이 본성의 빛을 잃고, 덕성과 필연이 사라지고, 선과 악의 양극구조 속에 악에 영혼이 한없이 오염된 줄도 모르고, 정의의 구분조차 모호해져버린 이 시대에 살고 있는 우리 인류를 구원할 수 있는 종교는 없는지요. 교회 권력과 결탁한 공권력을 구원할 대안교회는 없는지요. 종교가 없으면 사회는 점차 메말라 멸망하는지요. 인류가 만든 창조 중에 최고의 가치가 종교라면, 새로운 신을 창조할 사람은 없는지요.

새로운 신을 창조한다 해도, 인권유린과 착취로 사는 시대, 욕심으로 사는 인간에게 욕심덩어리의 아기가 인과에 의해 되풀이해 태어나듯, 인과가 있는 한 인과율에 의한 새로운 종교가 태어난다 해도 그 종교는 그대로잖아요. 그렇다면 새로운 신은 탄생할 수 없는지요.

TV가 인간의 신흥종교로 등장한 것은 오래잖아요. 온 천지가

'영상 TV교' 신자로 살고 있는 것은 아닌지요. 3에스(sex, sport, screen)를 대중에게 강요하는 공영방송, 정치의 강요에 의해 지금 사람들은 옛사람들에 비해서 많이 알게 된 지식이 넘쳐나잖아요. 이해타산에 민감하고, 겉과 속이 다르고, 똑똑하고 영리하고 매사에 약삭빠르고, 물결에 씻긴 조약돌처럼 닳을 대로 닳아 매끈거리고, 성급하고 참을성이 모자라는 현대인들에게서 끈기나 저력, 인간의 신의(信義) 같은 것을 아예 기대할 수 없게 만드는 TV가 새로운 신은 아닌지요.

폭력과 이기심을 불식하기 위해 내세(來世)를 설정한 종교의 계율이 점점 의미를 상실해가면서, 인간을 속박하고 타락시키고 있잖아요. 기독교에서 공원과 학교에 있는 단군상의 목을 다 잘라버리는 것이 맞는 일인지요. 동상이라도 목을 자른다는 것은 잔인하잖아요. 국조(國祖)의 목을 자르는 것이 대한민국 법에는 저촉되지 않는지요.

어느 정권도 신앙의 집단 힘 앞에는 굴복하는 역사가 맞는지요. 재력가에 의해 세워진 교회와, 신도의 돈으로 세워진 교회가 다른지요. 내세를 믿는다면 인간이 나쁜 일을 하지 않고 깨끗한 영혼을 소유할 수 있는지요. 내세가 존재하지 않는다고 가정했다면, 인간은 악을 범해 지구를 파멸시켰을까요. 타락한 인간을 회복시키려면, 종교가 아닌 과학이나 기술의 힘으로는 불가능한지요. 인종이나 계급, 국가의 차별을 넘어서는, 만인을 사랑하는 종교는 없는지요.

현재 지구의 이런 인간들 속에서는 아무리 좋은 법을 만들어도 소용없고, 아무리 좋은 종교라도 열대지방에서는 풍성히 익는 귤

이 온대지방에서는 탱자로 변하듯이, 그런 종교가 되어버리는 것인지요. 내세가 있다고 믿었기에 범죄를 덜 저질렀을까요.

만약에 내세가 없다면, 바른 가르침을 주지 않고 천당과 극락을 설정해 인간을 기만하여, 오늘의 인류를 암흑의 구렁텅이로 빠트려 영원한 타락에서 헤어나지 못하게 속박한 종교의 폭력성은 어떻게 인정해야 되나요.

오늘의 이 혼란과 타락이 인류를 바로 가르치지 않은 선지자와 제자들의 잘못에서 왔다면, 예수와 석가는 어떤 심판을 받아야 하는지요. 지구상에서 가장 큰 오류를 범한 죄인에 대한 재판이 있다면, 간음한 여인에게 돌을 던져야 할 사람들은 누구인지요. 이승에서 누가 그 죄의 불 심판을 받아야 할까요.

우주란 원래 태허(太虛)로 종말이 없는 허공일 뿐인데, 천당과 극락과 지옥이 있는 듯 모호하게 만들어 인류를 구원하려 한 성경과 불경은, 정확하게 "네 마음이 천당이다" "네가 부처다"로 다시 써야 하는 것은 아닌지요.

내세는 정말 있는 걸까요. 우주 창조설에 대해 "우주는 신의 작품이 아니다"라는 스티븐 호킹 박사와 "우주는 신의 존재 없이 설명할 수 없다"는 존 레녹스 교수의 학설 중 어느 말이 맞는지요.

그리고 여성이 행복해야 세계가 행복하다는 TV의 프로그램이 맞는지요. 예수와 석가 상을 모두 여신상으로 바꿔야 할 때는 아닌지요. 악에 물든 남자들은 다 썩었잖아요. 남성 위주로 된 역사를 여성 위주로 바꾸고, 세계 화폐의 인물을 모두 여성으로 바꾸고요. 21세기의 이 어지러운 세상의 신전에 있는 예수와 석가의 신상을 모두 불태워버리고, 새로운 위대한 여신상으로 바꾸고, 세계의 대통령을 모두 여성으로 선출하고, 대법관을 여성으로 바꾸고, 여자 군인, 여자 경찰, 여자 축구, 여자 씨름, 스포츠 선수를 모두 여자로 바꾸고, 도로 신호등의 표지판을 여인상으로 바꾸고, 여인들이 모두 알몸으로 거리를 활보할 수 있는 세상이 온다면, 지구상에 신이 영원한 평화를 내려줄 수 있지 않을까요.

죽으면 영혼은 하늘로 올라가 별이 되어 반짝이나요. 이승에 원한이 있는 영혼은, 죽어 좋은 곳으로 못 가고 구천을 맴도는 원귀가 된다는 무당의 말이 맞는지요.

하느님이 있다면, 부처님이 있다면, 내가 이렇게 간절히 원하는데 한 번도 그 누이를 만나게 해주지 않는 이유는 뭐지요.

누이가 없어도 밥을 먹고, 잠을 자고, 숨을 쉬고 살 수밖에 없는 나는, 내가 죽고 없어도 세상에는 여전히 해가 뜰 것이고, 지구는 쉬지 않고 변함없이 돌아간다는 절망감 속에서 몸서리치며 울었다.

# 재생의 길 걸으며

동지섣달 몹시 추운 날 밤, 만취한 상태에서 소백산 밑 중앙선 풍기역 광장 눈 더미 위에 누워 밤하늘을 쳐다본다. 하늘이 무너지기를 기다린다. 거대한 밤하늘은 장엄했다. 파란 하늘 멀리 은하수가 흐른다. 눈보라가 휘몰아쳤다. 하늘에는 무수한 차가운 별들이 반짝이고, 내 가슴속에는 그 누이의 별 하나가 박혀 반짝인다. '그 누이'는 내게 있어서 영원히 잊히지 않는, 밤하늘에 반짝이는 별이었다.

어둠이 깊어갈수록 캄캄한 하늘의 별들은 더욱 빛났다. 지금 그 누이가 있는 밤하늘에도 별들이 반짝이고 있을까. 누이의 모습을 가슴에 간직한 채, 무리 지어 하늘에서 누이의 눈동자처럼 반짝이는 별들을 바라본다. 밤이 깊어가면서, 먹다 남은 술병에

118

비친 밤하늘의 별들이 내 눈 속으로 깊이 들어와 스르르 졸음이 밀려왔다.

잠이 든다. 누이는 선녀가 되고, 나는 나무꾼이 되는 꿈을 꾼다. 춘원의 소설 속 '꿈' 같은 얘기였다. 동해의 푸른 바다가 일렁이는 낙산사 법당에서 불공을 드리던 승려 조신이, 꿈속에 그리던 태수의 딸 달례를 업고 산속으로 도망을 간다. 깊은 산골 동굴 속에서 달례와 달콤한 사랑을 속삭이면서 미력이, 달보고, 칼보고, 거울보고를 낳고 행복하게 사는데, 찾아온 도반 평목이를 자기 행복을 영원히 보장하기 위해 굴속으로 끌고 가 죽인다.

나는 꿈속에서 너럭바위에 누워 있는 그 누이를 업고 도망친다. 도망을 쳐 아무도 없는 별천지 동굴 속에서 아들딸을 낳고 행복하게 사는데, 남편인 군인장교가 찾아온다. 나는 군인장교를 죽인다. 누이는 죽은 남편을 보고 검은 몽당치마를 나풀거리며 손뼉을 친다. 시체를 버리지 못해 고민하다가 비명을 지르며 깨는, 그런 무서운 꿈을 꾸었다.

꿈속에서 성장한 누이의 모습을 본다. 아, 천사다! 누이 천사는 겨드랑이에 날개를 달고 하늘에서 훨훨 날아 내린다. 나는 마음이 천사 같이 착한 그 누이의 겨드랑이에 언젠가는 날개가 돋아날 줄 믿었다. 아니면 숨겨 가지고 있던 날개를 펴고 날아 내리는 것인지도 모른다.

하늘에서 나를 구원하기 위해 수호천사를 보내주었다. 천여화(天女花)! 사슴 같은 그 누이의 머리에는 향기로운 뿔 관이 나고, 겨드랑이에는 분명 날개가 달려 있었다. 아기 예수의 탄생을 축하하러 하늘나라에서 내려온 천신처럼, 어깨에 날개가 달린 천사들이 모여들었다. 오색영롱한 무지개가 하늘로부터 내려와 누이를 감싸 안고 있었다. 그 누이는 발이 한 송이 흰 목련꽃 같았다. 손이 한 송이 흰 국화꽃이었다. 누이가 나타나자 온 천지에 향기가 가득했다. 그 누이의 향기는 이 세상의 것이 아니었다.

풀 향내가 진동했다. 하얀 눈 더미 위에 하늘에서 꽃잎이 흩뿌려진다. 하늘에서 꽃잎이 날아 내려 내가 누워 있는 눈 더미를 아름답게 수놓고 있었다. 꽃잎이 모두 하얀 나비로 변해 눈 더미 주위를 날고 있었다. 수천 수만 마리의 배추 흰나비가 너울너울 춤을 춘다. 머리와 어깨에 살포시 내려앉는다. 장주(莊周)의 꿈에 나타난 호접몽(胡蝶夢)처럼, 어쩌면 나비가 사람의 모습으로 살고 있는 것은 꿈이고, 자기는 실제로 한 마리의 나비가 되어 저 하늘 멀리 원하는 곳으로 훨훨 날아다니고 있는지도 모른다.

어디서 나타났는지, 하늘나라에서 별을 타고 내려온 그 누이 천사가 내 입술에 키스를 한다. 불화로 같이 뜨거운 입술과 입술이 맞닿는 순간, 누이의 풍만한 젖가슴이 함께 닿으면서 포근한 행복감을 느낀다. 아, 누이는 하늘나라에서 온 천사다. 누이는 타고난 미색 그대로였다! 걷는 발자국마다 연꽃이 피어났다. 아, 선녀다! 아니다. 누이다! 그 누이가 하늘나라에서 나를 찾아 내려온 것이다. 외마디 소리와 함께 눈을 번쩍 떴을 때는 나는 북풍한설이 몰아치는 눈 더미 위에 홀로 누워 있었다.

눈 더미 위에 동네 개들이 모여 내가 토해놓은 토사물을 핥아 먹기 위해 내 입술에 키스를 하고 있었다. 그날 밤 개와의 뜨거운 입맞춤, 그래서 개들이 죽음 직전에 놓여 있는 나를 살렸다. 그날 밤, 원죄가 없는 개들이 원죄가 있는 인간을 구원했다.

사랑하는 만큼 미워하는 누이를 잊으려는 마음은 헛수고였다. 내 가슴속에 그 누이는 항상 살아 있었다. 하루가 지나면 지난 만큼 잊어져야 하는데, 그리움은 세월의 두께와 함께 쌓여만 갔다. 그 누이를 무덤에 가두고 꼭꼭 묻어 장사를 지낸 지도 십 년이 가고, 이십 년이 갔다. 그 누이는 죽고 없다고 다짐했지만, 내 영혼 속의 누이를 가슴에서 지우는 일은 일상처럼 쉬운 일이 아니었다.

잠을 자다가 문득 깬다. 하룻밤도 깊은 잠을 이룰 수 없었다. 그리움 때문이었다. 눈에서 멀어지면 마음에서도 멀어진다는 말은 헛말이었다. 누이의 얼굴이 자꾸 어른거린다. 맑은 웃음소리가 들린다. 누이 머리의 향기가 코를 찌른다. 누이의 그리움이 발가락 끝에서 머리카락 끝까지 가득 차버린 이 몸뚱이를 나는 어떻게 하란 말인가.

누이를 잊기 위해 별짓을 다 했다. 까마귀 고기를 먹으면 잊는다기에 하늘을 나는 까마귀 새끼까지 잡아먹었다. 아무 소용이 없었다. 까마귀를 열 마리나 한꺼번에 잡아 구워 먹었으나, 그 누이를 잊기는커녕 더 못살게 그리워지는 것이었다. 이렇게 살 바에야 차라리 목숨을 끊는 것이 낫다는 생각도 들었지만, 생각처럼 쉬운 일은 아니었다. 사랑이 주고 싶다고 줄 수 있고, 받고 싶다고 받는 것도 아닌 것처럼, 인간이 죽고 싶다고 죽는 것도 아니었다.

나는 인간으로 태어나 사랑의 진실과 아픔을 모르는 사람과는 말하고 싶지 않다고 외치고 다녔다. 그리고 누이가 없는 땅에는 봄은 다시 오지 않는다고 중얼거리며, 혼자 길바닥을 껑충껑충 뛰며 세상에 버림받은 들고양이처럼 울고 다녔다. 수컷이 암컷을 부를 때 온몸을 다해 우는 짐승처럼, 울음을 토하며 밤새도록 울고 다녔다. 하늘을 쳐다보고 그 누이 이름을 주문처럼 외우며, 통곡을 하며 목 놓아 울고 나면 그래도 덜했다. 나는 길거리의 광인이 되어, 지는 붉은 노을을 바라보며 이제는 그 누이를 사랑하지 않는다고 춤을 추기도 하고 노래를 부르기도 하며 미친 사람처럼 엉엉 울고 다녔다.

꾹 참고 살아야 하는데, 누이가 보고 싶을 때는 견딜 수가 없었다. 사진을 무덤에 묻고 불살라버리지 않았더라면 이렇게 간절하게 보고 싶을 때 사진이라도 한 번 볼 수 있을 텐데, 지금은 사진 한 장 없다. 그때는 지나가는 우체부가 그렇게 거룩하게 보일 수가 없었다. 체신부 모자를 쓴 배달부가 구세주로 보였다. 지나가는 우체부를 눈이 빠지게 바라보면, 어느 날 갑자기 나타난 우체부가 "당신이 바닷가 모래 위에 누이에게 못 보낼 편지를 쓰던, 기다리던 누이의 편지가 여기 있소" 하고 소식을 불쑥 전해줄 것만 같았다.

세상에 누이를 태어나게 한 것을 하늘에 감사드린 적도 있었다. 그렇지만 이제는 하늘을 원망하며 사는 운명이었다. 하늘은 그 누이를 내 곁에서 뺏어갔다. 내가 누이가 없이는 못 살 것 같다고 말했을 때, 누이는 그날 밤 "눈에 안 보이면 곧 잊어버리는 게 사람의 마음이며, 좋은 여자 만나서 결혼하면 곧 잊어버리게 될 거야"라고 말했다. "우리는 오누이야. 당신은 동상임이고 나는 누이야. 누이라는 것을 잊어서는 안 돼. 결혼 같은 데 얽매이지 않고 영혼으로 맺은 우리, 남매로 지낸다는 것은 어쩌면 부부로 사는 것보다 정이 깊고 관계가 더 영원할지도 몰라” 하고 울면서 말했다.

몇 달만 참아 보라고, 아니면 몇 년만 참아 보라고, 시간이 흐르면 두고두고 아름다운 추억으로 기억될 날이 올 거라고 말했다. 그런데 잊어지지 않는다. 깊은 상처가 아물기 위해서는 시간이 흘러야 하고, 잊는 데는 긴 세월이 약이라고 하지만, 세월이 흐를수록 상처는 자라는지, 내 누이에 대한 사랑은 해가 가고 달이 가도 사그라지지 않는 것이었다.

세상에는 몸은 아름다운데 맘이 악한 여인이 있고, 맘은 착한데 몸이 악하고 요물 같은 여인들이 있다. 잠깐 눈길이 머무르는 여인이 있는가 하면, 평생 눈길이 가는 여인이 있다. 또 한없이 선정적인 여인이 있는가 하면, 멘스 때 양귀비꽃 같은 빛을 발산하는 여인이 있다. 그 애련한 잉태를 부르는 몸짓이 무엇을 의미하는지는 모르지만 밤이면 눈에서 어른거려 남자들이 잠들지 못하게 하는 여인이었다.

어떤 여인들은 예쁜 얼굴에 성장을 하고 눈앞에 어른거려도 마음의 동요가 일어나지 않지만, 어떤 여인은 못난 얼굴에 화장기 하나 없이 헌옷을 걸치고 지나가는데도 그 향기가 남자의 잉태의 욕심을 불러일으킨다. 욕정을 일으킬 만큼 사정없이 마음을 흔들어놓고 지나가는 것이다.

말 한마디나 작은 행동이 남자에게 욕망을 불러일으키게 해서는 안 된다는 것을 아는 누이는 지극히 조신하게 행동했지만, 그

몸 움직임의 미동은 남자들에게 한없는 금빛 욕망을 불러일으켰다. 남자들과 만나지 마라, 남자는 다 늑대다, 다시는 수컷들과 상종하지 마라 해놓고 자기는 돌아서서 얌전한 암늑대가 되어 남자들을 은근히 유혹한다.

나는 화장한 얼굴이 자기를 예쁘게 표현한다는 것을 아는 여인들을 연상하며, 길거리에 나가 지나가는 여인들의 알몸을 눈요기로 감상한다. 얼굴이 반반하게 생겼다는 이유로 세상을 평안하게 살아가는 여인들이었다.

원피스를 입은 여인이 지나간다. 투피스를 입은 여인이 지나간다. 하이힐을 신은 여인이 지나간다. 신발에 따라 다리의 각선미가 당기며, 통통하고 한없이 아름답다. 한복을 곱게 차려입은 여인이 지나간다. 은은한 선의 아름다움, 머리 모양은 각양각색이다. 머리카락 몇 올을 눈 위로 살짝 흘려 내렸는가 하면, 말끔히 이마 위로 다듬어 올려 뽀얀 목덜미를 드러낸 여인이 아름답다. 여인의 냄새를 풍기며 가련하게 입은 속곳 같은 짧은 바지를 입어 속살이 비어져 나온, 팬티 같은 짧은 바지를 입은 여인의 깊은 속사연은 무엇일까. 그 여인의 사연이 아프게 다가온다. 아름다운 여인이 속살을 드러냄은 이유야 무엇이든 간에 남자에게는 그대로 큰 눈 보시였다.

마지막 혼을 불태우듯 성적 매력을 한없이 풍기는 여인의 속곳 속 같은 속살의 음영을 투영하는 치마는 무엇을 의미하는 것일까. 동물들의 번식을 갈망하는 잉태의 본능, 한 번에 한 개의 난자를 낳는 여자는 모르지만, 수억 만 마리의 정자를 쏟아내야 하는 남자의 번식욕구는 어디까지일까. 저렇게 노출한 알몸을 보고 참는 것도 한계가 있지 않을까. 영원히 참을 수 있다면 인류는 멸망하는 것이 아닌가.

여인들은 내 눈길이 자기의 은밀한 곳을 스치는 줄도 모르고 지나가고 있었다. 아니 스치는 것을 바라고 지나가고 있는지도 모른다. 나는 전신 스캐너, 알몸 투시기처럼 투명의 눈으로 지나가는 여인들의 몸 안을 샅샅이 들여다보고 있었다. 육체의 비밀을 하나하나 즐긴다. 고관부인이고 직업여성이고 할 것 없이, 내 앞을 지나가는 여자는 모조리 나체를 투시한다. 남편이 모르는 육체의 비밀을 남이 다 알았다면, 남편은 그를 성추행 죄로 고소할 것이다.

여자들은 제각각의 그림자를 아스팔트 위에 길게 늘어뜨리며, 파라솔을 들고 그늘을 만들며 지나갔다. 자신의 잃어버린 정조를 그리워하지 않는 여인들이 지나가고 있었다. 자신을 보고 껄떡거리는 남자를 보면 오히려 혐오의 눈빛을 보내고, 자신을 연모의 대상으로 굽실거리는 남자를 만나면 냉소의 눈길을 보내기만 하는 여인들. 나는 그런 여인들의 육체를 누이의 환상에 잠겨 강탈한다.

여인들은 풍만한 알몸을 금방 낚아 올린 잉어처럼 퍼덕이며 앞을 다퉈 지나가고, 내 마음의 눈은 그녀들의 옷 속을 기웃거리며 분주히 드나들었다. 눈이 그 여자의 몸속에 들어가 있는 것이다. 실오라기로 가린 육신 속을 들여다보면, 나부(裸婦)와 같은 알몸의 속살이 온통 나의 눈으로 가득 쏟아져 들어온다. 여인들은 자기의 하체를 강탈당하는 줄도 모르고 내 앞을 지나가는 것이다.

마지막 나타나는 현상은 사막의 신기루처럼 그 누이가 아름다운 알몸의 여인으로 내 눈앞에 나타나는 것이다. 어느 한 순간이 지나고 나면 누이가 저만치 걸어간다. 꿈에서도 그리던 누이였다. 누이가 거기 있는 것이다! 세상의 여자들이 다 누이로 보인다. 거리에 있는 누이를 발견하고 미친 듯 쫓아가 붙잡고 보면 다른 여인이었다.

그렇게 내 마음속 누이의 환상은 늘 죽지 않고 살아 있었다. 죽이고 싶도록 밉다. 꼭 죽여야 한다. 나는 마음속의 그 누이를 죽여야 한다고 다짐하고, 그때부터 미운 생각을 매일매일 하며 그녀를 죽였다. 그래서 내 가슴속의 누이는 매일 죽어나갔다. 매일 조금씩 죽이면 여러 날이 지나면 깨끗이 죽어 없어질 줄 믿었는데, 그게 아니었다. 내 몸속에 뼛속 깊이 박혀 있는 누이를 끌로 폭폭 파내 버리려고 울었지만, 그 누이의 그리움은 밟히면 밟힐수록 살아나는 길가의 질경이처럼, 베어내도 베어내도 자라나는 끈질긴 생명의 들풀처럼 죽지 않고 살아나는 것이었다. 아무리 해도 그 누이는 가슴속에 살아 있었다.

누구나 살다 보면 사랑의 못이 한 번은 가슴에 박힐 수 있고, 또 박혀 있고, 박힌 그 못을 날마다 빼려고 애쓰면서 살아간다고 하지만, 내게는 이다지도 뺄 수 없는 긴 못이 박혀 있었다. 내 가슴을 끌로 폭폭 파서 없애버리지 않는 한, 내 가슴속의 못은 뺄 수 없었고, 영혼 속의 누이는 일 년이 가고, 십 년이 가도 죽지 않고, 살아 있었다. 내 생명이 죽지 않는 한, 그 누이는 죽일 수 없다는 것을 알았다. 불사조였다.

세상에 영원한 것은 없다. 검은 머리 파뿌리 되도록 살겠다는 인간의 언약은 하루아침에 변할 수 있다. 사랑을 할 때는 싸움

한 번 안 하고 살 것 같던 부부가 원수로 변해 헤어진다. 서로 죽도록 사랑한다는 사람끼리 이혼을 밥 먹듯 한다. 아침에 먹은 마음이 저녁에 변하는 것이 사람의 마음이었다.

사랑은 유통기한이 지난 식품과 같은 것인가. 사랑하는 사람을 따라 죽는다는 말은 거짓말이었다. 이 세상 끝까지, 하늘 끝까지, 무덤 속까지 따라가겠다던 사랑도, 그 사람이 떠나고 나면 자기는 살아야겠다는 본능으로 돌아간다.

그래서 부부란 돌아누우면 남남이라 했다. 열 번 좋다가도 한 번 삐긋하면 헤어지는 게 사랑 아닌가. 부부로 살다 남편이 죽으면, 고무신 거꾸로 돌려 신고 다른 짝을 찾아 씨를 받기 위해 사는 게 여인의 사랑이라면, 여자란 요물이다. 여자란 다 그런 것이다. 누이라고 다를 리 없다. 아랫도리를 가지고 번식을 위하여 피를 흘리는 자궁을 가진 여자는 다 같은 것이다.

그러나 자궁을 가진 여자는 다 좋은 것이다. 남자가 천 명이 있은들 아기 하나를 낳을 수 있단 말인가. 여자가 없으면 인류는 멸망하는 것이다. 자궁은 만 생명의 본향이었다. 그런 다산을 의미하는 풍요의 신, 자궁을 가진 여자는 여신인 것이다.

내 마음속에서는 외치고 있었다. 여자는 씨앗을 뿌리는 하늘 밭이다. 씨앗을 뿌릴 수 있는 밭을 가진 여자는 다 아름답다. 자궁 나쁜 여자가 어디 있단 말인가. 자궁은 다 맛좋은 꿀단지인 것이다. 벌은 꽃 꿀단지 때문에 꽃을 찾고, 남자는 자궁 꿀단지 때문에 여자를 찾고, 여자는 먹어도 먹어도 또 먹고 싶은, 꿀복숭아처럼 부드럽고 감미로운 껍질을 벗기면 속살이 달콤하고 먹을수록 입에 단물이 고이는, 끝이 없는 자궁의 꿀을 남편에게 잘

대접해야 하는 것이다.

남녀가 서로 살을 섞으며 성교를 하고, 침대에서 교성을 내지르며 섹스하고, 그 몸속에서 뜨거운 콧김을 내뿜고, 같이 잠자고, 아이를 낳고, 그리고 키스하고, 서로의 몸뚱이를 문지르며 지문을 남기며 사는 것이 사랑이라면, 사랑도 별난 것은 아닐 것이다. 그렇다면 특정한 여인, 그 누이의 자궁에만 아름다운 영혼이 있다고 믿는 것은 잘못된 생각이었다. 누이를 천사로 보는 것은 그 누이를 맘껏 부풀린 상사병이 든 내 상상의 날개 때문일 것이다. 너무 아름다움만 확대해 보지 말고, 누이의 약점을 확대 해석하는 눈으로 보면 흉이 있을 것이다.

연꽃은 사람의 손이 닿지 않는 물 가운데서 사람이 만질 수 없는 일정한 거리를 유지하기 때문에 더 연모하는 것이다. 누이는 만질 수 없는 꽃이었기에 더 아름다운지도 모른다. 사랑은 연꽃처럼 그런 것이다. 여자와 남자가 오래 사귀다 보면 싫증이 나고, 누이도 평생을 같이 산다면 신비감이 사라지고 미워할 때도 있을는지 모른다. 그렇게 누이를 미워할 것을 다짐해본다.

— 그래도 내 마음은 그 누이였다.

세상 여자는 다 같은 것이다. 생물학적 구조는 별다른 게 없을 것이다. 아기를 낳을 수 있는 자궁을 가진 여자는 어디든지 널려 있다. 세상은 넓고 여자는 많다. 거리에 나가면 물결처럼 흐르는 것이 여자 아닌가. 여자의 자궁은 가는 곳마다 있다고 생각해본다.

— 그래도 내 마음은 그 누이였다.

이 세상에 여자가 어디 그 누이 하나뿐이란 말인가. 그렇다면 세상 남자들이 다 나 같다면 첫사랑이 아닌 여자와는 결혼할 수 없지 않은가. 다른 여자를 사랑하면 될 것이다. 또 사랑 할 수 있다. 어떤 여자라도 사랑할 수 있고, 새로운 사랑을 찾아 길을 떠날 수 있다. 다른 사람들은 첫눈에 반했다는 첫사랑의 여인과 결혼을 했다가 쉽게 이혼을 하고, 다른 사람을 사랑하고 재혼하는 것을 눈으로 보고 있지 않은가. 마음속으로 미움을 다짐한다.

— 그래도 내 마음은 그 누이였다.

남자가 여자를 사랑한다는 것은 그 잉태의 밑구멍 하나 때문이 아닌가. 밑은 여자에게는 누구나 다 있는 것이다. 구멍 없는 여자가 어디 있는가. 수컷이 갈망하는 암컷의 냄새. 이제는 잊어야지. 구린내 나는 여자의 사타구니가 뭐 그리 좋다고, 내가 왜 이러는 것일까. 사나이 가는 앞길에 그까짓 여자 하나가 뭔데. 여자 하나 때문에 이렇게 살 수는 없지 않은가. 얼마든지 잊을 수 있다.

마음속으로는 그렇게 누이를 잊어야 한다고 다짐하고 외치면서도, 내 가슴은 잊지 못해 찢어지는 아픔에 울어야 했다. 나는 왜 죽어도 안 되는 것인가. 마음속으로만 누이를 사랑하고, 행복을 빌고, 잊으면 된다고 이를 악물고 다짐해보지만 소용없었다. 어떤 말도 소용없었다.


태백산에는 소나무가 지천으로 많다. 적송, 금강송이다. 반송, 육송, 여송도 있다. 가을이면 소나무 밭에는 송이가 난다. 어느 스님이 소나무 밑에서 중생의 맛있는 먹을거리를 달라는 서원을 세우고, 죽어 송이로 태어났다는 산 송이는 하필이면 남근을 닮아 있었다. 태백산 줄기 봉화 춘양(春陽)에서 나는 송이와, 영양

(英陽)에서 나는 산 송이는 맛과 향이 세계에서 으뜸이다.

인간도 마찬가지다. 아무리 인간이 많아도, 인간마다 송이처럼 맛과 향이 다르다는 것을 누이에서 본 나는, 누이의 송이 향을 찾아 심장에 피를 철철 흘리며 밤마다 울었다. 아무리 발버둥을 치며 울어도 소용없었다. 내 마음은 단 하나, 궁극적 목적은 송이 향이 나는 그 누이 하나뿐인 것을 어쩔 수 없었다.

너무 많이 사랑하는 것은 죄다. 어떤 때는 미친 사람처럼 옷을 홀랑 벗고 길거리에 나가 스트리킹을 하며 누이의 이름을 주술처럼 외우며 다녔다. 울기도 하고, 미친 사람처럼 집이 떠나가게 혼자 외마디 소리를 지르기도 했다. 하루 종일 한 자리에 앉아 넋이 나가 있기도 했다. 매일매일 나를 죽이고 또 그 누이를 죽였지만, 내가 죽지 않고는 그 누이를 내 마음속에서 죽일 수 없다는 것을 알았다.

가슴에 꽂힌 화살은 뺄 수 있어도 그 상처는 지울 수가 없듯, 나무에 대못을 박았다 빼면 그곳에 남는 깊은 구멍은 메울 수가 없듯, 그 누이의 흔적은 내 가슴속에서 영원히 지울 수 없다는 것을 안 나는 내가 나를 죽이기 시작했다. 날마다 조금씩 나를 죽였다. 밤마다 베갯머리에 눈물을 떨군 채 나를 죽이며, 세상과 가족으로부터 멀리 떠나왔고, 철저히 나를 고립시키고 소외시킨 채 오직 나를 죽이기 위해 살았다.

내가 나를 경멸하며 버렸다. 내가 나를 외면하고, 철저히 혼자이고 싶어 울면서 외롭게 살았다. 날마다 누이에게 보낼 수 없는 편지를 쓰던 나는, 어느 날 그 누이를 잊기 위한 결혼을 했다. 복위혼(腹爲婚, 뱃속에 있는 아이의 혼인을 조부모들끼리 정함)이었다. 거역할 수 없이 약속된 결혼이었다.

그때는 전친혼(轉親婚, 조카들을 기르기 위한 형수와의 결혼), 전처혼(典妻婚, 씨받이), 근친혼(近親婚, 직위와 재산을 보호하기 위한 근친 간 결혼), 매매혼(賣買婚, 돈이나 땅을 주고 사는 혼인), 동양혼(童養婚, 어린 여아를 데려다 길러 혼인시키는 민며느리), 다처혼(多妻婚, 둘 이상의 부인을 갖는 혼인), 환친혼(換親婚, 사돈끼리 연 걸린 정략결혼), 약탈혼(掠奪婚, 약소민족이나 약자의 여자를 뺏어옴), 망문혼(望門婚, 정혼한 남자가 죽어 시집도 가보지 못한 여자, 혼례는 올렸으나 첫날밤을 치르지 못해 처녀로 늙는 과부를 보쌈해옴)의 혼인이 이 땅에 살아 있었다.

복위혼을 한 나는 함박눈이 내리는 불면의 밤을 누이를 잊으려는 아픈 가슴을 작품화해보려고 수많은 밤을 끙끙거리며 소설 습작을 시도해보기도 했다. 상사병에 걸린 나의 문학을 이끌어줄 스승이나 어떤 계시 같은 것은 없었다. 소설은 어려웠다. 어떻게 써야 되는 것인지조차 모르면서, 긴 편지 쓰듯 하는 형식이었다. 안 그리고는 못 배길 누이의 아름다운 모습을 문자로 그리려고 애를 태웠다. 그 누이의 아름다움을 있는 그대로 표현하지 않고는 죽어도 못 배기게 하는 슬픔은, 내가 나를 밤마다 울게 했다.

나의 야속한 마음을 기록으로 남겨, 먼 훗날 내가 죽더라도 누군가에게는 알려야겠다는 생각이 들었다. 불타는 가슴속 그리움을 되새김질하는 내적인 미를 위대한 한글로 그려내는, 길이 이 땅에 남을 소설을 쓰는 일이었지만, 내 능력으로는 도저히 불가능하다는 것을 알았다. 언어가 도달할 수 없는 자리, 인간이 가지고 있는 문자로는 그 누이의 아름다움을 다 표현할 수 없다는 것을 깨달았다. 그런 줄 알면서도 그 누이는 너무나 가슴에 맺힌 간절한 사랑이었기에, 소설로 한(恨)을 푸는 방식을 택했던 것이다. 그런 소설은 인류의 구원에는 이를지 모르지만, 자기의 구원에는 이르지 못한다는 것을 알았다.

첫사랑을 잊지 못하는 죄는 컸다. 사랑을 잃은 사람에게 그 모든 것은 슬픈 형벌이었다. 하늘 아래 그보다 더 큰 형벌은 없었다. 소설을 쓰는 궁극적 가치는 숙명적 삶과 고뇌의 슬픔을 영혼의 울림으로 승화시키는 데 있겠지만, 그것은 행복이 없는 즉, 하늘이 내리는 천벌이었다. 글을 쓴다는 것도 결국은 자기 구원에는 이르지 못한다는 가혹한 운명이 있을 뿐, 자기 가슴속에서 끊임없이 울부짖는 사랑이라는 저주받은 운명을 붙잡고 울어야 했다.


첫날밤 아내의 속치마를 벗기며 그 누이를 생각했다. 여자의 보드라운 살갗이 손끝에 닿는 순간, 솟아오르는 욕망으로 아내의 젖가슴을 움켜쥐고 울었다. 아내를 가슴에 품고 누워 누이로 착각하고, 그 누이를 그리워하며 잠들었다.

아내를 그 누이로 착각한 대녀(代女) 섹스에 만족할수록 그 누이가 더 그리워지는 것이었다. 더 목마르고, 더 배고프고, 더 아팠다. 아내를 옆에 두고 그 누이의 환상을 붙잡고 밤마다 허구한 날 욕망의 불을 끄기 위해 자위행위를 했다. 남들은 수없이 하는 수음행위를 천주교 신부가 하면 사음(邪淫)죄에 해당하듯이, 이슬람교도의 수음행위처럼, 금기로 되어 있는 그런 자위행위를 밤마다 계속했다. 죽음을 앞둔 사형수가 자위행위를 자주 하듯, 남자들이 낮에 길거리에서 본 이상적인 여인을 상상 속에 떠올리며 밤에 남몰래 수음을 하듯, 수음행위가 부쩍 늘어난 나는 내 슬픈 물건을 손에 쥐고, 그 누이와 남편의 섹스 장면을 떠올리며 밤낮 없이 수음을 했다. 손놀림은 멈출 수가 없었다. 날이 갈수록 더해갔다.

그 누이가 앉은자리는 꽃밭이리라. 그 꽃밭 어디쯤에서 그 누이 부부는 서로 애무하며 교합하리라. 누이는 밤마다 그 좋은 섹스를 되풀이하리라. 그리고 행복하리라. 그 누이가 남편을 사랑하는 모습이 자꾸 머릿속에 그려졌다. 그 누이의 뜨거운 몸을 소유한 남편은 얼마나 행복할까. 그 누이를 상상하는 수음의 절정은 항상 황홀하게 끝나는 데 비해, 몰두하는 내 영혼의 슬픔은 언제나 한없이 비참한 참극으로 끝났다.

누이가 그리울 때마다 술집 아가씨를 찾았다. 여자의 속살이 그리웠다. 여자의 살 냄새를 맡아야 살 수 있었다. 아가씨를 찾아 황홀한 시선으로 그녀의 육체를 더듬었다. 여자의 몸이 그렇게 좋은 줄 몰랐다. 해일에 휘말린 바다처럼 몸이 요동치며 흔들리고, 내 몸속 젊은 알맹이를 그녀의 몸속으로 쏟아 넣어야 되는 것이었다. 몸이 훨훨 욕망의 불덩이로 타오를 때는 엉뚱하게 외모가 누이를 닮은 술집 아가씨를 가까스로 찾아 가슴에 끌어안고, 누이가 가지고 있던 향기, 누이에게서만 나는 냄새가 그리워 울었다.

이 여자를 죽도록 사랑하는 수컷이면 그만이다. 손으로는 그 여자의 사타구니를 쓰다듬고, 머릿속으로는 누이의 몸을 떠올리며, 뱀처럼 뒤엉켜 육체만이 원하는 몸짓을 했다. 몸속에서 유발되는 뒤틀린 불륜의 성욕으로, 여인이 내뿜는 황홀경의 신음소리를 들으며, 고환 속에서 또 한 번의 배출을 기다리고 있는 정액을 흘려야 했다. 정액을 사정하기 위해 콧구멍에 뜨거운 바람을 불어넣으며 몸부림을 쳤다.

사랑에 열중한 사마귀가 교미가 끝난 후 암컷이 수컷을 잡아먹어도, 도망갈 생각을 안 하고 사랑에 열중한 죄로 죽음을 고요히 맞이하고 잡아먹히는 수컷처럼, 수컷은 울며, 굶은 늑대처럼 사랑의 먹이를 끈덕거렸다. 하고 또 하고, 먹고 또 먹으면서도 늘 배가 고팠다. 아무리 시도 때도 없이 섹스를 해도, 밥을 실컷 먹은 후 밥 보기가 싫은 것 같은 포만감은 오지 않는 것이었다.

자위하며 밤새도록 코피가 터지도록 씨뿌리기를 하고, 자폭하고 말 짐승처럼 발작하듯 전율하고, 용암을 분출하고 폭발하며, 살아 있는 육체를 주체할 수 없이 저주하고 증오했다. 하룻밤에 열 번이나 넘는 질탕한 섹스를 하면서도 그래도 목말랐다. 새벽에 하고, 아침 먹고 하고, 돌아서 하고, 시도 때도 없이 해도, 채워도 채워도 밑 없는 독처럼 그 허망한 욕망의 깊이는 채울 수가 없었다.

살과 육신을 통해 전해오는 여자의 촉감은, 피부에 닿으면 고압선에 감전되듯 짜릿한 타는 듯한 유전인자를 가진 그 누이의 비단결 같은, 내가 그토록 갈망하는 살갗은 아니었다. 열정이 골수까지 스며들어 뼈가 저리게 달콤한 꿈길을 달리지는 못했다. 그냥 술집 아가씨를 끌어안고, 내 벗은 몸뚱이가 다른 알몸과 부딪히고 다른 피부를 느끼며, 누이의 속살이 닿았을 때의 짜릿한 황홀감을 그리워하며, 눈물을 질금질금 짜내며 울어야 했다. 완벽하게 섹스 오르가슴의 합일을 못 이루는, 사랑 없는 여자와의 섹스 후에 오는 절망감은 한없는 슬픔이었다.

모든 것은 그 누이의 대신이었다. 술에 취해 아내를 누이 대신 끌어안고 울어야 했다. 어느 날 잠자리에서 그 누이의 이름을 부르는 바람에 잠에서 깨어난 아내가 내 얼굴을 가만히 들여다보고 있노라면, 무슨 꿈을 그리 꾸는지 웃기도 하고 행복한 모습을 지으면서 자꾸 그 누이의 이름을 부르더란 것이다.

그 모습을 보는 아내의 심정은 어떠했을까. 아내를 누이 대용품으로 끌어안고, 머리에는 그 누이를 떠올리면서 성행위를 한다는 사실이 불결했다. 아내가 그걸 안다면 그 심정이 어떠했을까. 성행위를 할 때마다 아내에 대한 지울 수 없는 죄책감에 괴로웠다. 아내의 육신에 대고 누이의 이름을 부르며, 피부에 닿은 속살을 누이로 착각한 상태에서, 누이의 향기를 찾아 환상을 끝없이 더듬으며 몸부림을 치다가 잠들었다.

그런 무정한 밤이 가고 나면 지구상에 밤이 그대로 있기를 바라는 나의 소원과는 관계없이 아침 태양이 떠오르는 것이었다. 언제나 완전히 다른 내일이 없는 체념 속에서 떠오르는 태양이었다. 아침이 오면 동쪽에서 눈부시게 솟아오르는 태양이 싫었다. 밝은 태양이 떠오르는 아침이면 희망찬 하루가 시작되어야 할 텐데, 그렇지 못한 슬픈 태양이 떠오르는 것이었다. 눈을 떠도 그날이고, 눈을 감아도 그날인 보기 싫은, 떠오르는 저 검은 태양을 쏴 죽일 씩씩한 포수는 없는 것일까. 뜨는 태양은 막을 수가 없었다. 아침에 눈을 뜨면 장엄한 광경을 경건한 눈으로 바라볼 수 있는 태양은 뜨지 않았고, 그놈의 보기 싫은 태양만 날마다 죽지 않고 떠오르는 것이었다.

그런 슬픈 결혼생활은 오래가지 못했다. 밤마다 아내를 '그 누이’로 착각한 환각상태에서 욕망으로 부풀어 오르는 성욕을 부부관계로 지탱하는 성행위는, 육체와 마음의 위로가 아니라 자학이었다. 벌거벗은 몸으로 내 불쌍한 고추를 움켜쥐고 부끄러움에 울어야 했다. 이상하게 남자구실을 못했다. 몸이 뜨거워진 아내는 어떻게든 내 남자를 살려보려고 별의별 방법을 다하고 애쓰며 열매라도 하나 떨어지기를 몸부림쳤지만, 그럴수록 힘없는 내 남자는 아내 앞에서 늘 고개를 숙인 채 들지 못했다. 날마다 누이의 환상에서 관음증 환자가 되어 성도착증을 앓으며, 아내의 육체를 안고 쓰다듬으며 그냥 잠들었다. 영혼을 서로 공유하지 못한 아내는 정신과 육체가 다 처녀나 다름없었다. 내 마음 속에는 그 누이가 있었고, 아내를 끌어안고 자꾸 그 누이의 이름을 부르며 우는 결혼생활은 결국 올 것이 오고 말았다.

  어느 날 조용히 조종(弔鐘)이 울렸다. 애초에 누구하고도 결혼을 하지 못할 운명이었다. 마음을 주지 않는 사람과의 결혼은 행복할 수 없는 것이었다. 세상에 어떤 여인이 있어 천형병(天刑病)을 앓고 있는 이 불륜의 남자를 용서할 수 있단 말인가. 아내는 빈껍데기하고 살았다. 내가 이혼 당하는 것은 당연한 일이었다. 노동판을 정처 없이 떠돌던 내가 아내가 홀로 지키고 있는 고향 집으로 돌아온 어느 날이었다. 고양이가 삶의 무료함을 견디기 위해 제 털을 조용히 핥듯 침묵으로 일관하던 아내의 눈에서 마지막 눈물 한줄기가 볼을 타고 흘러내렸다. 우리는 헤어지기 위한 장벽 앞에 마주 앉았다. 매개의 끈인 열매, 자식이 없다는 것이 다행이었다. 우리는 영혼의 결합이 아닌 자식은 두지 않으려고 애썼던 것이다.

부부관계의 비밀은 둘만이 아는 것이다. 결혼이란 부모가 계시고 조국에 목숨을 건 남자에게는 전부가 아닐지 모르지만, 여자에게는 운명의 전부가 아니었던가. 아아, 부부의 인연이란 버리고 맺고 끊기가 그리 어렵고, 이보다 더 무서운 체념이 하늘 아래 또 있을까. 10년이란 세월이었다. 구제불능의 인간에 대한 원한과 증오로 불타는 아내의 저주의 눈빛이 정면으로 나를 쏘아보았다. 나는 가장 가혹하고 잔인한 눈빛과 대치했다. 눈동자는 한 마디 말을 하지 않아도 천 마디 말을 하고 있었으며, 다 알아들을 수 있었다.

지금이라도 아내가 무슨 애원을 하고 있다는 것을 아는 나는 무슨 말인가 하려 했으나, 아무 말도 하지 못했다. 돌아앉아 술을 마시고 있는 나의 얼굴에 가래침이라도 탁 뱉어야 할 텐데, 착한 아내는 측은한 목소리로 마지막 말을 이렇게 했다.

"내가 떠나더라도 술을 덜 먹고 몸조심하세요."

불치병이 든 사람을 두고 떠나는, 미움을 넘어선 연민이었을까. 아내의 눈시울에 맺혀 있던 눈물이 치마폭에 뚝뚝 떨어지는 것을 보면서, 우리가 헤어지기에는 너무 많은 시간을 허비했고, 너무 많은 세월을 같이 보냈다는 슬픈 생각이 들었다.


고향 초가집에는 어느 한 곳 아내의 체취와 정성이 묻어 있지 않은 곳이 없었다. 그동안 살아온 삶의 흔적들이 두 사람의 가슴을 타고 찌르르 흘러내렸다. 우리의 영혼과 육체를 함께하려던 결혼(結魂)은 결국 이렇게 조용히 막을 내렸다. 환기를 위해 열어둔 창틈 사이로 수많은 티끌이 햇살을 받아 반짝거리며 날고 있었다. 세상에 티끌이 저렇게 아름다울 수 있을까. 먼지의 흐느낌, 입자의 파닥임, 나는 창틈으로 새어든 한줄기 빛이 아내의 머리 위에 떠돌고 있는 먼지를 비추는 것을 바라보며, 사랑의 실체를 담배 연기로 허공에 날리고 있었다.

그날 그녀는 "실연한 남편을 보는 마음이 이렇게 아픈 줄 몰랐습니다"라는 사연의 편지를 남긴 채 말없이 울면서 떠났고, 나는 웃지도 울지도 않으면서 아내를 보냈다. 미운 정, 고운 정 다 든 부부에게 이별은 살았던 세월의 무게만큼이나 무겁고 아팠다. 세상 인연이란, 함께 보냈던 그간의 세월을 없었던 것으로 할 수 없는 인간의 정이란 버리고 끊기가 그렇게 어려웠고, 이별을 겪어보지 않은 사람은 말할 수 없는 슬픔이었다.

여자의 복을 지지리도 못 타고난 놈이었다. 어려서 일찍 어머니를 여의고, 빈 젖을 물리는 할머니의 마른 가슴을 죽자고 밀어내며 울어야 했고, 커서는 사랑하는 누이를 잃어야 했다. 죽자고 달려드는 사랑은 기어코 보내야 하고, 가버린 사랑은 붙잡고 울어야 하는 운명이었다. 그날 아내가 떠나자 갑자기 캄캄한 하늘에서는 천둥이 치고, 땅에는 굳은비가 쏟아지고 있었다.

# 피비린내 나는 6·25

창천(蒼天)!

저 태양이 빛나는 푸른 하늘 아래 해방은 되었지만, 약소민족의 비극적 몸부림은 조선을 또다시 강대국들의 손아귀로 몰아넣는 상투놀이가 시작됐다. 일제 식민지에서 다시 종속국가로 전락하기 위한 꼭두각시놀음이 발버둥을 치기 시작한 것이다.

광복 후 우리 민족이 걸어가는 길에는 가로등이 없었다. 해방공간에서 김구, 여운영과 조만식, 김규식 같은 선각자들이 앞장서 좌우합작을 통한 중도노선의 통일노선을 시도하기도 했었다. 그들은 통일민족, 민주국가 건설을 최우선 과제로 정하고, 친미친소와 좌우합작을 최우선 과제로 할 때 그것이 가능할 것으로 보았다.

그러나 강대국들의 제국주의적 체제는, 냉전이라는 세계적 상황 속에서 분단체제는 한반도라는 지정학적 위치에서 벗어나지 못하게 했다. 이상한 역사의 수레바퀴에 잘못 깔린 우리의 모습이었다. 해방공간에서 가열된 좌우익의 대립과 민족 내부의 냉전 및 권력다툼을 극복하는 데 실패한 우리는 해방 후 '공산주의냐, 민주주의냐' '친미냐, 친소냐' 하는 갈림길로 양 진영을 패가름 했다.

권력을 추구하던 좌우익의 대결은 민족적 대동단결의 기치를 통합해내지 못했다. 분열과 분단은 결국 영원한 조국의 분단과 동족상잔의 전쟁으로 귀결될 것이라는 절박감에서 좌우합작과 통일전선을 외치면서 민족의 통일적 단일 역량을 성취해내고자 한 애국지사들이 삼팔선을 넘나들던 분투는 허사로, 누구의 잘못인지 모르지만 외세에 의한 결과는 민족 구성원의 적대감과 민족분열의 증오심만 길렀다. 자기 민족을 조국의 품으로 거두어들이지 못한 좌우익의 극단 세력은 이 같은 민족의 염원인 조국의 통일이라는 숙명적 과제를 외면하고, 국제적 외세의 냉전을 민족 내부로 끌어들이면서까지 자기만의 독선적 패권을 도모하기에 이르렀다.

"사상의 고착과 종속사상, 사대주의란 아마도 조선인의 가장 근본적인 두 가지 특성이다. 형식주의, 파당심, 문약(文弱), 심미관념의 결핍, 공·사의 혼동, 관용과 위엄, 순종, 낙천성, 그것이 조선인이 사는 조선반도에서는 영원히 지속될 특성이다."

"옛날 조선인이 중국 사상에 종속돼 중국을 향해 사대주의를 취했던 것과 마찬가지로, 지금은 미국 사상에 종속돼 미국을 향해 사대주의를 하고 있다.”

일본 놈 다카하시 도루의 대한민국 폄하 글에 보조와 실증을 맞추는 격이었다.

우리는 나라를 잃고 겨레가 빛을 잃었던 시절, 선열들이 조국의 강토와 부모, 처자식을 버리고 두만강을 건너 황량한 만주벌판 용정 일송정에서 그리고 청산리 전투에서 나라를 되찾기 위해 눈물을 흘리며, 목숨을 초개같이 버리고 무력 투쟁한 항일운동은 국가 초석을 다루는 데 허깨비가 되었다. 독립지사의 유족들과 그 후손들이 가장과 가정을 잃고 가난을 대물림하면서 천대와 무학의 고통만을 안고 살아야 하는 나라가 되었다.

삼대가 애국으로 목숨을 바친 희생은 그들의 조국에서 빛을 보지 못했다. 그 숭고한 정신을 농락하는, 나라를 팔아먹는 민족반역자, 정치가, 매국노, 앞잡이들이 끝없는 노예의 길을 걷기 위한 꼭두각시 상투놀이가 시작된 것이다.

무엇이 백두산의 저 푸른 소나무를 뿌리째 병들게 하고, 압록강 푸른 물을 피로 물들게 했단 말인가. 우리에게 무슨 사우스코리아, 노스코리아가 있고, 또 무슨 부르주아, 프롤레타리아가 필요했던가. 남의 힘에 의해 안겨진 독립은 첫 단추부터 잘못 꿴 난장판이었다. 왜곡 된 역사의 땅은 주인 없는 빈집 천장의 쥐떼가 제 세상을 만난 듯, 해방은 친일파들의 세상이었다. 그들이 또 세상을 만났다.

일본 놈들 밑에서 36년간 머슴노릇 하던 우리 할아버지, 아버지들이 독립투쟁을 해서 되찾은 조국을, 남쪽은 미국의 경제속국으로, 북쪽은 러시아와 중국의 노예로, 백두산 천지의 저 푸른 평원을 몽땅 타국에 바치는 매국노들의 잔치가 벌어진 것이다.

분하고 원통했다. 역사와 현실과 미래가 민족 안에 하나로 귀일하지 못한 우리는, 남북 단독정부 수립 반대, 미소(美蘇)가 물러가고 남북 동시 선거를 주장하던 애국지사들을 암살하기 시작했다. 민족주의는 반동이요, 자주독립을 외치는 자는 부르주아 민주주의 혁명을 외치는 빨갱이가 되었다. 진정한 조국 통일을 원하고 이룩하려는 애국지사들은 누가 죽이는지 모르게 다 죽어갔다.

조국은 광복이 되어도 일본의 앞잡이, 매국노, 민족 반역자, 미국에 붙어먹는 변절자에 대해서는 한마디 말이 없다. 일본 놈의 밑구멍을 빨던 구역질나는 친일 반민족 행위자들이, 다시 미국과 소련 놈의 코빼기를 빨기 시작했다. 남쪽에 붙어먹고 북쪽에 붙어먹는 더러운 노예의 패거리들 때문에 애국지사들은 다 죽어갔고, 진정한 내 나라는 존립할 수 없었다. 어제의 매국노가 오늘의 애국자로 변신했다.

해방이 되자 숨어서 왜놈 순사 앞잡이를 하던 놈이 고향의 경찰서장이 되어왔다. 독립운동을 하는 형제를 밀고해 잡아 토막내 죽이고, 연해주로 도망간 애국지사 부인의 임신한 배를 닙본도로 찔러 죽이고, 친구를 일본 놈 강제징용에 잡아 보내고, 그 부인을 겁탈하고 따먹은 자들이, 광복이 되자 총을 들고 머리에 흰 띠를 두르고 집단으로 자유와 정의, 민주주의와 평화를 외치고 나섰다.

일제 주구(走狗)인 그들은 독립운동을 하는 친구를 일경에 밀고해, 손끝에 대나무 못을 박는 고문을 했다. 그 공로로 순사보가 고등계 형사가 됐고, 일본 놈의 앞잡이가 되어 민족을 학살하고 패륜을 일삼던 자들이 조국의 광복된 하늘 아래 경찰서장으로 부임했다. 친구를 잡아 일본 놈 경찰에 넘긴, 천벌을 받아야 할 악질이 경찰서장이 되다니. 경찰서장으로 둔갑한 그들은 친일파와 손을 잡고, 수립한 정부를 규탄하는 반탁(反託) 민중시위에 위협을 느낀 나머지, 찬탁(贊託)을 외치며 민족주의자들을 '빨갱이'란 이름으로 처단하기 시작했다. 그들은 빨갱이가 아니었다. 이승만 친일정권을 반대하는 민족주의자들이었다. 그런데 그들은 자기 똥구멍을 아는 독립운동가 후손들이 두려워 빨갱이란 이름으로 몰아붙이고, 무슨 구실을 붙여 감옥에 잡아넣었다.

가장 원통한 것은 해방 후에도 친일의 뿌리를 청산하지 못하는 데 있었다. 이정(而丁) 박헌영은 "죽어도 친일을 청산한 후 건국을 해야 한다"고 했고, 우남(雩南) 이승만은 "우선 건국 후 청산하자"고 대립했다. 이승만이 박헌영의 바짓가랑이를 붙잡고 "박동지! 나를 살려주시오!" 했을 때, 우리는 "해방된 조국의 친일 역사를 빨리 바로잡아야 합니다. 역사의 오류를 바로잡지 않으면 아무것도 바로 될 수 없습니다" 하고 울면서 돌아섰다.

북한과 중국은 친일을 청산했다. 그러나 우리는 청산을 안 했다. 안 한 것이 아니라 그들이 주도권을 잡았다.

해방 후 한국에서 일어난 모든 비극의 원인은 여기서부터 시작됐다. 모든 비극은 친일파를 제거하지 못한 데 있었다. 이 땅에 친일을 청산 못한 더러운 피가 흐르고 있기 때문이다. 그리고 유엔 감시 하에 먼저 단독 정부를 수립한 남한에서는 미국 말을 가르쳤고, 북한에서는 러시아 말을 가르치기에 여념이 없었다.

빨리 배울수록 출세했다. 미국 말을 빨리 배운 하우스보이가 외무부 장관을 했다. 그들은 선거를 통해 제헌국회를 설립했고, 국호를 '대한민국'이라 정한 나라의 국화에 '국(國)'자가 새겨진 금배지를 목에다 다는 국회의원이 되었다. 그리고 그 똘마니들은 군수, 시장이 되었다. 애국자 후손들은 모두가 대를 물려 영화를 누리는 그들의 눈치를 보며, 친일파 앞에 다시 고개를 숙이는 똥개로 전락했다.

비록 친일 악질적 행위자를 합리화하더라도, 자기들의 야욕적인 영원한 제국을 만들어야겠다는 미 국무부의 아시아 지배 프로젝트의 첫 단추와, "개가 꼬리를 흔들며 주인을 반기듯, 똥개라야 주인에게 충견이 된다"는 이승만의 수단방법을 가리지 않는 정치야합의 집권야욕 합작은, 친일의 똥개들을 재등용해 진정한 민주주의 평화세력을 타도하는 데 앞장세워 정권을 창출했다.

조국과 민족을 파멸로 이끈 그들이 집권을 해 애국자로 변신했다. 국제 정세가 설사 그렇게 할 수밖에 없었다 할지라도, 자기 욕심밖에 모르는 역사 앞에 영원한 죄를 짓는 그들이었다. 그들이 개화기 일본 놈 제국주의 교육을 받았고, 6·25가 터지자 국방의 의무를 저버리고 국적을 바꿨다. 조국의 전쟁 앞에 무더기로 죽어가는 형제들을 헌신짝처럼 버리고, 선교사들을 따라 미국으로 도망가 신식 서양박사 학위를 따온 민족 반역자의 후손들이었다. 그들의 아들 손자들은 서양 연예인의 이름은 줄줄 외우면서도, 정작 자기 할아버지 이름은 모르고 자랐다.

그들이 이 땅에 국적 없는 교육을 했다. 그들의 기득권으로 자기 자식을 군에 안 보내기 위한 병역법을 만들고, 학벌 위주의 법이 그대로 오늘날까지 이 땅을 지배했고, 속은 텅 비어도 높은 자리에 앉는 사회를 만들었다. 모든 것을 상업주의로 해석하는 학교를 지어 졸업장을 팔았고, 석·박사 학위를 팔고, 인성 잃은 교육으로 정체성을 잃은 국민을 만들었다. 그들이 패거리 정당을 만들어 민주주의란 이름으로 영호남 분열을 조작해 공천 장사를 하고, 예수의 지상왕국을 건설해 신을 파는 매파 교회주의 교회주식회사를 만들었고, 영혼 세탁소를 차려 돈 벌고, 무슨 종단의 스님이 되어 부처를 팔고, 절을 지어 기복사상을 파는 절장사로 세속의 영화를 누리고, 농민을 착취하는 협동조합을 만들어 순수한 농민들의 농심을 잃게 하고, 사람의 머리 숫자 놀음에 불과한 천민민주주의를 했다.

가장 억울한 것은, 가진 자들은 여러 여자를 소유할 수 있는데 가난한 사람은 한 여자도 옆에 둘 수 없는 것이었다. 민주주의란 한 사람의 옳은 양심은 필요 없고, 무지한 아홉 사람의 찬성이 잘못된 길로 가는, 무정한 투표함 속에 무슨 신비한 도깨비방망이라도 들어 있는 듯 순수한 국민들의 눈을 흐리고 속이는 패거리를 만들고, 지역주의를 정치적으로 이용하는 민족분열을 일삼고, 반동가리를 또 영·호남 충청도 패를 가르고, 반대에 반대를 위한 정당을 만들고, 사람을 사람으로서가 아니라 양심을 돈으로 사고파는 더러운 세상을 만들었다. 그들이 강자의 힘 앞에 계란으로 바위 치는 나라를 만들었다. 자기 이익, 소유, 욕심, 자기 자신밖에 모르는 인간들을 만들었다. 옳은 것은 없어지고, 정의는 다 죽고 없는 나라를 만들었다.

큰 고기가 작은 고기를 잡아먹는 바다의 법칙처럼, 강자가 약자를 지배하는 사회를 만들었다. 자유만 있고 책임 없는 백성을 만들었다. 권리만 있고 의무 없는 정부를 만들었다. 카멜레온처럼 보호색을 지닌 회색 인간만이 살 수 있는 세상을 만들었다. 권력과 돈 앞에 마음을 아무렇게나 굴리는 교언영색의 겨레를 만들었다. 정조를 빼앗기고도 아까운줄 모르고, 양심을 빼앗기고도 부끄러워할 줄 모르는 민족을 만들어놓고 이 땅의 정치, 경제, 사회, 문화, 교육, 종교, 국방, 언론의 지도자로 군림했다. 한 번 군림한 더러운 피의 내력은 그대로 계속 군림하고 있었다.

그 징후는 대개의 사람이 정의와 진리는 관계없이 되는 쪽으로 기울어져 정치와 관리들이 외세의 힘 앞에 앞잡이가 되는 경우가 대부분이었다. 이런 사람들은 대개 경우가 없고 독설을 가져, 자기에게 못마땅한 친구가 있으면 계속 씹어대기 때문에 달래기 위해 험구(險口)를 막아놓는 방책으로 벼슬자리나 이권(利權)을 주었다. 이런 상황은 또 하나의 이 나라의 비극이었는데 어쩌면 국민들이 그런 쪽으로만 기울어가고 있었다.

그들이 이 땅을 옳고 그른 것이 없는 땅으로 만들었다. 그들이 조상들이 고인돌에 태양, 별, 삼족오를 새겨놓은 우주를 품은 우리 민족정신의 혼(魂)인 '천부인(天符印)'을 없애는 데 앞장섰다. 단군의 목을 잘라야 했다. 우리의 오천 년 역사를 없애기 위해 역사를 안 가르치는 방향으로 교육을 흐르게 했다. 곡학아세하는 인간이 이름을 날리고, 잘 먹고 잘사는 나라를 만들었다.

무엇을 위한 교육인가. 그들이 교육의 본질을 완전히 상실한 나라, 왜곡된 역사가 흐르는 땅, 역적의 피가 흐르는 땅, 학교장사, 인간 상품교육, 학교 교육 없는 학원장사가 판치는 사회를 만들었다. 독일, 미국, 중국 같은 선진국들은 교육평등의 원칙에 따라 대학의 문호는 활짝 열어 개방하면서 졸업은 엄격히 시키는 데 비해, 우리는 학교에 들어가기만 하면 공부를 하든 안 하든 무조건 졸업장을 주어 권리를 부리는 인간 건달을 조장하는 나라를 만들었다. 스승의 가르침에 목말라하는 청소년들에겐 존경할 대상의 스승이 없다. '군사부일체'라는 말이 사라진 지는 이미 오래다. 책임질 줄 아는 양심적인 교육자는 이 땅에서 찾아볼 수가 없다. 시간을 땜질하는 노동자 스승, 지식을 파는 상인, 상업주의 교육이 있을 뿐이다. 돈만 주면 박사학위를 준다. 돈으로 박사를 딴 사람들이 다시 그 자리에 앉아 배운 도둑질을 되풀이하고 있으니 나라가 바로 될 리 없다.

　그들은 배운 게 그것뿐이었다. 고인 물이 썩듯이, 썩어갔다. 그들이 나라 안에 국민들이 인격적 삶을 살 수 없는 땅을 만들었고, 도덕적 삶의 질서에 대한 믿음이 없이 행복한 삶을 누릴 수 없는 땅을 만들었다. 그들이 나라 안팎으로는 인류문화를 인정받지 못하는 나라를 만들었고, 유명 의대 교수가 가짜 생명수를 팔고, 닭이 오리 알을 낳고 연어가 송어 알을 낳는, 세계를 깜짝 놀라게 뒤흔드는 가짜 배아줄기 체세포를 만들어 온 세상을 울리는 가짜 나라를 만들었다.

　우리는 내가 주인이 되는 나라를 건설하지 못했다. 정치가 바로 서지 못했다. 외세에 의해 바로 설 수 없었다. 아니, 우리에 의해 바로 설 수 없었다. 자주에 의한 정부가 수립될 수 없었다. 내가 주인이 되어 바로 세워야 한다. 교육이 바로 서야 마음이 바로 서고, 마음이 바로 서야 정치가 바로 설 수 있는 것이다. 정치가 바로 서지 않으면 모든 것이 바로 설 수 없었다. 나라의 기본을 바로 세워야 한다.

입으로는 조국 통일과 세계평화, 자주국방, 국민통합, 상생을 외치는 그들의 반칙과 특권만이 통하는 사회, 탐욕과 배신과 사기, 살인을 되풀이하는 정치를 일삼았다. 그들이 대통령이 되고, 국회의원이 되고, 국장 되고, 사장이 되고, 교수를 하고, 대학총장을 한다. 그들이 가짜박사, 가짜총장, 가짜교수, 가짜학생, 가짜전문가, 가짜과학자, 가짜승려, 가짜목사, 가짜종교인, 가짜의사, 가짜약사, 가짜판사, 가짜검사, 가짜회사, 가짜사장, 가짜노동자, 가짜그림, 가짜화가, 가짜시인, 가짜저서, 가짜신문사, 가짜기자, 가짜상표, 가짜식품, 가짜애국자, 가짜시민운동가, 가짜민주주의, 가짜정당, 가짜정치인, 가짜장성, 가짜군인, 짝퉁이 판치는 사회를 만들었다.

잘못하고도 잘못한 줄 모르는 인간을 만들었다. 언어의 폭력, 언어의 의미를 왜곡되게 포장하는 말 작란을 일삼는다. 언어 살인을 한다. 나라 모든 일은 다 그들이 한다. 그 사람들에게 참다운 인재를 길러 나라와 민족을 바로 서게 하는 그런 순수한 마음이 어디에 있으며, 그런 본성이 없는 그들이 어떻게 바로 할 줄 알겠는가. 할 줄 모른다. 사람이 바로 되어야 나라가 바로 되는 법인데, 사람이 바로 안 된 사람들이 지도자로 군림하니 그렇게 될 수밖에 없었다.

나라가 바로 될 리 없다. 다른 나라 대학 교수들은 양심에 따라 졸업장을 주고 안 주고, 정의에 따라 바로 살아가는데, 우리

나라 교수들은 그렇게 할 수 없었다. 스승으로서 자기 위치를 모르는 때문이 아니었다. 나라가 잘못되어서이다. 인간이 잘못되어서일까. 교육이 잘못 되어서이다. 무엇이 잘못되어도 한참 잘못된 것이다. 교수 집 안방 장롱에 달러 뭉텅이가 들어 있고, 금두꺼비가 걸어 나오기 위해 교수를 하는 나라이다.

그들이 개화기(開花期) 복숭아 씨앗에 붙어 있는 세균처럼, 광복 반세기가 흘러도 안으로부터 병든 복숭아처럼 겉보기에는 멀쩡해도 이 땅을 병들게 했다. 그들이 통시간만 잘 만드는 나라를 만들었다. 그들이 일 안 하고 편안하게 사는 법을 만들었다. 그들이 땅 투기 장난을 했다. 물질만능주의, 외모지상주의에 영혼이 저당 잡힌 나라를 만들었다. 거짓말과 겉포장이 판치는 나라를 만들었다. 화장품이 많이 팔리는 나라, 가짜 성형수술 의사가 판치는 나라를 만들었다.

자본주의에서는 '달러(弗)를 가진 사람(人)'이 '부처(佛)'다. 그들이 돈이 부처 되는 나라를 만들었다. 그들이 모든 것을 돈을 중심으로 하는, 돈을 신의 우위에 둔 나라를 만들었다. 나라를 쓰레기로, 국민들을 모두 도둑으로 만들었다. 교육을 망쳐놓고 인성을 잃게 했다. 진실보다 거짓이 판치는 불신 사회를 만들었다. 머리에서 발끝까지 국적불명의 헤어스타일로 둔갑한 젊은이들이 고개를 쳐들고 득실거리는 나라를 만들었다. 개는 족보가 있어도 인간은 족보가 없는 나라를 만들었다.

그들이 교수가 되고, 학자가 되고, 의사가 되고, 목사가 되고, 스승이 되었다. 원수의 씨앗들이 이 땅을 지배하고 활개를 치는 축복 받는 땅으로 만들었다. 잘난 놈들은 땅덩어리를 불모로 나라를 팔아먹었고, 못난 놈들은 못난 놈들대로 잔재주를 부려 민중을 불모로 신의와 우정에 배신을 때리는 민주주의란 이름으로 개인의 영화를 누리고 이익만 챙기는, 돈이면 무슨 짓이라도 다 하는 인간들이 사는 나라를 만들었다. 조상도 스승도 없는 나라를 만들었다. 사람이 사람을 믿지 못하고 사는 세상을 만들었다. 중요하지 않은 것을 중요한 것으로 정신을 흐려 오인하고 사는 백성을 만들었다. 광대들이 대우받는 나라를 만들었다.

돈 버는 방법, 잘 먹고 잘사는 짓 외에는 모르는, 수단방법을 가릴 줄 모르는 인간들로 변한 사고방식에서 정신문화란 일부 특정 계층의 전유물로 치부하면서, 인간답게 살려는 자는 방 한 칸조차 허용하지 않는 문명을 강요했다. 개인주의와 이기주의만 활개를 치는 슬픈 인간 군상이 사는 나라를 만들었다. 출세지향주의, 기회주의자로 변하여 점점 현실에 야합하는 인간들로 세상에 자식이 부모를 고소하고 부모가 자식을 고소하는 나라를 만들었다. 그들이 교통사고로 병원에 입원한 남편을 버리고 달아날 줄 아는 아내를 만들었고, 네 살 먹은 아들 방문을 안으로 잠가 굶어죽게 하는 어머니를 만들었다. 자기를 낳아 길러주신 어머니를 죽이는 아들을 만들었고, 보험금을 타내려고 아버지와 어머니를 죽이는 천륜을 저버리는 아들딸을 길렀다. 우리는 인간이 아닌 짐승으로 변해가는 것이다.

그들이 탐욕과 배신과 망국적인 반동가리 대의민주주의를 하기 시작했다. 현재 지구상에 이상적인 국가는 없다. 그러나 이 나라 꼬락서니 같은 나라도 없다. 종복적(從僕的) 진보와 탐욕적 보수에 흐르는 정치는 갈수록 극심해지고, 우리 사회의 이념 대립과 갈등은 하늘에는 모순과 대립을 불러일으키고, 땅에는 시장경제와 자본주의를 맹신하는 사치와 타락이 흐르는 땅을 만들었다. 도대체 우리는 주권은 있는 나라인가. 착취와 경제성장 제일로 가는, 거세당하는 민족을 만들었다.

민주주의란, 우는 애 젖 주는 식인가. 아니면 폭력이 민주투사이고, 데모크라시 무슨 진보연대, 무슨 연대 무슨 연대, 무슨 사모 무슨 사모, 시민이 없는 시민연대를 만든 데모 주동자가 영웅으로 숭앙받는 시대를 말하는 나라인가. 그들이 양심을 팔아 육신의 배를 채우는 나라를 만들었다. 우리는 우리의 혼을 잃었다. 죽은 혼들뿐이었다. 모두가 도둑이다. 이 나라에서는 무엇 하나 제대로 되는 일이 없고, 악에 물들지 않고 양심을 지키면 굶어 죽는다.

시대는 뜻있는 사람들로 하여 기진맥진하게 만들고, 바로 되는 것이 없이 누구 하나 행복한 사람은 없었다. 겉보긴 멀쩡해도 안으로 썩어 병들어 못 먹는 복숭아처럼, 상처뿐인 나라를 만들었다. 진리를 따라 사는 사람들은 살 수 없는, 상처뿐인 사람들만 사는 한 많은 사회를 만들었다. 예의·도덕은 없어지고, 개인의 존재적 의미를 추구하는 개인주의의 팽배와 소통 없는 나라, 엘리베이터 안에서 서로 얼굴을 마주보면서도 외계에서 온 사람처럼 말 한마디 없는, 이웃과 이웃이 무심한 얼굴빛으로 원수처럼 살아야 하는 사회를 만들었다.

나라의 정체성이 없는 영혼을 잃은 민족은 서양문명의 물질과 정신적 노예에서 벗어날 수 없었다. 그 민족은 언제나 주인일 수 없다. 노예일 뿐이었다. 결과는 중국의 모화사상과 일제 식민지

36년과 외세에 의한 분단, 민족의 통한 6·25, 주체성을 상실한 본바탕을 잃은 우리는 모든 것이 바로 될 수 없었고, 총체적 부조리 속에서 역사와 문화와 학문의 뿌리를 잃은 우리는 형제간에 분열과 살육으로 갈대처럼 흔들렸다.

슬프다! 우리는 형제간에 예의와 용서 없는 나라를 만들었다. 바른 말을 할 줄 모르는 사람을 만들었다. 그 바람에 우리는 지구상에 유일한 분단국가로 남아 있는 것이다. 천하에 도가 없어졌다. 도둑의 집에 불한당이 들고, 악마를 물리친 사람이 더 악마였던 것이다. 정화를 한 사람들이 정화 대상이었다. 오상(五常)이 없어졌다. 법과 도의는 실종됐고, 윤리는 마비되고, 왜곡된 역사의 땅에는 정의의 피는 흐를 수 없었다.

결국 더러운 피를 받은 반역의 씨앗들이 뱀을 용이라 칭찬했고, 뱀이 용인 줄 알고 혀를 날름거리는 나라를 만들었다. 여우를 보고 사자라고 가르치니까, 사자를 보지 못한 우리는 여우를 사자로 알고 칭송하며 따랐다. 그들이 나라를 사기하는 대통령이 되었고, 대통령에 당선되어 나라를 도둑질하는 것으로는 성이 안 차, 천하 도척(盜跖)이도 제 자식은 도둑질을 안 시킨다는데 그들은 자기 자식들까지 대대로 대물림하며 도둑질을 시키고도 부끄러운 줄 모르는 나라를 만들었다. 이 땅에 법이 있는 것인가. 그런데 법은 그들을 보호했다.


"한국(조선)은 인간의 윤리와 예(禮)를 창시한 나라이며, 한국의 효(孝)사상과 가족제도를 전 세계가 본받아 실천할 때 우리 인류는 하느님께 구원을 받을 것이요, 21세기가 지나면 방대한 아시

아권에서 한국이 지도국이 될 것이다." 영국의 미래학자 아놀드 토인비 박사는 한국을 이렇게 칭찬했다.

"먼 옛날부터 동쪽에 나라가 있는데 동이(東夷)라 한다. 그 나라에 단군(檀君)이라는 훌륭한 사람이 태어나니, 아홉 개 부족 구이(九夷)가 그를 받들어 임금으로 뫼셨다. 일찍이 그 나라에 자부선인(紫府仙人)이라는 도에 통한 학자가 있었는데, 중국의 황제(중국의 시조)가 그분에게 글을 배우고 내황문(內皇文)을 받아가지고 돌아와 염제(炎帝) 대신 임금이 되어 백성들에게 사람노릇을 하는 생활방법을 가르쳤다. 순(舜)이 중국에 와서 요(堯) 임금의 다음 임금이 되어 백성들에게 사람노릇 하는 윤리와 도덕을 처음으로 가르쳤다. 소련(小蓮)과 대련(大蓮) 형제가 있어 부모에게 극진히 효도하더니 부모가 돌아가시니까 3년을 슬퍼했는데, 이들은 한민족의 아들 동이족의 후예였다.

그 나라가 비록 크지만 남의 나라를 업신여기지 않았고, 그 나라의 군대는 비록 강했지만 남의 나라를 침범하지 않았다. 풍속이 순후(淳厚)해서 길을 가는 이들이 서로 양보하고, 음식을 먹는 이들이 먹는 것을 서로 미루며, 남자와 여자가 따로 거처해 섞이지 않으니, 이 나라야말로 동쪽에 있는 예의바른 군자의 나라(東方禮意 君子之國)가 아니겠는가."

지금으로부터 약 2천3백 년 전, 공자의 7대손 공빈(孔斌)이 고대 한국에 관한 이야기를 모아 쓴 '동이열전(東夷列傳)'은 이렇게 썼다. 그런데 지금 예의바른 군자의 나라는 어디로 갔는가.

외부 세력과 거기에 동조한 민족 반역자들에 의해 강요된 민족의 분단, 삶은 계란 열 개만 먹고 죽으면 오늘 죽어도 원이 없

다는 어린이가 굶어 죽는 배고픈 오늘의 슬픈 북한 땅, 그래도
그들에게는 조상의 혼을 이어받은 맑은 정신만은 있어 눈이 말
똥말똥했다. 경제성장만을 외치는 배부른 돼지보다는 나을는지
모른다. 우리 민족의 근본적 고통의 원인은 분단에 있다. 우리에
게 통일 이상의 지상명령은 없는 것이다. 그 밖에 또 무엇이 있
단 말인가. 이 나라 남북 7천만 민족이 다 통일을 원한다. 물으
면 안 원하는 사람은 한 사람도 없다. 그런데 반세기가 흘렀다.
왜 안 되고 있는 것인가. 통일이 안 되는 이유는 뭔가. 통일을 회
피하고, 분단을 선호하는 이유는 어디에 있는가. 역사의 죄인들
이다. 영원한 노예들 때문이었다.

애국자의 피는 멸종했다. 왜곡된 역사의 땅에서 원통한 것은,
친일파의 후손들은 대물림하며 영화를 누리며 잘 사는 데 있었
다. 애국자의 후손들은 절손이 아니면 삼대 가난의 대물림과 병
고를 면치 못하고 죽는 불쌍한 슬픈 땅이었다. 광복된 조국의 하
늘 아래 애국자의 후손들이 친일파들이 군림하는 지배를 눈물을
흘리며 받아들여야 했다.

2차 대전 종식 후 미국은 전범 국가를 분단한다는 원칙은 허
울 좋은 개살구로, 약소국가인 우리나라를 허리를 뚝 잘라 분단
했다. 침략국가인 일본은 그냥 두고, 식민지였던 우리나라를 영
구 분단하는 이유는 뭔가. 그것이 미국의 인도주의였다. 그리고
약소국가의 인권을 존중하고 민주주의를 수호한다는 구실 아래
남한에 반 쪼가리 정부를 수립했다. 만약에 미국과 소련이 우리
가 원하지 않았는데 그런 분단국가를 세웠다면, 분단국가를 세
운 이승만과 김일성은 천고에 역사를 두고 민족 앞에 죄를 지은

역적들이다. 그러나 분단국가를 세운 미소와 이승만과 김일성을 역적이라 말하는 사람은 감히 한 사람도 없었다. 말하려는 사람이 있었다면 그들은 간첩이고 빨갱이였다.

연해주 해란강에 눈물을 뿌리며, 일신과 가족을 버리고 불철주야 풍상노숙을 하며, 목숨을 조국에 바친 독립운동은 소용없었다. 어머니가 독립군자금을 마련하기 위해 왜놈에게 몸을 바치는 거룩한 애국지사의 후손들은, 왜곡된 역사의 땅에서 통일된 조국을 외치고 반탁을 외치다가 빨갱이로 몰렸다. 양갈보도 좋고 도둑놈도 다 좋은데, 민족주의자와 자주독립을 외치는 것만은 허락받지 못하는 버림받은 땅이었다. 친일파 득세에 대한 민중의 분노, 그들의 반정부는 이승만 친일의 반 정권이었지 반역이 아니었다. 그들은 빨갱이가 아니고 간첩이 아니었다. 빨갱이가 아니면서 빨갱이 취급을 받았고, 간첩이 아니면서 간첩으로 몰리는 것이 더 무서웠다.

일제 강점기 민족 자주독립을 위해 싸웠던 선열들 가운데 민족 통합을 못 이루자, 왼편에 기울었던 분도 있고 오른편에 섰던 분도 있었다. 왼편에 서서 독립에 혁혁한 공을 세웠음에도 독립유공자 지정을 못 받았고, 후손들은 빨갱이로 몰렸다. 연좌제는 짐승 잡는 올무 같은 울부짖음이었다. 항일운동을 하다가 몸을 다쳐 불구가 되고, 감옥에서 혀를 물고 옥사한 할아버지의 민족혼을 일깨운 피 흘린 공적의 후손은 소용없었다. 빨갱이로 찍히는 날에는 빨갱이의 계집, 빨갱이의 자식이라는 꼬리표가 붙어 다니며, 그 후손에게는 두고두고 죽음보다 못한 가혹한 아픔과 폭력이 따라 다녔다.

그 결과 개도 안 주워 먹는다는 이데올로기를 물고 남북이 이리 떼처럼 으르렁대기 시작했다. 결국 삼천리강산을 피로 물들이는 6·25 동족상잔의 피비린내 나는 전쟁이 터졌다.

그때 나는 손뼉이라도 치고 싶은 심정으로 전쟁터 불가마 속으로 뛰어들었다. 이미 나 같은 놈은 있어도 그만 없어도 그만인 몸이었다.

나는 생을 포기한 인생이었다. 내 스스로 삶을 끝낼 수 없어 고민하던, 목숨을 바칠 수 있는 절호의 기회였다. 온 마을이 피난을 간다고 봇짐을 싸들고 술렁거릴 때 나는 어쩌면 다시 볼 수 없는, 누이가 떠나고 없는 고향 산천의 뒷동산을 뒤로, 밤낮 없이 너럭바위에서 누이를 찾아 헤매던 환상에서 벗어나 탈출하는 심정으로 전쟁의 불구덩이 속으로 뛰어들었다.

군번 없는 군인으로 집총훈련도 받지 않고 달려든 전쟁터는 재미가 있었다. 모진 기합을 받을 때도 누이를 생각하면 하나도 아프지도 않았고, 엘에스티를 타는 것도 재미가 있었다. 처음 박격포를 쏘는 것은 더욱 죽고 싶을 만큼 통쾌하고 신이 났다. 곡사포가 하늘 높이 치솟아 적진으로 날아가 쾅 터지며 작열하는 굉음은 내 가슴속의 불덩어리가 날아가 펑하고 터져 심장이 갈기갈기 찢겨져 폭발하는 듯 상쾌했다. 죽음을 두려워하지 않고 달려든 전쟁터, 내 몸이 조각조각 파열되고 형체조차 없어질 때까지 가혹하게 학대하고 싶은 열망은 죽는 게 하나도 두렵지 않았다.

내 나라, 내 강토를 지키기 위해 낙동강에서 백두산까지를 오르내리며 죽기 살기로 싸웠다. 어차피 언제 죽을지도 모르는 죽은 목숨이었기에, 오늘 죽는다 해도 아까울 것도 없었다. 한강과 섬진강 대동강을 넘나들며 피와 살이 허물어지도록 싸웠다. 어디서 그런 기운이 나오는지 모른다. 괴력이 솟아났다. 적을 무더기로 죽였다. 세상에 사람을 죽일 수 있는 일은 신만이 할 수 있는 권한인 줄 알았다. 그런데 전쟁은 그게 아니었다. 신만이 사람을 죽일 수 있는 권능인 목숨을 인간이 아무나 신의 권한을 대행할 수 있었다. 전쟁이 나면 인간은 미쳐버린다. 전쟁은 인간이 인간을 죽이고, 인간이 신을 죽이고, 형제를 죽일 수 있었다. 형제간에 죽여야 한다니까 죽였다. 살의를 느낄 만큼 적의는 없었는데, 적을 죽이지 않으면 내가 죽으니까 죽여야 한다.

나는 인간이기를 포기했다. 누구나 군복을 입으면 거칠어진다. 총을 들려주면 쏜다. 총의 본성은 비정했다. 나는 총을 들고 쏴댔다. 내 형제를 죽였다. 형을 죽였다. 동생을 죽였다. 수없이 죽였다. 왜 죽여야 하는지는 모른다. 전쟁이니까, 우리는 미쳤으니까 죽여야 한다. 우리는 미치광이니까 무엇이 소중한지, 무엇이 귀중한지 모르고 사람을 죽여야 한다. 나라의 명령이니까 그냥 죽여야 한다. 이승만이 죽이라니까 죽여야 한다. 김일성이 죽이라니까 서로 죽여야 한다.

형제간의 피맺힌 원수? 끝없는 살육? 이 땅에 남북전쟁을 만들어놓고 날마다 싸우게 하는 자들은 누구일까. 전 인류가 땅을 치며 통곡하는 6·25, 핏줄이 핏줄끼리 형제를 죽인다. 아버지가 아들을 죽여야 하고, 아들이 아버지를 죽여야 하는 인간 세상, 어느 하늘 밑에도 없는 저주받은 운명의 6·25, 이 민족에게 슬픈 반역의 강에 형제의 피를 흐르게 하는 자는 대체 누구일까.

전쟁을 해야 하는 이유는 뭔가. 언제 이 전쟁이 끝날 것인가. 형제를 죽일 때마다 목메게 하는 원한의 슬픔을. 총구 앞에서는 지식도, 도덕도, 형제도 필요 없었다. 정의도 없고, 진리도 없었다. 정치도 없고, 언론도 없었다. 오직 죽음만이 있을 뿐이다. 형제간에 무슨 불구대천의 원수가 졌다고 이 민족은 갈 길을 못 찾고 이리도 긴 죽음만이 있는 어두운 골목을 헤맨단 말인가. 이 슬픔은 어디서부터 오는 것일까. 누가, 대체 이 민족의 가슴에 통한의 슬픔을 강물처럼 흐르게 한단 말인가.

미국? 소련? 김일성과 이승만이 만든 죽일 놈들의 장난인가. 아니면 약소민족으로 잘못 태어난 슬픈 운명인가. 그들은 무슨 권한으로 자기 권력의 욕심을 채우기 위해 내 민족을 죽음의 구렁텅이로 몰아넣어 다 잡아 죽이는, 꼭두각시놀음으로 영구 분단을 획책하는, 형제의 피를 강물처럼 흐르는 전쟁을 강요할 수 있단 말인가. 아니, 그것은 자유와 평화를 위해서다. 무슨 자유? 무슨 빌어먹을 평화? 제 형제를 죽이는 자유? 강대국들의 노예놀음에 놀아나는 영구분단의 평화? 하늘 아래 형제를 죽이는 살인보다 더 무서운 범죄는 없을 것이다.

미물의 짐승도 그러지는 않는다. 사람을 이렇게 많이 죽여도 되는 것인가. 사람을 이렇게 많이 죽이는 지도자를 사랑할 수 있을까. 어머니는 살인을 하는 아들을 사랑할 수 있을까. 그 누이는 살인을 하는 애인을 사랑할 수 있을까. 아! 우리는 하늘에 무슨 죄를 지었기에 형제간에 불구대천의 원수로 서로 죽이는, 이다지도 몹쓸 짓을 하고 있는 것인가. 6·25, 삼백만 명의 형제들이 의(義) 없는 전쟁에서 전쟁터의 이슬로 사라져갔다. 천하에 무슨 벌을 이렇게 받고 있는 것일까. 인간에게 형제를 죽이는 살인보다 더 큰 형벌은 없을 것이다. 형제를 죽이다니. 하늘을 배신하는, 버림받은 이 땅의 형제들. 아아, 우리는 미쳤다. 우리는 헛것에 홀렸다.

백마고지에서였다. 목숨을 버리고 나선 전쟁터는 무섭지 않았다. 명령에 따라 고지를 사수하기 위해 총을 생명처럼 끌어안고 혈전을 벌였다. 갑자기 사방에서 총들이 미친 듯 소리를 질러댔다. 파편이 낙엽 지듯 우수수 떨어진다. 피를 흘리며 달려드는 적은 백병전밖에 막을 길이 없었다. 내가 살기 위해 남을 죽여야 하는 전투상황이 이어졌다. 피아도 없이, 아군도 적군도 없이 싸우는 전투는 하루 소대장이고 이틀 분대장이었다. 충원하기 바쁘게 죽어나가는 군인은 하나의 인간이기보다는 숫자로 채워지는 샘 위에 세워진 상황의 존재였다.

숫자가 없으면 채워지고, 또 채워지고, 채우고 나면 곧 숫자는 없어졌다. 우리는 살려달라고 애원하는 동생 같은 젊은 인민군을 죽였다. 생명은 사냥꾼에게 찍힌 한 마리의 짐승에 불과했다. 총을 들었으면 무조건 죽여야 한다. 안 죽이면 내가 죽는다. 내가 죽으면 아무것도 하지 못하지 않는가. 내가 살아 있는 게 정의다. 사회에서는 사람을 죽이면 사형을 받지만, 전쟁에서 죽이는 사람은 벌을 받는 것이 아니라 상을 받았다. 형제를 죽임은 죄가 아니다. 책임질 일도 없고 잘못한 것도 없으니까. 형제를 죽이고 훈장을 받았다. 전투가 한 번 지나갈 때마다 한 계급씩 올랐다. 형제를 많이 죽이는 전공을 세우면 두 계급씩 특진을 하는 것이었다. 일등병에서 병장이 되고, 병장에서 하사, 상사로 특진을 했다. 훈장을 받을 때마다 특진을 했다. 특진도 훈장도 다 싫고 목숨만 부지하려는 전우들에 비해 나는 용감했다. 군대는 명령이 있을 뿐이다. 상사인 나는 불복자에게는 즉결처분권이 있었다. 소대장도 분대장도 다 죽고, 할 사람이 없다. 자칭 소대장이 된 나는 김일성고지를 점령하고는 소위로 임관을 받았다.

전쟁에서 잘려나간 사람의 목은 하나의 전리품이었다. 고지는 밤마다 뺏기고 빼앗고 했다. 풀 한포기 나지 않는 무릎까지 빠지는 허연 모래밭, 포탄은 머리 위에서 벌건 불꼬리를 물고 날며 작렬했다. 캄캄한 밤, 위장을 한 적군이 옆에 잠복해 있어도 모른다. 암호를 쓸 사이도 없다. 어둠 속에서 사냥감을 노리는 숨은 맹수와 같이 달려드는 중공군의 게릴라전은 육박전밖에 없었다. 총검이 필요 없는 각개전투가 한 번 지나가고 나면, 비수가 된 칼날은 전우들의 가슴을 파고들었다.

사람을 무더기로 죽이는 전쟁, 군번도 없는 학도병이 수없이 죽어나갔다. 거리에서 모병관에게 잡혀온 청년들이었다. 충원을 위해 급하게 끌려온 그들은 군번도, 계급도 없었다. 싸울 줄도 몰랐다. 날이 밝으면 조국의 하늘 아래 나라의 부름을 받고 달려와 몸을 바친 젊은 병정들의 떨어져나간 팔다리가 즐비했다. 포탄이 갈비를 갈라 내장을 드러내놓고, 두개골이 깨어져 조국의 산하에 뇌수를 쏟아놓았다.

우리의 목숨은 삶의 연장이었다. 전쟁이 한 번 지나가면 전우들은 다 죽고 없고, 하룻밤이 지나가고 눈을 떠야 그날을 살아 있는가 싶었다. 흐르는 피는 내를 이루며 병사들의 시체가 바람 앞에 꺼져간 촛불처럼 죽은 목숨들이 허망하게 나무토막처럼 산하에 널브러져 굴렀다. 살아 있을 때 군인이지, 죽으면 하나의 나무토막만도 못하다는 생각을 하면서 피비린내가 나는 역한 전우의 시체를 넘고 넘으며, 나도 언젠가는 저렇게 죽을 것이란 공포에 떨면서 행군을 했다. 눈물이 앞을 가린다. 눈을 감고 죽은 전우의 혼들이 쳐다보는 조국의 하늘은 어떤 빛이었을까. 누구에게 빼앗긴 푸른 하늘인가. 하늘에 수없이 터지는 포탄의 불꽃이 아름답다는 생각을 하면서 잠이 들었다.

날이 새자 푸른색을 세운 까마귀 떼들이 전우의 시체 위에 날아 앉는 것을 보면서, 우리 주력부대는 시체가 산을 이루고 피가 강을 이룬 조국의 길을 따라 원산에서 함흥까지, 함흥에서 저 유명한 풍산개의 명산지 풍산군을 거쳐, 수력발전소가 있는 장진호 호수를 거슬러, 적막한 개마고원으로 진군했다. 최후의 결전을 앞둔 비장함 속에서 불사조 강행군을 하고 있을 때였다.

산에는 눈이 덮였다. 혹독한 추위가 몰아쳤다. 동상으로 발가락이 얼어빠지는 속에 설원을 행군했다. 살을 에는 듯 눈이 허리에 쌓였고, 그때 자신의 생명을 새털처럼 가볍게 변질시킨 15만 중공군이 꽹과리를 치고 피리를 불며 벌떼처럼 덮쳤다. 붉은 군대는 하늘을 까맣게 덮은 공군 폭격기도 소용없었다. 하늘에는 폭격기가 까마귀 떼처럼 날고 경기관총, 155미리 곡사포, 탱크까지 써보지만 인해전술은 당할 길이 없었다. 5분 동안에 1천여 발의 소총과 기관총 포탄을 뒤집어쓴 전투가 벌어졌다.

이 세상에서 목숨을 대신할 사람은 아무도 없다. 신도 대신하지 못한다. 생명은 아무도 대신할 수 없는 것을 신의 섭리로 알고 있었다. 대신해줄 수도 없고, 대신할 수도 없는 것이 신의 섭리인 것이다. 부모 형제도 사랑하는 사람에게 생명과 같은 콩팥이나 간을 떼 줄 수는 있어도, 죽음을 대신해줄 수는 없는 것이다. 그러나 전쟁터에서의 생명은 그렇지 않았다. 생사를 같이하는 전우는 죽음을 대신했다. 우리 앞으로 날아드는 방망이 수류탄을 먼저 발견한 어린 학도병이 달려들어 혼자 가슴에 끌어안고 굴러 쓰러지면서 산화했다. 평소에는 말없이 얌전한 사람이 전투에 임하면 용감하게 싸우던 학도병이었다.

그날 밤, 철쭉이 만발하는 소백산 밑 산골에서, 아버지는 일본놈 병정에 끌려가 죽고, 청춘에 홀로된 어머니가 유복자인 외아들 자기 하나만을 기다리며 산다고, "분대장님! 저는 어떻게 해도 어머니가 기다리는 고향으로 살아 돌아가야 합니다. 유복자로 나를 낳으신 어머니가 계시고, 그리고 내 손으로 적을 더 쳐부수어야 합니다. 야전병원으로 후송을…… 나를 살려주십시오." 하고 마지막 말을 남기고 숨졌다.

약혼자 순이가 고향에서 기다린다며, 전투 때마다 가슴에 품고 있던 사진을 꺼내 입을 맞추던, 지리산 무주구천동인가 어디가 고향이라는 전우가 순이의 편지를 가슴에 품은 채 눈 위에 선혈을 뿌리며 순이를 부르며 죽어갔다.

포연이 가득한 전쟁 속에서도 책을 손에 놓지 않고 하늘을 우러러 한 점 부끄럼 없는 이 나라의 청년이 되기를 바란다고 틈만 있으면 하느님께 기도드리며 어머니의 사진에 입 맞추던, 대구서 자원한 어린 학도병이 어머니를 부르는 외마디 소리를 남기며 죽어갔다. 나는 나라와 겨레를 위해 이곳에서 무명용사로 산화하노라고—.

그런 내 조국의 아들들, 피 끓는 젊은 그들은 모두 전쟁터의 이슬로 사라져갔다.

우리는 그때 적군이었다. 국군이었다. 시를 쓰는 철학과 출신이란 어린 학도병은 죽은 인민군복을 벗겨 입고, 따발총을 메고, 가슴에는 소련제 방망이 수류탄을 주렁주렁 매달았다. 나는 미국군이 준 헐렁한 군복에 탄띠를 두르고, 카빈 소총을 생명처럼 끌어안고 밤새워 산길을 걸었다. 우리는 아직도 살아 있다. 그러나 소속부대를 잃은 우리는 막다른 골목에 몰린 짐승이었다. 백두산 기슭의 대평원에 폭설이 내려 은빛으로 단장한 영하 30도의 설원을 방황했다. 삭풍은 뼛속까지 파고들고, 눈은 오금을 덮었다. 무거운 배낭은 어깨에 천 근의 무게로 눈 위에 쓰러졌다. 걷다가 견디기 힘든 낙오병들은 스스로 소총을 쏴 자결해 이 세상을 등지는 총소리가 등 뒤에서 들려왔다. 철모와 30발의 탄약과 배낭을 버린 지는 이미 오래다.

죽음을 목전에 두고 포연이 가득한 부토(腐土)를 밟으며 나라와 겨레를 위해 산화한 넋들이 외로이 떠도는 눈 덮인 조국의 산하를 끝없이 걸었다. 낮에는 밀림에서 잠들고, 밤에는 숲길을 숨어서 걸었다. 군복을 바꿔 입어가며 산속을 헤매다 보면 인민군을 만나고, 또 국군낙오병을 만났다. 구원의 신은 없었다. 패잔병인 우리는 어차피 죽은 목숨이었다. 목숨을 전쟁에 맡긴 우리는 인민군을 만나면 인민군복을 걸친 학도병이 "동무들!" 하고 손을 흔들고, 국군을 만나면 군복을 입은 내가 앞장서는 연극을 분담하며, 마지막 탈출을 꿈꾸던 어린 학도병이 적의 흉탄을 맞고 그날 밤 마지막 산화했다.

학도병이 죽었을 때, 우리 분대는 마지막 돛대가 부러진 셈이었다. 하늘도 무심했다. 우리 부대는 이래 죽고, 저래 죽고, 다 죽고 없었다. 나는 아사 직전에 있었다. 배가 고파 눈을 실컷 퍼먹고 기진해 쓰러져 천 길 눈 속으로 빠져 들어가는 것 같은 황홀감에 잠겨 있을 때였다. 갑자기 나타난 인민군이 "손 들엇!" 했다. 그래도 안 죽고 살아남으려는 동물적인 본능은, 기진맥진한 상황에서 엉겁결에 생명처럼 짚고 다니던 카빈 소총의 마지막 한 발을 쏘지 못한 채 손을 들었다.

패잔병인 나는 최악의 긴박한 상황에서 투항을 했다. "인민군 동무! 나는 동무들이 좋아서 후퇴를 안 했소. 먹을 것, 물 좀 주이소." "좋소이다! 그렇다면 미 제국주의 침략자 양키점령군 꼭두각시 자본주의 개새끼들을 죽이기 위하여 총을 쏩시다." 총을 쥐 앞세우며 쏘라고 했다. 쏴도 되느냐기에 된다고 했다. 피아의 식별이 확연히 구분되지 않는 상황에서 조국이 바뀌었다. 아니, 바뀌지 않았다. 나는 국군이면서 적군이었다. 아무리 총을 쏴도 내 마음속의 적군은 적이 될 수 없었고, 죽음의 현장을 보고 통쾌하기보다는 동의할 수 없는 눈물을 흘려야 했다. 같은 할아버지 자손으로 같은 말을 하고, 같은 밥을 먹고, 같은 얼굴을 하고, 같은 피를 받고, 그렇다면 총을 쏠 수 없다고 생각했다. 내가 살고 네가 죽는다. 내가 죽고 네가 산다. 천상천하 유아독존, 내가 있어야 모든 것이 존재하는 것이다. 돌아서서 총을 쐈다. 형제를 쐈다. 그리고 도망쳤다. 모르겠다. 참말로 모르겠다. 전쟁에서의 총은 살인을 합리화하고 법적으로 허용하는 정당방위이며 면죄부였다.

하룻밤을 자고 나면 또 뺏기고, 빼앗고, 꼭 어릴 때 마당에서 하던 땅뺏기놀이 같은, 그래서 중공군과의 고지 뺏기 놀이는 재미가 있었다. 고지를 뺏는 피나는 전투 속에서도 잠들지 않는 한, 누이는 한순간도 잊은 적이 없었다. 활활 타는 불덩어리처럼 타도 같이 타고, 죽어도 같이 죽자던 누이는 지금 어디서 무엇을 하는가. 목숨이 붙어 있는 한, 잊을 수가 없었다.

그 누이가 떠난 후 내내 잊은 적이 없었다. 나를 보면서도 더 보고 싶다던 누이, 한시도 안 보면 보고 싶어 못 견딘다는 그 누이는 지금 어디에서 무엇을 하고 있을까. 온실의 꽃밭에서 키운 꽃을 싫어하고 들꽃을 좋아하는 그 누이는, 총을 좋아하는 군인 장교를 사랑할 수 있었을까. 착한 게 전부인 천사 같은 그 누이는 지금은 어디서 무엇을 하고 있을까. 현모양처가 소원이라던 누이는 아이는 낳았을까. 6·25가 지나간 이 땅의 인성을 잃은 타락한 사회에 따라 누이의 마음도 악에 물들었을까. 그 누이는 우리가 함께했던 시간들을 아직도 기억하고 있을까. 누이의 내면세계에서 일어나는 열정과 욕망의 마지막 몸부림은 아직도 나를 갈망하고 있을까.

내 가슴의 말을 다 들을 수 있다던 누이는 전쟁 속에서 몸이나 안 아프고 있는지, 밥은 잘 먹는지, 건강하게 잘 사는지, 그 누이의 가슴속에 내가 아직도 자리하고 있는지, 어쨌든 그 누이의 가슴속에 아직도 내가 머물러만 있다면 나는 오늘 죽어도 여한이 없다는, 오늘 죽어도 괜찮다는 이 기막힌 내 마음의 그리움은, 잊으려 하면 할수록, 밟히면 밟힐수록 죽지 않고 살아나는 길가의 민들레처럼 갈증만 증폭되는 그 누이는 불을 뿜는 전투 속에서도 한순간도 잊은 적이 없었다.

　홍남 부두로 철수할 때였다. 전투에서 왼쪽 무릎에 따발총을 맞고 후송되어 야전병원에서 구더기가 우글거리는 무릎에 수술을 받고 전신마취에서 깨어났을 때였다. 머리에 캡을 쓴 앳된 따뜻한 손길의 군복을 입은 간호장교가, 여자 특유의 아릿한 살 냄새를 풍기며 '그 누이'가 누구냐고 웃으면서 물었다. 내 의식이 깨어나면서 첫마디에 그 누이를 그렇게 애타게 부르며 꺽꺽 울더란 것이다. 의식이 혼미해졌다가 다시 정신이 드는 무의식 속을 헤매며 누이를 애타게 찾았던 모양이었다. 그런 사랑하는 여인을 찾아 헤매는 한 생명의 간절한 혼이 갈구하는 무서운 신비의 힘이, 몸서리쳐지는 전쟁터 속에서도 나를 살아 있게 했고, 전쟁이 오래 계속되었으면 싶었다.

　내 육체는 이 세상에 살아 있어도, 영혼은 이미 사형선고를 받은 죽은 목숨이었다. 나는 어차피 영과 육이 분리된 채 살아 있는 조형인간이었다. 영혼은 죽고, 육체만 살아 숨 쉬고 있는 몸이라도 전쟁터에서 선혈을 뿌리며 산화(散花)하는 것이 꿈이었다. 여기서 총을 맞고 조국의 산하에 피를 토하고 죽으면, 허깨비로 싸우다 죽는다 해도 나라를 가슴에 품고 죽는 장렬한 용사가 되는 것이다.

　그러나 죽으려고 하면 오히려 죽지 않는 것이 하늘의 이치였다. 아니면 인생은 어디서 어떻게 태어나 살다가 언제 어디서 죽으라는 것이 정해져 있는 것인가. 당장 죽는다 해도 아무 미련 없는 인생이었는데, 영혼이 없는 육체를 끌어안고 불구덩이 속으로 뛰어든 나는, 죽더라도 전쟁터에서 피와 살이 산하에 흩어져 없어지는 장렬한 용사의 죽음을 꿈꾸었데, 죽지 못했다.

전쟁을 위하여 조국을 위하여 누이를 위하여 목숨을 바치고 싶은 내 꿈은 이루지 못했다. 그 누이의 사랑의 힘이 총알을 비켜가게 한 모양이었다. 사랑의 힘은 위대한 것이었다. 그 누이의 사랑의 혼이 수호신이 되어 나를 지켜주지 않았던들 총알이 비 오듯 하는 전쟁터에서 살아남을 수 있었을까. "어머님이 이 글을 읽으실 때쯤이면 저는 이미 이 세상 사람이 아닐지도 모릅니다."는 편지를 써 GP유서함에 넣은 다른 전우들은 다 죽어갔는데, 어머니도 없는 나는 죽지 않았다. 죽지 않고 혼자 살아서 돌아온다는 것은 생각도 못했다.

바둑을 둘 때 꼭 이기려 들면 지고, 지려면 이기는 '부득탐승(不得貪勝)' 처럼 꼭 살아야겠다는 인간의 집착은 마음에서 여유와 유연성을 빼앗아가 죽게 하는 모양이었다. 아니면 "죽어야 할 때 구차스럽게 살기를 바라는 자는 반드시 죽고, 죽어야 할 때 죽기를 기약하는 자는 살아남는다"는 이순신 장군의 말씀처럼.

나만 살면 된다고 충혈된 눈을 번득이며 도망치던 전우들은 하룻밤 사이에 차례로 다 배에 공기구멍이 나 까마귀밥이 되는 것을 보면서, 이 땅에 한 시대의 청년으로 태어나 죽음을 두려워하지 않고 순국을 꿈꾸며, 전쟁에서의 죽음은 죽음이 아니라 새 생명으로 태어난다는 신념으로 싸운 나는 신통하게도 끝까지 살아 있었다. 나보다 키도 작고 몸도 작은 단신들이 다 총알받이로 총을 맞아죽는데, 면적의 피사체가 넓은 키 큰 나는 홀로 살아 있었다. 살아 있다는 것이 부끄러웠다. 전우들과 같이 그만 조국 산하의 까마귀밥이 되었으면 좋았을 텐데 그러지 못했다. 만신창이가 되었다 해도, 살아 있다는 것이 부모님 앞에서는 위대한 축복일까. 하긴 승자도 패자도 없는 형제를 죽이는 전쟁터에서의 죽음은 조국의 용사가 아닌 슬픈 목숨인지 모른다.

공산주의다, 민주주의다 하는 것은 다 인류가 잘 살기 위한 이념이다. 이념이 옳다 그르다하여 사람을 죽이는 전쟁, 형제를 죽이는 우리를 외국인의 눈으로 볼 때 우리를 사람으로 볼 것인가. 더구나 그것을 이용해 정치를 하고, 벼슬을 하고, 영화를 누리는 사람들이 있으니, 그들은 누구인가. 제가 제 땅을 뺏는 것은 점령군이 아니다. 이겨도 승리도 아니다. 우리는 제 형제를 죽이기 위해 세계 각국의 군대를 이 땅에 불러들여 전쟁터를 만든 것을 자랑 삼고, 제 땅에 포탄을 마구 퍼부어 잿더미를 만드는 동족상잔의 전쟁을 하고 있는 것이다.

누구를 위한 전쟁인가. 우리는 형제간에 죽이는 전쟁을 했다. 어떤 형식으로도 정당화될 수 없는 형제간의 살인이다. 거룩하다는 성경에 카인이 동생 아벨을 죽이는 형제간의 태초의 살인은 잘못된 기록일 것이다. 하느님의 말씀이라면 어느 갈피 어느 대목, 어느 글자 하나도 우주 진리에 틀림이 없어야 한다. 그런데 형제를 죽였다. 어떻게 형제간에 죽일 수 있단 말인가. 하늘나라의 천도를 잘못 기록한 바이블은 세상을 혼란에 빠트리는 천하에 죄를 지은 것이다. 형제간의 서로 죽임은 조국과 민족을 위해 목숨을 바치는 희생이 아니다.

형제는 한 핏줄이다. 쌍둥이 형제 중 동생이 심장에 큰 결함을 안고 태어난 미숙아를 그냥 두면 죽기 때문에 두 아이를 한 인큐베이터 안에 다시 넣었을 때, 잠시 후 건강한 형의 팔이 자연스럽게 동생의 아픈 가슴을 감싸 안는다. 갑자기 동생의 심장 박동이 정상으로 돌아오기 시작하면서 동생이 살아난다. 이것이 형제다. 형제는 같은 날개를 가진 새다. 한쪽 날개가 부러지면 새는 어깻죽지에 새살이 돋을 때까지 날 수 없다. 양쪽 날개를 퍼덕여야 하늘 높이 날아 세상을 볼 수 있는 것이다. 그러기에 기러기 형제는 하늘을 날 때 서로 먼저 날지 않고 똑같이 난다. 그래서 형제를 안행(雁行)이라 했다. 그런데 형제를 죽이다니, 제 한쪽 날개를 스스로 꺾었다.

단군 할아버지의 피를 더럽히는 후손들이었다. 할아버지의 뜻은 그게 아니었다. 형제는 하나였다. 공동운명체였다. "형제간에 싸우지 말고 행복하게 살아라." 이것이 단군 할아버지의 말씀이시다. 우리는 할아버지 유훈대로 산다면 얼마나 좋을 것인가. 이 기구한 운명을 타고난 민족이 어디 있단 말인가.

이 슬픈 할반지통(割半之痛)을 누가 어떻게 한단 말인가. 이 나라 이 땅에서 할아버지 말씀을 듣지 않고, 천인공노할 패륜을 저지르는 민족은 천벌을 받을 것이다. 그 천벌을 어떻게 다 받는단 말인가. 이 죄를 하늘이 용서할 수 있을까.

남북전쟁이 일어났을 때 단군 할아버지의 심정은 어떠하셨을까. 단군 할아버지는 미 패권주의와 공산주의는 필요 없었을 것이다. 좌우익의 사상 따위야 더구나 없어도 되고, 전혀 알 일도 없고 알 바도 없고, 알 필요도 없었을 것이다. 야, 이놈들아! 형제간에 싸우지 마라. 남쪽 이승만이 낙동강까지 쫓기는 위기에 몰릴 때는 남쪽 아들들을 걱정하며 울었고, 북쪽 김일성이 백두산까지 도망갈 때는 북쪽 아들을 생각하고 패륜을 울었을 것이다.

단군왕검의 '삼일신고' 조칙 5조는 "열 손가락을 깨물어 아프지 않은 손가락이 없다." "서로 사랑하라. 후손들은 헐뜯지 말고 서로 도우며 다투거나 싸우지 마라. 그리하면 가정과 나라가 흥할 것이다. 이것이 하늘의 뜻(天道)이니라."라고 했다. 이 말씀이 단군 할아버지가 태백산 밑에서 우리에게 처음 가르침을 내리신 홍익인간 인본주의, 인간 중심주의의 존중, 평등, 평화, 조화, 복지, 상생의 하늘의 뜻을 후손에게 전달하신 가르침이셨다. 단군 할아버지가 말씀하신 하느님, 원시신앙의 토템은 우주의 법칙과 원리의 근본으로서 종교와 국가를 초월한, 모든 인류의 행복을 꿈꾸는 한민족의 가슴속에 살아 숨 쉬는 조화의 신이었다. 대립적 철학이 아닌, 조화 상생의 철학이었다.

단군 정신은 결코 어느 것도 거부하지 않고 모든 것을 포용하는 사랑의 용광로였다. 이 사상만이 세계 평화를 이룰 수 있는 유일한 화합의 생명, 인간, 자유, 평화, 자연 사랑을 말씀하신 것이다. 접화군생(接化群生)이었다. 할아버지가 말씀하신 '천부경(天符經)'은 신비의 암호문이 아니다. 천부경 81자의 짤막한 문장 속에는 우주 창공의 생성원리와 인간이 지녀야 할 만물의 생성 이치와 도덕이 다 들어 있는 것이다. 하늘에 도가 있고, 땅에 덕이 있고, 인간에게 예가 있다. 하늘이 도를 잃으면 하늘이 아니고, 땅이 덕을 잃으면 땅이 아니고, 사람이 예를 잃으면 사람이 아니다. 하늘에 도가 있고, 땅에 덕이 넘치고, 사람에게 예가 충만할 때 이런 세상을 이화세계라고 한다. 단군 할아버지가 우리 민족에게 내리신 가르침이다. 이화세계는 세계의 민주주의 유토피아인 것이다. 홍익인간은 인간과 자연의 일체화다. 지금 우리는 할아버지가 말씀하신 이 땅의 민주주의의 사랑과 봉사, 공동체 정신은 인류사가 영원히 추구하는 인류애의 보편적 가치를 저버리고 동물 중심주의로 변해가고 있는 것이다.

민주주의는 강대국의 문화와 가치관, 세계관을 자기의 문화에 대한 성찰이나 비판 없이 당연히 받아들여야 했다. 약소국은 강대국 문화권 민족에게 강요당하는 삶을 살아야 했다. 무비판으로 받아들인 우리의 외래문화가 먼 훗날 후손들의 눈에 어떻게 비칠까. 지금껏 살아온 세월의 무게만큼 미래를 내다볼 수 있는 나라가 될 것인가. 통일 없는 대한민국의 꿈은 무엇인가. 인간은 물고 뜯고 싸우기 위해서 태어난 것이 아니다.

나는 형제간에 싸우다 죽은 죽음은 호국영령이 아닌, 그렇게 탄 무공훈장은 명예롭지 못하다는 부끄러움이 들었다. 형제간에 싸움은 승자도 패자도 없다. 패자뿐이다. 후일 세월이 흘러가고 남북통일이 되며, 단군 할아버지가 세운 조국 강산에 역사가 바로 서는 날, 이 훈장들은 의미를 잃을 것이란 생각이 가슴을 찔렀다. 가슴에 주렁주렁 달린 훈장이 무겁다. 그 빛나는 태극무공훈장은 나에게 있어서는 자랑할 것이 못 되었다. '죽음의 승리 골짜기'에서 내려온 나는 철원들 한탄강 고석정(孤石亭)이 멀리 바라다 보이는 녹슨 철다리에 올라, 흐르는 강물 아래로 눈길을 내려뜨렸다. 내가 무더기로 죽인 형제들을 생각하니 소리 없이 흘러내리는 눈물이 주체할 길 없이 앞을 가렸다. 죽임과, 빼앗김과, 잃어버린 세월에 지친 가슴에 빛나는 훈장에 배어 있는 한들이, 모두 흐름에 실려 과거 속으로 사라져 흘러가고 있었다.

바라다 보이는 철원들 산에 판 방공호진지와 군부대 막사들, 남북의 산하가 하나로 보이기 시작했다. 형제로 보이는 것이었다. 우리는 한민족이다. 하나다. 하나의 할아버지였다. 조국이었다. 남북이 좌우로 나뉘고 갈라서 형제간에 싸우는 사연을 모르는, 피로 물든 무심한 강물은 민족의 서러움을 모른 채 조국의 하늘 아래 말없이 침묵으로 흐르고 있었다. 걷잡을 수 없이 눈물이 강물 위로 뚝뚝 떨어졌다. 약소민족의 설움, 피로 물든 강산에 통일 없이 이 나라에 진정한 행복이 없다는 것을 모르는 강물은, 천고를 흘러 백두산 천지에서 한라산까지 한 맺힌 서러움의 세월을 흐르고 있었다. 한 몸이 된 강물은 아래로 아래로 흘러가고 있었다.

가슴에 주렁주렁 매달린 훈장이 갑자기 고개를 못 들게 무거웠다. 남의 나라에서 압박을 받은 것도 억울한데, 다시 찾은 내 나라에서 형제끼리 죽이고 싸우는 전쟁을 한다는 것은 너무 슬픈 일이다. 형제의 목에 죽음의 목걸이를 걸고 받은 훈장은 소용없었다. 훈장을 떼어 하나씩 강물에 던져버렸다. 훈장을 삼킨 강물은 말없이 흘러갔다. 그 슬픈 강물이 흐르는 하늘에는 철 잃은 무심한 기러기 떼들이 슬피 울며 휴전선으로 날아들고 있었다.

# 끝없는 방황의 길

　군대생활도 끝났다. 미·소공동위원회에 의한 휴전협정으로, 전쟁은 조국의 허리에 죽은 뱀처럼 구불구불한 선을 그으며 정전상태로 들어갔다.

　전쟁에서 죽어 까마귀밥이 되어야 재봉지가 고향으로 돌아가는 것으로만 알고 있던 군대생활에 제대가 생겼다. 장병들은 촌각을 다투어 죽음의 멍에에서 벗어나 고향의 품으로 돌아갔다. 전쟁터를 떠나 더없이 사랑하는 부모처자가 애타게 기다리고 있는 그리운 고향 산천 가족의 품으로 돌아가는 것이다. 그러나 나는 갈 곳이 없다. 내 몸뚱이 하나는 어디로 가야 한단 말인가. 고향으로 돌아가 멀쩡한 정신으로 강산만 바라보며 죽을 때까지 그 누이 하나만을 생각하며 살아가는 삶을 버텨낼 자신이 없다.

무슨 일을 하기엔 산만한 마음이 무기력했다.

무작정 서울 거리를 떠돌았다. 전쟁이 지나간 비정한 하늘 아래는 도덕 불감증에 걸린 사람들과 전쟁고아들이 길거리에 밀려다녔다. 그들과 함께 떠돌았다. 창녀와 거지가 구름처럼 밀려다니는 폐허가 된 거리를, 길 잃은 나그네가 되어 자기 땅에 유배된 사람처럼 떠돌았다. 내 마음은 어디를 헤매고 있는지도 모른다. 멀리 떠나 돌아올 곳이 없는 곳으로 가야 한다. 그리고 어디든지 힘 자라는 데까지, 발끝 가는 데까지 가야 한다. 나는 태양이 뜨고, 빛이 있고, 자유가 있고, 평화와 평등이 있고, 사랑의 깃발이 펄럭이고 있는 그곳으로 가야 한다.

제대용 배낭 하나를 어깨에 둘러메고, 청량리역에서 비 내리는 중앙선 밤 막차를 탔다. 무작정 길을 떠났다. 지구 끝까지라도 멈추지 않고 달려가고 싶은 심정이었다. 이별의 가족을 실은 남행 열차는 뱀 같은 거대한 몸을 떨면서 비 내리는 어두운 밤공기를 가르고, 기적을 울리며 달렸다. 통로까지 손님을 가득 태운 승강구에 신문지 한 장이라도 깐 사람은 그래도 다행이었다. 불빛도 파고들 빈 공간이 없이 군중들을 콩나물시루처럼 실은 열차였다. 역이라고 생긴 역은, 작고 크고 간에, 가다가 서면 가는 것을 잊어버린 듯 하염없이 쉬었다가 떠나는 완행열차였다.

열차는 등불이 희미한 어느 낯선 간이역에 나를 내려놓고 달아났다. 낙동강별어(洛東江別於) 역이었다. 밤 열차 시간에 맞춰 등불을 들고, 산을 넘고 물을 건너 산골길을 걸어온 사람들이 서성거렸다. 먼 길을 가야 하는 사람들이었다. 낯선 도시로 공부하러 가는 학생, 돈 벌러 고향을 등지고 떠나는 사람, 빚에 쫓겨 도

174

망치는 사람…… 사랑이 그리워 떠나는 사람들이었다. 그들에게 고향을 버리고 기차를 탄다는 것은 다른 세상으로 가는 그리움이었다. 그러기에 멀어지는 고향은 그들의 서러운 눈물이었다. 세상의 만남과 이별, 울음도 인사말도 다 잊은 채, 때를 놓친 사람들을 떠나보내는, 그 사람들을 실은 기적은 언제나 목메었다.

간이역 근처에 댐을 쌓는 큰 공사판이 벌어졌다는 소리를 듣고 목적 없이 내렸다. 앞에는 강이 흐르고, 이국의 정취가 물씬 풍기는 듯, 한 폭의 동양화 같은 낙동강볕어 간이역이었다. 밤 막차가 떠나간 역은 너무나 쓸쓸했다. 몇 명 안 되는 손님들을 맞이하고 보내는 사람들은 개찰구를 빠져나가고, 나는 아무도 없는 텅 빈 대합실 불 꺼진 무연탄난로 옆에 홀로 드러누웠다. 이렇게 여기 있으나 저기 있으나 똑같은, 갈 곳 없는 내 인생의 서러운 발길은 시작되었다. 역 대합실에서 웅크린 채 잠들었고, 노숙자들의 쉼터에서 길게 줄을 서면서 철저하게 고독하고 싶은 나는 그길로 낯선 거리를 찾아 헤맸다. 누이를 그리워하며 그리움이 있는 거리를 찾아 헤맸다.

새벽을 여는 사람들의 아침이 시작되었다. 새벽에 잠이 깬 강 줄기를 덮은 우윳빛 안개가 아침 햇살에 밀려나는 그리움이 가득한 방죽 길을, 꿈을 잃은 노동자들과 함께 길을 걸었다. 생활 속에서 즐거움을 느끼지 못하는 사람들이었다. 서울 하늘 밑에서 풍요를 누리는 사람들이 자본주의에 맛 들인 푹신한 스프링 침대에서 애인을 안고 아직 단꿈에 잠들어 있는 시간, 노동자들은 새벽을 열고, 그들이 있기에 나라 경제는 돌아가고, 이 나라가 이만큼 성장할 수 있다는 생각을 하면서 길을 걸었다. 이미 오래전에 죽은 사람과 또 내일 모레 죽어야 할 사람들이 지나간, 시간이 흐르는 강둑을 따라 썰렁한 길을 처절한 패배자가 되어 걷고 있었다.

길에는 바람이 불고 세월이 흘렀다. 시시각각으로 밀려오는 욕망의 미로 속을 허우적거리며, 왜 살아야 하는지 모르는 내 영혼은 목마르게 울었고, 목적 없는 방황을 일삼았다. 걸으면서 내 슬픈 영혼을 만났다. 어떨 때는 내 영혼은 거지이며 방랑자가 되기도 하고, 어떨 때는 왕자의 환상을 더듬기도 했다. 내 모습은 거리를 헤매다가 도둑에게 매를 맞고 돈을 빼앗기는 노동자들을 보기도 했고, 이익을 위해 있는 회사에서 착취의 한 조직원으로 약육강식의 사회 속에서 반사회적 행위를 일삼고, 최소한의 양심과 눈곱만큼의 눈물도 인정도 없는 짐승 같은 사람들과 거래와 흥정을 하기도 하며 살았다.

인간의 욕망은 끝없이 이어가고, 내 발길은 혼돈과 타락에 취해 모든 세속적인 것을 다 소유하고 싶어 발버둥치는 사람들과 함께 길을 걸었다. 그래서 내 영혼은 저 찬란한 세상으로 가지 못했고, 그 결과 나는 세상 사람들로부터 멀리 밀려나왔고, 어디까지 왔는지, 어디까지 가야 하는지 모르고 걷고 있었다.

길은 어디든지 가는 곳마다 널려 있었다. 그냥 걸었다. 아무런 목표도 정표도 없이, 시간과 공간의 제한도 없이, 그냥 자유롭게 걷는 길이 있다는 이유만으로 길을 걸었다. 걷기를 꿈꾸며, 뜻하지 않은 막연한 만남을 기다리며 나그네의 길을 걸었다. 메마른 심정으로 갈 길을 정하지 않고 길을 떠난 나그네가 되어, 서로 엇비슷한 허물을 지고 살아가는 사람들과 함께 길을 걸었다. 저마다 자기 삶의 무게와 빛깔을 지닌 채 묵묵히 걷고 있는 길을, 사랑과 죽음과 미움과 그리움이 뒤엉켜 있는 길을 걷는 나그네의 길을 걸었다. 어디에도 매이지 않고, 어떤 거처나 멈춤도 정하지 않은 채, 무소유의 집시가 되어 안개 속 산길, 진흙밭길을, 푸른 달빛이 스며들고 별빛이 스며드는 길을 걸었다. 그냥 운명이 이끄는 길을 따라 걸었다. 자신의 의지에서가 아니라 타성의 흐름에 따라 걸었다. 내가 누구인지도 모르고 걸었다.

나를 찾아 헤맸지만 진정한 나는 없었다. 아무리 찾아도 어디에도 없는 사랑의 길, 생명의 길, 평화의 길을 찾아 헤맸다. 세상은 만들어진 길, 남이 가는 길을 원숭이 노릇하듯 걷는 사람들이 있고, 남이 가지 않는 길을 만들어가면서 걷는 사람들이 있었다. 나는 만들어가면서 걷는 길을 걸었다. 태양이 지면 달이 뜨고, 달이 지면 태양이 뜨는, 서해에서 해를 보고 동해에서 별을 보는 그런 길을 걸었다. 내가 길을 잃고 닿을 수 있는 길을 찾아 헤맸다.

인간은 갈 길이 있어야 한다. 나는 갈 길이 없는 길을 걸었다. 구원이 없는 길을 걸었다. 바람이 불면 부는 대로, 비가 오면 비에 젖어, 나만의 별을 찾는 유랑의 길을 걸었다. 달을 보며 걸었다. 달에는 누이의 얼굴이 걸려 있었다. 또 그리고 밤이 오고, 날이 새고…… 그 새는 날을 따라 길에서 외상없는 지혜를 구하는, 잃어버린 그 누이를 찾는 길을 걸었다. 고향으로 가는 길을 찾아 헤맸다.

길은 한 길이 아니라 여러 갈래였다. 바람이 부는 거리에 시간은 흐르고, 어느 방향으로 가고 있는지, 어디로 가야 하는지도 모르는 길을 따라 세상 속으로 걸어 들어갔다. 언제부터 있었고,

어디에서 시작됐고, 어디로 흘러가서 어디에서 끝나는지 모르는 길을 서글픈 나그네가 되어 걷고 있었다. 깊은 밤 고운 별을 벗 삼으며, 나는 불쌍하고 가련한 형제들을 전쟁이란 이름으로 잃었다는 생각을 하면서 걸었다. 물처럼 바람처럼, 하늘을 지붕 삼고, 나보다 더 가엾은 사람은 이 하늘 밑에는 없다는 슬픈 생각으로, 바람에 날리는 신문지 조각처럼 날려 다녔다.

주인이 없는 달을 보며 걸었다. 세상을 죄스런 마음으로 사는 사람들과 함께 길을 걸었다. 길에는 좌파 우파가 없고, 도둑도 거지도 없었다. 태양이 비추는 길을 누구나 걸었다. 세월과 그리움과 서러움이 삭여질 때까지 걸었다. 전쟁이든 사람이든, 흘러갈 뿐이란 생각을 하면서 걸었다. 내 정신이 아닌 듯, 엉뚱하게 기억도 없는 곳에 와서는 왜 왔는지 기억해내려고 애쓰곤 했다. 현실은 냉혹했고, 정처 없이 길을 잃은 나그네가 되어 이 도시 저 도시로 미지의 낯선 거리를 방황하며 걸었다. 핵의 공포를 머리에 이고 사는 후기 자본주의 산업화사회와 거기에 깨춤을 추는 인간들의 볼모 잡힌 영혼의 개인주의와 극도의 썩어빠진 이기주의에 마모되고 찢긴, 전쟁이 지나간 폐허의 쓰라린 땅에서 서로가 양심을 팔고 속이며 사는, 사람의 향기 잃은 군상 속에 섞여 살면서 내일이 없는 생활을 했다.

전쟁을 겪은 사람들은 인색했다. 남에게 베푸는 삶을 잊고 살았다. 전쟁은 인간을 극도로 타락시켰다. 베풂의 씨앗을 뿌리면 그 씨앗이 자라 하나가 열이 되는 열매를 맺고, 나무가 자라 숲을 이룬다는 것을 까맣게 잊고 사는 사람들을 보며, 우리는 아직도 사대주의와 일본의 식민지 굴레를 못 벗어나고 있다는 생각을 했다. 노예의 그늘 밑을 허적허적 걸었다. 그렇게 걸으면 그뿐인 길을, 가도 가도 목마름과 안개뿐인 낯선 거리를 시공 속에 버려진 방랑자가 되어 걸었다. 빗길, 눈길, 질척거리는 흙탕길, 진창길, 지름길과 샛길, 꼬부랑길, 두멧길, 황톳길, 덤불 속 길을 걸으며, 갈 길이 먼 나그네가 되어 거리의 궂은비 찬바람을 맞으며 이 길이 내가 가야 할 길인지, 여기가 어딘지, 어디까지 가야 하는지 모르고 걷고 있었다.

고갯길과 골목길, 고샅길, 비탈길과 벼랑길, 자갈길, 포장길, 꽃길, 산속의 숲길, 오솔길, 돌담길, 외딴길, 논두렁길, 들길 갈림길에서 한 마리 양을 찾아 헤매는 다기망양(多岐亡羊)의 길을 이방인이 되어 걸었다. 남들은 사랑을 위해 출세를 하고 살기 위해 먼 길을 걷는다고 하지만, 나는 무엇을 위해 걷는지 몰랐다. 나는 사람과 사랑을 맺어준다는 막연한 기다림의 길을 행려병자가 되어 걷고 있었다.


산이 있고, 물이 있고, 또 길이 있다. 그 길을 따라 걸었다. 혼자 가기도 하고, 가다가 쉬기도 하고, 막힌 길은 돌아가기도 하며, 험한 산속을 걸었다. 못 배우고 가난한 산골 사람들일수록 정이 많았다. 그런 사람들과 함께 떠돌이 혼이 되어 손을 잡고 산골길을 걸었다.

허정허정 소백산 산속을 걷다가, 땅꾼으로 뱀 장사를 하는 군대친구를 만났다. 끝내 총알이 그의 목뼈를 관통했고 한쪽 팔을 잃은 그는 그곳에서 뱀 장사를 했다. 두 갈래 혀를 날름거리는 뱀이 그렇게 예쁘단다. 뱀은 사람을 살리고 돈을 벌게 한다는 것이다. 뱀이 예뻐서 죽겠단다. 뱀을 기르고 뱀 장사를 하면서 세상과 담을 쌓고 산속에 묻혀 산다는 친구는 많은 돈을 벌었다. 경제성장을 하면서 뱀이 정력에 좋다는 것이 알려지자 뱀이 품절되어, 부르는 게 값이 되었다. 뱀 값이 천정부지로 뛰어올랐다는 것이다.

사업가, 정치가, 성공한 사람들이 뱀을 막 먹어치운다는 것이다. 지렁이고 코브라고 곰쓸개고, 국내 연간 수입이 얼마나 되는지, 코브라를 먹으러 동남아로 해외여행을 떠나는 섹스 여행객이 얼마나 되는지 아느냐고 물었다. 그리고 자기에게 뱀은 생명의 은인이라 했다. 중부전선에서 포위망을 뚫고 탈출해 아사 직전에서 산속을 헤매고 있을 때, 뱀이 자기를 살렸다는 것이다. 그때 뱀이 없었으면 죽었다는 것이다. 머리에서 꼬리까지 그냥 씹어 먹었는데 그렇게 맛좋을 수가 없었다는 것이다.

구원의 신인 뱀과는 그때부터 끊을 수 없는 질긴 인연이 있는 모양이라 했다. 뱀은 독하다. 냉피동물이 아닌가. 한번 물리면 사람이 죽는 독을 품은 뱀은, 인류가 하느님에게 영원한 죄를 짓고 에덴동산에서 쫓겨나게 만든 악마가 아니냐고 말했을 때, "뱀이 인간보다는 낫잖아?" "무슨 소리야!" "뱀은 한 상자에 여러 종을 잡아 가두어도 동족끼리는 안 물어 죽였어." "……." "인간들은 동족끼리 서로 죽이잖아." "그래도 독사가 괴뢰군보다 낫지 않느냐."고 지난 세월을 회상하며 쓸쓸한 웃음을 웃었다.

다 인간이 그렇게 만든 것이란다. 선악과를 따먹은 것도, 뱀이 필요악으로 악역을 대신한 것도 인간이 그렇게 만든 것이란다. 두 갈래 혀를 날름거리며 하늘을 욕하는 뱀은 하늘을 욕하는 것이 아니란다. 태어나자마자 아무 보호 없이 혼자 살아가는 독립성이 가장 강한 뱀은, 의도적으로 사람을 물어 죽이거나 해를 끼치려는 것이 아니라, 사람이 뱀을 잡기 위해 자기를 죽이려 드니까 사람을 문다는 것이다. 사람이 더 나쁘다는 것이다.

산속에 살면서 뱀 장사를 해 큰돈을 모았다는 친구는 살모사, 독사, 까치독사, 구렁이, 능구렁이, 비단구렁이, 굿뱀, 꽃뱀, 물뱀, 방울뱀이 그렇게 예쁘단다. 특히 백사가 예쁘단다. 백사를 먹으면 죽을병이 낫고, 못 고치는 병이 없으며, 천금을 얻는다는 것이다. 두 가닥으로 갈라진 혀를 날름거리는 뱀을 예쁘다며 밤새도록 들여다본다. 두 개의 생식기로 짝짓기를 하고, 하늘을 보고 두 혀로 날름날름 하늘을 욕하는 뱀, 말만 들어도 소름이 돋는 뱀과 함께 마음을 달래며 그 친구와 함께 산속에서 덧없는 세월을 보내기도 했다.


걷다가 너무 지쳐 길가에 쓰러져 잠이 들면, 자다가 일어나 밤하늘에 쏟아지는 별들을 바라보았다. 아름다운 밤하늘의 별, 별들을 바라보면 영혼이 한없이 맑아진다. 새벽 별을 보며 다시 길을 걷는다.

민주주의의 길이란 희한했다. 어제의 적이 오늘의 아군으로, 오늘의 벗이 내일의 원수로, 영원한 적도 영원한 우정도 없이 거리에 밀려나고, 잊어지고 버려지고 짓밟히고 걷어차이는 것을 보면서, 외톨이가 되어 걷는 길을 걸었다. 중요한 것은 부와 권력을 잡는 길이며, 줄을 잘 서야 하며, 자기 이익을 위해서는 무슨 짓인들 못하는 것이 없었다. 목적을 위해서는 수단방법을 가리지 않고 어떤 변신도 불사하는 것이 민주주의 보호의 탈을 쓴 사람들이었다.

다 같은 사람으로 태어났는데 부를 맘껏 누리는 사람들이 있는가 하면, 어떤 사람들은 먹을 수 있고 잠잘 수 있는 방 한 칸 없는 사람들이 있었다. 바로 난 길은 바퀴가 점령했다. 차에 치여 죽은 짐승들의 시체가 차바퀴에 깔리고 찢기어 가루로 날리는 것을 보면서 걸었다. 땅을 밟지 않고 포장된 길을 걷는 인간들, 아스팔트를 따라 절대 싹이 돋을 수 없는, 딱딱해진 비인간화된 인간들이 걷는 길을 걸었다. 젊은 부모에게 버림받아 홀로 굶어죽는 사생아, 무작위로 동거 파트너를 정해 사는 가출소녀, 아들은 전쟁에서 죽고 버려진 농촌주택 빈방에 홀로 사는 독거노인, 사업에 실패하고 가족을 죽이고 자살하는 가장의 기사가 실린 신문을 보면서 걸었다.


걷다가 보면 길가에는 어느새 봄이 와 있었다. 죽은 듯 말라 있던 나뭇가지에 새순이 돋고, 꽃이 피었다. 그저 한이 쌓여 병이 되고, 물이 고여 강이 흐르는 세월을, 비참과 좌절과 굴욕을 짓씹으며 세월이 가는 소리를 들으며 걸었다. 너무 멀리 떠나면 돌아오지 못한다는 것도 알고 있었다. 그리고 대체 내가 왜 이 거리를 걸어야 하는지, 어디까지 쫓겨 왔는지, 왜 걷고 있는지 모르고 그저 정처 없이 걸었다.

그러나 먼 타향으로 떠나는 길 저쪽에는 언제나 그리운 고향 산천이 있었다. 산줄기 저 너머 먼 서쪽 하늘 아래 빛바랜 저녁 해가 너울거릴 무렵이면 어디론가 정처 없이 떠나야 하는 나그네의 설움은, 걷다가 지치면 길가에서 쓰러져 별 밭에서 잠들고, 깨어나면 또 걸었다. 사람이 만든 길이 사람을 죽이고, 사람이 사람을 죽이는 길이 직선으로 뚫려져 자동차가 달리는 길을 나는 걷고 있었다. 누가 어디서 기다리는 것도 아니다. 마음 내키는 대로 낯선 땅 지평선을 따라 발길이 닿는 대로 걸었다. 동해에서 아침에 뜨겁게 떠오르는 태양을 종일토록 바라보기도 하고, 서해에 붉게 타는 석양을 종일 바라보며 걸었다. 첩첩한 산줄기가 꿈틀거리는 언덕에 해가 뜨고 바람이 불면, 마음은 그 바람을 타고 둥둥 떠올라 자동차에라도 치어 죽는 날이 행복한 날이라는 생각을 하면서 정처 없이 걸었다.

세상의 어느 길모퉁이 빈집에서 하룻밤 비럭잠을 자고 나면 아침 햇살이 눈부셨다. 그때, 남루한 옷을 입은 서른 살의 나이는 서글펐다. 인생은 꽃피는 봄이 오면 기쁘고, 녹음이 짙어지는 여름이 오면 즐겁고, 노란 단풍이 물드는 가을이 오면 아름답고, 산하에 흰 눈이 내리는 날이 오면 행복해야 하는데, 걷는 외로운 발길에는 밤마다 슬픈 이슬이 내렸다. 이젠 살아도 내 몸속에 다시 사랑의 꽃은 피지 않는다. 이 따스하고 눈부신 햇살은 내가 앞으로 꽃피지 않고 사랑 없는 열매를 맺기 위해 받아야 할 햇빛이었다.

세상의 길 위에 바람이 불고, 바람은 내 남루한 옷깃을 스치고 지나간다. 그 바람 속을 걸으며 하루 종일 그 누이의 이름을 부른다. 그렇게 바람을 따라 괴로움을 견딜 수 없어 걷다가, 밤이 오면 지상의 모든 어둠 속에서 밤하늘에는 별들이 꽃밭을 이루고, 빈 소주병에 비친 밤하늘의 별들을 바라보았다. 신기한 것은 그래도 미망(迷妄)에 허덕이는 시간들 속에서도 그 누이에 대한 꿈만은 봄빛의 풀밭처럼 싱싱하게 살아 있는 것이었다. 견디기 힘든 절망의 시간들 속에서도, 실의와 절망에 빠진 일상 속에서도 그 누이만 생각하면 마음속에는 행복이 가득 살아나는 것이었다. 그 누이와 같이 있는 곳이면 지옥에 갇혀 있다 해도 그곳은 금세 환한 금빛의 천당으로 변했다. 그 누이와 같이 있는 곳에는 어디에라도 바람과 꿈이 있고, 출렁이는 호수가 있고, 하늘에 흘러가는 구름이 있고, 고향의 숲이 있고, 피어나는 꽃과 벌과 싱싱한 바람이 불고 있었다.

공사현장을 몽유병자처럼 허우적거리며 떠돌아다녔다. 내 그림자와 함께 걸었다. 오염된 산업사회의 더럽혀진 공기를 마시며, 갈수록 타락해가는 사람들과 함께 길을 걸었다. 발길이 닿는 대로 절망에서 살았다. 공사장을 돌아다니며 천륜을 저버리고 퇴색한 삶을 사는 인간들에게 저주를 보내며, 지나친 이기주의와 권력과 돈, 명예, 배금주의에 굴종된 인간 군상을 보며 출세를 위해 사는 인간들을 경멸하며 살았다.

자유민주주의를 맹신하게 하며, 일부 특권층 사회 집단이 유리하게 작용하며, 여기서 소외된 빈곤계층, 전쟁미망인, 노약자, 장애인, 이주노동자, 무시된 주거난민들이 자기 권리를 주장하기 위해 직접 행동에 호소해야 하는 민주주의는 데모 공화국이어야 했다. 정의와 진리는 따로, 집단이기주의는 숫자 채우기와 목소리 큰 놈의 것이었다. 민주주의란 그 많은 사람이 한 곳에다 모일 수도 없으며, 모이지도 않고, 또 모여 봤자 논란이 길어져 무엇 하나 결정하기도 어려웠다. 그래서 국민의 대표자로 뽑아진 지도자 공복이라는 사람들이 주인의 권위자로 군림해도 되고, 무지한 시민들을 제멋대로 찢고 살아도 되는 것이었다. 무거운 그림자를 이끌고 믿던 도끼에 발등 찍히는 대의민주주의를 보면서 살았다.

민주주의란 돈 많고 힘센 사람들의 것이었다. 경우 없는 사람들이 이겼다. 돈과 표라면 악마의 손도 잡는다. 돈이면 무엇이든지 다 한다. 정의가 없다. 돈으로 정조를 사고팔고, 양심을 사고팔고, 표를 사고팔고, 돈이 떨어지면 칼을 들고 나서는 것을 여반장으로 여긴다. 근본이 없다. 그런 그들은 빈곤층의 민중을 낳았다. 인간의 양심은 가면 위에 얼굴을 감춘, 거짓으로 목적을 위해 살아가는 인간의 삶이 아닌 상거래였다. 모두가 하나의 표였다. 사농공상은 상공농사로 변했다. 사람이 사람 냄새는 안 나도 되는 것이었다. 돈 냄새만 나면 된다. 상품 냄새를 풍기는 것이 위대한 인간이었다.

양심을 속이며 하는 선거는 선거가 아니다. 민주주의 실종, 민주주의의 파멸…… 잘못된 선거는 원숭이에게 도깨비방망이를 들려주는 게 아니라 강도에게 칼을 들려주는 것과 같은 격이었다. "여성과 노예의 본성은 정치의 주체인 시민이 되기엔 부적절하다"는 아리스토텔레스의 말이 맞는 것인가. 표의 본성은 비정했다. 아무리 선거를 해도 잘못 뽑았다. 당선자들은 자기가 믿어왔던 사람들이 아니었다. 인간들은 자기가 믿어왔던 것과 사실이 부합하지 않을 경우, 믿었던 틀은 사실이 무시된다고 주장한다. 사실을 눈앞에 보여주면 올바른 결론에 도달할 것이라고 생각하는 것은 헛된 망상이었으며, 인간의 두뇌는 그런 식으로 작동하지 않는 모양이었다. 그러므로 잘못된 신념을 가진 국민들에겐 사실을 보여주는 것보다는 생각의 틀을 바꿀 수 있도록 올바른 가치관과 국가관 교육을 하는 것이 더 효과적일 것이다. 그러나 어떤 교육으로도 이들의 신념을 바꾸기는 어려운 것이 인간이란 고집불통의 복잡한 존재였다. 그러니까 아무리 선거를 해도 옳은 사람을 못 뽑는 데는 마찬가지였다.

백번 선거를 해도 국민 수준이 모자라는 선거는 민주주의가 될 수 없었다. 무슨 소용이 있단 말인가. 나올 인격자는 안 나오고, 나와도 안 되고, 당선되어서는 안 될, 역사에 없었어야 할 사람들이 당선이 되었다. 우리는 평화체제가 정착되지 못한 분단국가 상황 속에서 국제정세는 언제나 급변할 수 있는, 전쟁돌입 속에서 핵을 머리에 이고 사는 민족이다. 베를린 장벽처럼 삼팔선의 장벽을 우리 손으로 무너뜨릴 수는 없는 것인가.

슬프다! 뽑고 나면 또 속아 뽑았다. 원래 이 땅에는 옳은 사람이 없는 것인지, 아니면 속아 뽑는 것인지, 바로 뽑았는데 사람이 변했는지, 뽑아놓고 보면 또 속는 것을 되풀이했다. 선거란 속이는 것인지, 선거 자체가 모순덩어리이기 때문에 그렇게 되는 것인지 모른다. 아니면 착한 사람은 문을 닫고 있고, 나쁜 사람만 설치고 다니는 것이 민주주의인지 모를 일이다. 물도 없는 곳에 다리를 놓는다고 공약했고, 호의호식하는 친일파의 후손들이 계속 집권하며, 자기는 가난한 농부의 아들로 둔갑해 가난과 배고픔을 외치고 나섰다. 민중은 정의의 귀에 귀 기울이지 않았고, 물 흐르는 곳으로만 흘러가고 있었다.

그리고 전쟁이 지나간 땅에는 돈 병부터 들었다. 돈은 아름다운 신이다. 생은 기생(寄生)이며, 삶은 정답이 없다. 때문에 구차한 삶을 살기 위해 거짓말을 하고, 살기 위해서 도둑질을 하는 것은 누구나 할 수 있는 것으로 사람들은 여긴다. 청탁을 가리지 않고 융합하는 바닷물처럼 인간도 그렇게 살아야 하는 것인가. 결론적으로 민주주의는 정의가 없다. 어떻게 살든 살면 그만이었다. 위대하다거나 참 삶이라 하는 것은 인간이 만든 도덕적 기준일 뿐, 돈을 위주로 사는 삶이 그것이 아무리 좋은 민주주의라 해도 우주의 법칙인 사람의 참 삶의 길은 아닌 것이었다.

인간의 본질은 선하다. 비록 죄를 지은 악인일지라도 악을 미워하고 선을 좋아하는 마음가짐에는 다름이 없었다. 인간은 선이 본질인 것이다. 그런데 오늘의 인류는 본질적인 선을 유지하지 못하고 점점 악으로 기울어져가고 있었다. 어디까지는 해도 되고 어디까지는 해서 안 되는 것을 모르는, 경계선이 없는 도덕 불감증에 걸린 인간들이다. 어떤 사람들은 빵 하나를 훔쳐 먹고 징역을 무더기로 살고, 어떤 사람들은 나라를 도둑질하고도 위대한 영웅으로 숭앙받는다. 어떤 사람들은 살인, 강도, 분식회계, 임금착취로 치부를 하고도 부끄러운 줄 모르고 살아가는 것이다. 오히려 악인이 영웅 칭호를 받고 존경을 받는다.

사람에 따라 각기 다른 양심의 기준을 두었다. 어떤 사람은 전쟁에서 죽인 사람을 살인으로 여겨 평생을 괴로워하는 사람이 있는가 하면, 죽인 것을 자랑으로 명예를 누리는 사람들이 있는 것이다. 어떤 사람들은 폭력, 절도, 강도, 강간, 도둑질을 하면서 거기까지는 나쁜 짓을 해도 되는 것으로 알고 양심의 가책을 받지 않고 살아가고 있는가 하면, 어떤 사람들은 그런 짓을 해서는 절대 안 되는 것을 기준으로 백의숙제처럼 청렴하게 살아가고 있는 것이다.

도대체 오늘 우리 사회의 도덕에 대한 양심의 가치기준은 어디까지가 맞는 것인가. 잣대가 없다. 어디까지가 해도 되고, 어디까지가 안 되는 길인가. 인간의 오염은 어느 정도인가. 불감증은 부정을 저지르고, 그것을 당연시하고, 악을 정당화하고 있다,

돈, 돈, 돈, 모든 사람이 돈에 미쳐 있다. 돈은 사람을 눈멀게 한다. 그래서 옛날에는 돈에 구멍이 뚫려 있었다. 엽전은 네모 구멍이었지만, 은전은 고기 눈깔 같은 작은 구멍이 가운데 뻥 뚫려 있었다. 그 구멍에 눈을 대고 바깥세상을 보면 조금은 보인다. 그래서 아무리 돈 많은 수전노라도 돈이 없는 불쌍한 사람들의 모습이 눈에 조금은 보였던 것이다. 그러나 지금 자본주의의 돈은 구멍이 없다. 동전이고 지폐고 간에 구멍이 뚫려 있지 않기 때문에 눈에 대면 앞이 캄캄하다. 꽉 막혀 아무것도 안 보인다. 돈을 소유하면 끝없이 소유하려고만 매달리는 이유가 거기에 있다. 물질만능의 서양사상은 돈을 소유하면 세상에 아무것도 안 보이는 것이다.

전쟁이 지나간 땅의 사람들은 돈에 미쳐버린다. 돈이 말을 했다. 희대 인류 만고의 가치를 물질에만 두었다. 물질주의에서 인간은 자본에 의한 필요에 의해서 만나고 헤어지는 존재다. 인정은 필요 없다. 핏줄도 필요 없다. 물질만능주의는 인간을 돈으로 환산한다. 어머니 젖 값도 돈으로 계산하면 그만이다. 학교도 돈으로 산다. 박사를 돈으로 산다. 교회도 돈으로 산다. 장로도 돈

188

으로 산다. 국회의원도 돈으로 산다. 사랑도 돈으로 사면 된다. 돈이 인간의 전부였다. 돈은 피였다. 돈이 인격이었다. 돈은 신이었다. 생명이었다. 돈과 권력이 정의였다. 돈과 권력으로 안 되는 것은 없었다. 그러기에 수단방법을 가리지 않고 돈을 벌려고 눈이 뻘겋게 미치는 사람들이었다. 돈만 벌면 된다고 믿고 살아가는 사람들이었다.

불확실성이 지배하는 가치관이 아침저녁으로 변하는 변화무쌍한 시대의 사람들은 수단방법을 가리지 않고 돈을 추구한다. 사람들은 수단방법을 가리지 않고 권력과 명예를 추구한다. 돈 속에 권력과 명예가 있기 때문이다. 정말 수단과 방법을 가리지 않고. 인간이란 미완성의 창조이기 때문에 살다 보면 도둑질, 강도, 강간을 하고, 경우에 따라서는 살인도 할 수 있다고 생각한다. 그러나 돈을 위해 수단방법을 가리지 않고 윤리도덕을 다 저버리고 사는 사람들, 노임을 착취해 치부하고, 나라를 도둑질하고, 돈을 목숨보다 더 중하게 여기는 사람들, 그런 사람들이 이웃은 굶어죽어도 혼자 배를 두드리며 먹고, 전세 비행기를 타고 세계 일주 여행을 하며 유흥을 즐기며 산다. 내가 번 돈을 내 맘대로 쓰는데 어느 누가 뭐라 한단 말인가. 그것이 민주주의이다. 그래도 법에는 안 걸린다.

그런 사람들이 사랑과 명예와 돈을 얻으면 뭘 하는 것인가. 혼자 잘 먹고 잘살면 뭔 재민가. 같이 잘 먹고 잘살아야 하는 것이 아닌가. 나도 수단방법을 가리지 않고 돈을 많이 벌었으면 그 누이 천사 대신 어느 여인이 내 가슴속으로 날아들었을지도 모른다. 정말 수단방법을 가리지 않고 돈을 벌려고 무진 애를 쓰며 사는 사람들처럼 살아보려고 노력도 해보았지만 안 되는 것이었다.

　내 어린 시절 할머니와 같이 마당에 멍석을 깔고 누워 하늘을 쳐다본 달 속에는 분명 옥토끼가 살았다. 계수나무 속에 월궁항아(月宮姮娥) 옥토끼가 떡방아를 찧고 있었다. 그래서 우리는 어린 시절 언제나 가슴속에 달을 그리며 살았다. 그런데 지금은 없다. 인공위성을 쏴 올리는 날부터 인류는 달 속에 있던 옥토끼를 잃어버렸다. 옥토끼를 잃는 인류는 악에 물들기 시작했다. 옥토끼를 저버린 인간들은 암흑세계를 살고 있는 것이다.

　인류는 달을 잃는 날로부터 꿈을 잃었다. 꿈을 잃은 인간들은 타락의 본질인 통속성, 퇴폐성, 저질성, 음란성 앞에 절대 존경할 대상도 사랑할 사람도 없는 물질의 오만함에 젖어 사는 인간들로 변했다. 그런 달을 잃은 인간들에게 민주주의와 공산주의의 이데올로기는 죽어도 하나일 수 없었고, 부자와 가난한 사람은 절대로 하나일 수 없었다. 기독교와 불교의 신이 하나일 수 없었다. 나는 그런 불변의 진리를 보면서 살았다. 알밤을 까놓으면 먼저 집어먹는 도적이 나타나고, 공들여 놓은 다리를 먼저 지나가는 거지가 있었다.

　십 년 닦아놓은 정권의 밥상을 숟가락을 들고 먼저 먹는 불한당들을 보면서, 말로는 약자를 동정하고 행동은 강자를 따르는 사람이, 약자에게는 한없이 강하고 강자 앞에서는 한없이 약한, 보기 싫은 추악한 인간 군상을 보면서 죽지 못해 사는 것이 인생이라 여겼다. 성경에 따르면 아흔아홉 마리의 양을 잃더라도 한 마리의 병든 양을 잃지 말아야 하는데, 한 마리의 병든 양을 잃고 사는 천태만상의 불쌍한 인간들을 보면서 살았다.

내가 저 입장이 되었으면 어떨까 하고 남을 배려해주는 사람은 없었다. 불행이 너무 흔해 발끝에 채이는 사람들이 사는 노동판에서 살아간다는 것은, 먹이를 구하기 위한 투쟁 수단 외에는 아무것도 없는 짐승의 삶과 같았다. 현실은 잔혹했다. 웬만한 남의 고통에는 누구도 신경 쓰지 않았다. 배가 고파 울기도 했고, 아픔을 견디지 못해 몸부림치기도 했다. 그때는 고깃국에 흰쌀밥 한 그릇 배불리 먹는 것이 소원인 시절이었다. 가난한 사람들은 배고픔을 진정으로 참고 살았다. 노동자들은 정에 의지해 힘든 일은 서로 도우며 살았다. 하도 고생이 돼 아무 미련 없이 죽으려고 했지만, 전쟁터 불구덩이 속에서도 안 죽고 살아남은 몸뚱이가 불쌍해 미련이 남아 죽을 수가 없었다.

하루에도 수십 번씩 절망했다. 절망의 친구는 술뿐이었다. 마시고 또 마셔도 술은 늘 모자랐다. 술과 담배로 세상을 살았다. 밥 대신 술로 살았다. 폭음을 하고 거리에서 잠들었다. 눈만 뜨면 줄담배를 태웠고, 철저히 불행해지고 망가지고, 지옥으로 가고 싶어 술을 마시고 울었다.

그렇게 걷고 있는 길은 바른 길이 아닌 줄 알면서 걸었다. 인생을 잘 살았는지 잘못 살았는지는 모른다. 시간을 낭비하며 살았다. 그 누이의 마음은 내가 이렇게 망가지는 것을 바라지는 않았을 텐데, 타락한 나를 용서하지 말아달라고 술이 취해 울었다. 이렇게 사는 것을 누이가 안다면 용서할 수 있을까. 누이가 용서한다 해도 내가 용서할 수 있을 것인가. 생명의 근원인 영혼의 치유가 불가능한 나는 중노동으로 스스로를 자학하며, 고독과 불행을 짓씹으며 살았다. 무엇을 어떻게 하겠다는 의욕이 없었다. 그냥 노동판에서 남들이 다 회피하는 힘든 일을 하며 살았다. 그래도 할 일이 있다는 것이 행복했다. 힘겹지만 어느 때보다 보람 있고 즐거운 노동이었다. 내 모순의 발길은 노동에 매달려 웬만한 아픔은 잊을 수 있었다.

이 하늘 밑 어딘가에는 그 누이가 있고, 이 땅에 태어나 누이의 사랑에 보답하는 길은 남에게 보람을 줄 수 있는 일을 하는 것이며, 전쟁이 지나간 잿더미의 조국을 재건하는 데 목숨을 바치는 일이라 생각했다. 어느 날 갑자기 누이를 만나 내 손을 잡고 무엇을 하다 온 손이냐고 묻는다면, 나는 무엇이라고 대답할 것인가. 나쁜 짓을 하다 온 손이면 안 된다. 손바닥에 박힌 뚝살 속에 누이가 들어 있었다. 집중해서 일을 하고 나면 몸은 퍽 지치지만, 기분은 오히려 상쾌했다.

공사장은 어디든지 널려 있었다. 막노동 현장에서의 아귀다툼은 세끼 밥만 먹으면 되었고, 누울 곳만 해결되면 되는 것이었다. 주민등록이나 신원증명을 요구하는 곳도 없었다. 일 년 이상 머무는 곳도 없이 떠돌았다. 서울에서 경기, 영호남으로, 서해, 남해, 동해, 항구의 노동판을 돌아다니며 둑을 쌓고, 다리를 놓고, 집을 지으며 슬픈 생의 구석구석을 살았다. 시베리아 눈벌판에 끌려와 노역을 하다 형장의 이슬로 사라져가는 사형수들처럼 끌려 다니며 일을 했다. 손바닥이 발바닥이 되도록 일을 했다. 그렇게 손톱에 피가 나도록 어떻게 힘든 일을 한단 말인가. 인간이란 동물은 적응해가면서 살아가게 마련이었다. 바다 위에 다리를 놓고, 산속에 굴을 뚫고 도로를 형성했다.

그렇게 최선을 다하는 일을 하다 보면 생각지도 않은 곳에서 불쑥 누이가 나타날 것을, 하늘이 그 누이를 한 번은 만나게 해줄 것을 굳게 믿었다. 고속도로 교량을 놓는 막장에서 박쥐처럼 벼랑에 거꾸로 매달려 죽을 위험을 무릅쓰고 일했고, 안전장치 없이 한발 삐끗 떨어지면 뼛가루도 못 찾는 궂은일을 일요일도 없이 자청해 죽기 살기로 일했다. 뜨내기 노동꾼으로 순둥이 똥개가 주인을 따르는 것처럼 감독의 말 한마디 거스르는 법 없이 고분고분 일하면서 실없이 웃어주는 하루해를 보내며, 고된 노동에 보리밥과 된장국 피죽 한 그릇으로 연명했다.

밤마다 하늘에 반짝이는 별을 보며 한바에서 밥 먹고 건축자재 위에서 잠들었다. 빈대가 판자를 타고 내려와 달려들었다. 빈대와 모기에게 몸을 내맡기고 육신을 보시하며 살았다. 맹꽁이는 여름밤 비가 온 웅덩이에서 턱밑 울음주머니를 한껏 부풀리며 울어댔다. 한 놈이 '매앵—' 하고 울면 다른 암놈이 '꼬옹' 하고 맞장구친다. 사람이 '맹꽁' 하고 흉내 내면 맹꽁이도 '맹꽁 맹꽁' 하고 울어댔다. 수컷이 짝을 찾는 소리다. 수놈이 소리를 내 울면 암놈은 그쪽 말고 나한테 오라고 '꼬옹' 소리를 질러댄다. 이렇게 주거니 받거니 하는 소리가 '맹꽁—' 으로 들린다. 어둠이 짙게 깔리면 맹꽁이 대신 개구리들이 합창으로 울었다. '개골개골 개구르르—' 개구리들의 노랫소리를 자장가로 들으며 잠이 든다.

노천 가로등 밑에서 날고 있는 날벌레들과 벗을 하며, 막걸리 술잔에 담긴 서러운 달을 삼키고, 눈물 섞인 별을 삼키며 밤하늘과 친했고, 별똥별이 꼬리를 달고 긴 여행을 떠나는 것을 바라보면서 술을 마시고, 건축자재 위에 누워 자재를 잃어버리지 않게 노숙하는 밤 경비를 서는 한뎃잠으로 전전했다. 그러면 수당을 한몫 더 얹어주는 것이었다. 그렇게 독하게 날품팔이 노동을 한 돈은 세월이 감에 따라 한 푼 두 푼 촘촘히 모이는 재미도 있었다.

세상에는 영혼을 다치지 않고 마음에 티 없이 살아가는 천사같이 착한 사람들이 있었다. 전쟁이 지나간 땅의 사람들은 배운 만큼 양심을 팔았고, 양심을 속이고 몸을 파는 만큼 이득을 챙겼다. 쾌락을 즐기며 살아가는 사람들로 변했다. 그런 속에서 맑고 잔잔한 혼이 상처를 입지 않고 더욱 진하게 사람 냄새를 풍기며 사는 사람들이 있었다. 착하고 부지런한 사람들이다. 인간에게는 세상에서 돈 주고 사지 못하는, 돈보다 소중한 정이 있다고 믿고 사는 사람들이었다. 사랑보다 정이 그리운 사람들, 나보다 우리를, 밝은 세상을 위하여 가난한 이웃들과 함께 가슴을 앓으며 사는 사람들이었다. 마음의 평화를 누리며, 적게 가지려고 애쓰며, 스스로 맑고 깨끗하게 살아가는 사람들, 하늘을 우러러 한 점 부끄러움이 없는 사람들이다.

학처럼 마음이 깨끗한 수많은 사람들이 이루는 세상, 밝고 평화롭고 의로운 세상을 만들어 가는 사람들이었다. 나보다 남을 더 배려하며 사는 사람들, 즐거움은 같이하지 못해도, 어려움은 꼭 함께하는 사람들이었다. 꽃보다 더 아름다운 사람들이었다. 마음에 거짓 없는 사랑의 씨를 뿌리며 풀뿌리처럼 살아가는 단군의 복본을 꿈꾸는 후손들이었다. 영혼을 악에 물들이지 않으려고 애쓰며, 어려운 고통 속에서도 순결한 인간을 찾아 가난하게 사는 육체와 영혼의 소유자들이었다. 간절한 소망과 아쉬움을 가슴에 안고 사는 사람들이었다. 인정이 풀풀 넘치는 사람들이었다. 인간은 어쩔 수 없이 누군가를 죽도록 끊임없이 사랑하고 미워하며 살다 죽어야 하는 것인가.

일과를 마친 나는 그 여인이 있는 포장마차로 발길을 옮기는 것이 일상이었다. 때 묻은 행주치마에 등에 아기를 업고 밤낮 없이 포장마차를 운영하는 아주머니가 있었다. 착한 마음으로 정성을 들여 만든 음식은 맛이 있었다. 공사장 입구에서 밤잠 안 자고 포장마차를 하는 고달픈 인생을 살면서도 얼굴에는 그늘 하나 없다. 늘 웃음을 잃지 않고, 선량하고 피곤한 삶을 사는 착한 아주머니의 안타까운 눈빛을 보면서, 덴 흉터가 있는 손에 돈을 그냥 쥐어주었다. 노동자들을 끌고 가 안 팔리는 음식을 몽땅 떨이를 하는 것이다.

세상은 정을 줘봤자 받을 곳도 없고 아무 소용도 없는 일이었지만, 정을 안 주고는 살 수 없는 인생이었기에 정을 준다. 인간의 정이 한없이 그립다. 그들에겐 가난하지만 가족이 있고, 그들을 지켜주는 땅이 있고, 하늘이 있었다. 그러나 고향을 떠난 나에게는 아무것도 없었다. 집이 그립다. 그 누이가 그립다. 그래도 나보다 더 고통스럽게 사는 이웃에게 쥐어주는 조그마한 인정의 한 푼은, 정처 없이 헤매는 나그네의 발길에 또 하나의 덧없는 기쁨이었다.

내가 노천경비를 서던 날 밤이었다. 기 막히는 사연이었다. 철야경비를 서고 아침에 확인을 하니 토장에 있던 철근 등 자재가 무더기로 없어졌다. 근무 중 음주는 금물인데, 친구가 찾아와 조르는 바람에 잠깐 자리를 비운 것이 문제였다. 그렇다고 그 친구를 탓할 수도 없는 일이다. 회사에서는 두 번째 도난이기에 더 큰 문제였다. 그때 전쟁이 지나간 가난한 땅에는 도둑이 성행했다.

나는 도살장에 끌려가는 소처럼 경찰서로 연행되었다. 눈감아주고 같이 나눠 먹은 도둑을 대라고 했다. 동료들을 몇 차례 포장마차에 끌고 가 술 사 먹인 돈을 흥청망청 쓴 것이 문제였다. 이유 없이 선심을 쓴 것이 그들에게 의심을 샀다. 호송원에게 꽁꽁 묶여 검찰청으로 넘어갔을 때였다. 피의자의 진실은 법 앞에 무시됐다. 도둑이 무슨 변명이냐는 듯, 남의 말을 귀담아듣지 않았다. 고시를 합격한 천재는 말귀를 못 알아듣는다. 사람의 눈빛은 정직한 것이다. 눈을 보면 알 텐데, 눈을 볼 줄 모르는 사람이 검사가 됐다. 아니면 부정적인 감정과 자기 마음에 그만큼 어두운 먹구름이 끼어 있기에 안 보이는 것일까.

도둑이 아니라고 아무리 항변을 해도 소용없고, 피고인의 말은 안중에도 없었다. 남의 말을 무조건 믿지 않고 자기 말에 복종만을 좋아하는 검사는 "아니요"보다는 "예"를 좋아했다. 고양이가 쥐를 앞에 앉혀놓고 쾌락을 맛보는 것일까. "도둑질 했지?"라는 물음에 "예" 소리를 안 하자 그의 세 치 혀는 이렇게 막말을 했다. "미친개에게는 몽둥이가 약이다! 도둑질을 하고도 안 했다는 너에겐 무엇이 약일까. 솔직히 고백하고 용서를 빌어라." 막내 동생 같은 새파란 검사는 웃음이란 얼씬도 못하는 매서운 눈초리로 쏘아보았다. 사뭇 반말이다. "얼마를 받았나? 바른대로 대라! 그렇지 않으면 주거도 일정치 않고, 돈을 써 흥청

만청 노동자들에게 술을 받아 퍼 먹이는 너는 간첩인지도 모르니, 철저한 조사를 해서 평생 징역을 살리도록 하겠다!”며 으름장을 놓는다. 내 손등에 문신으로 새겨진 ‘조국수호’를 보고 있던 검사는 몸 다른 곳에는 문신이 없느냐 옷을 벗어보란다. 사뭇 불량배로 취급한다.

갑자기 목울대에서 뜨거운 것이 치밀어 올랐다. 아! 죄란 이렇게 형성되는구나. 뭐, 나를 도둑이라고? 웃기는 소리 하지 마라. 나는 말이 필요 없이 몽둥이가 대신 말을 하는 군대생활을 했다. 6년간 전쟁을 한 사람이다. 너희들이 편안하게 밥 먹고 잠잘 때 국토방위 의무를 하느라 총알이 비 오듯 하는 전쟁터에서 죽음의 문턱을 넘나들며, 아무리 뛰어난 천재도 생명도 전쟁 앞에서는 소용없다는 것을 보았다. 백두산에서 형제를 죽이고, 눈밭에 피눈물을 뿌리며 목숨을 바쳐 지킨 나라다. 그리고 조국 재건을 위해 오늘도 온몸으로 일하고 있다. 불의의 돈을 뭉텅이로 줘봐라, 내가 가지는가. 그런데 뭐, 나를 도둑이라고.

죄수복을 입고 감방에 들어갔을 때는, 상좌에 앉아 있는 감방장 앞에 푸른 수의를 벗고 알몸으로 불알을 쥐고 죄명 신고식을 해야 했다. 원산폭격과 김일성 눈깔빼기를 하란다. 군에서 배운 대로 했다. 다음 학습은 주제파악이다. 한 손으로 불알을 쥐고 한 손으로 귀를 쥐고, 눈을 감고 열 바퀴를 돌아 제자리에 서기다. 제자리에 설 때까지 되풀이해야 한다. “노천에서 건축자재를 지키는 밤 경비를 서다가 잃어버린 죄로 들어왔다”는 신고를 하자, 사형언도를 받고 형 집행 날을 기다리고 있다는 확신범인 감방 장이, 뭐 그런 오줌 편에 묻어나온 인생 같은, 거지 죄도 다 있느냐며, 그런 꼼치가 다 감옥에 들어온다면 감옥이 터질 게 아니냐고 웃었다.

 법복 입은 판사보다 의젓하게 앉아 있던 감방 장은 그 죄는 같이 나눠 먹었다 해도 끝까지 오리발을 내밀면 공범이 잡히지 않는 한 무죄라고 했다. 감방에 들어온 죄의 대가로, 감방 동료들에게 건빵 열 봉지를 사는 것으로 형을 유예한다는 선고를 했다. 그리고 국립 법무호텔은 잠 재워주고, 입혀주고, 먹여주고, 도둑이 못 들어오게 총을 들고 지켜주고, 높은 담장을 치고 경호원이 생명을 안전하게 보호해주고, 평안하게 잠자게 하는 것이었다. 내가 만약 이곳에 들어오지 않고 밤 경비를 서다가 물건을 훔치러 온 도둑을 만났다면 몸을 다치거나 목숨을 잃을지도 모르니까 하늘이 나를 이곳으로 오게 해 보호하는지도 모른다는 생각을 하니 마음이 평안해지는 것이었다.

 그래도 판사는 권력이나 가진 자 편에서 개장사(경찰이 피의자를 꽁꽁 묶어 호송하는 모습) 하는 경찰이나 늑대의 속성을 지닌 검찰보다는 덜했다. 호랑이는 배가 고파도 죽은 고기는 안 먹는다더니 막 잡아먹는 살생을 하지는 않는 모양이었다. 도둑은 잡히지 않은 채 미궁으로 끝났다. 한 달을 가두어 두었다가, 심증은 가지만 증거가 없자 훈장을 많이 탄 정상 참작이란 이유로 선심을 쓰는 척 집행유예 2년에 징역 6월을 선고했다. 그래서 나는 법무호텔 국립대학을 졸업했다. 교도소에서 풀려난 나는 그길로 호적에 뻘건 줄이 쳐진 채 속죄의 양이 되어, 회사에서는 월급 한 푼 못 받고 쫓겨났다. 그래서 나는 도둑이란 이름으로 그 공사장을 떠나야 했다.

인간이 세상에 태어나 조국이 없거나 조국에 대해서 사랑과 궁지를 느낄 수 없는 것처럼 더한 불행이 있을까. 청춘에 전쟁에서 조국의 거름이 되라는 죽음의 강요는 당할 수 있어도, 도둑이라는 누명의 강요는 두고두고 아물지 않는 아픔이었다. 주거 부정, 떠돌이 생활이 이렇게 큰 죄가 될 줄 몰랐다. 그 사연은 곧 죽음만도 못한 실의와 좌절의 일생을 더 쓸쓸하게 했다.

가을이 가고, 겨울이 내리고 있었다. 어느새 한 해가 또 지나가버린다. 시간은 소리 없이 꿈처럼 흘러갔다. 이제 먼 시간으로부터 검은머리가 파뿌리 되도록 자신을 속이고 남을 속이고 살아온 내 인생의 흔적은 세상에 빚만 졌다. 이데올로기의 믿음 앞에 큰 죄를 짓고, 확신범으로 감옥에서 무기징역을 살다, 죽음 앞에서 전향서를 쓰고 청송감호소에서 출소한 죄인이란 생각이 든다.

나는 내 삶을 나에 대해 살지 못하고 떠내려가는 삶을 살았다. 내 마음을 항복받지 못하고 살았다. 자기 생명이 지구상에 하나밖에 없는 귀중한 존재라는 것을 모르고 살았다. 인류 정신사에 커다란 족적을 남기는 삶을 살지 못했다. 영혼의 밭을 갈며 살지 못했다. 빛을 발하는 하루를 살지 못했다. 달을 가리키는 손가락만 봤지, 달을 보지 못하는 삶을 살았다. 순간순간을 수단으로 살지 말고 목적으로 사는 삶을 살지 못했다. 그리고 세상의 가장 악덕인 게으름으로 살았다. 내 잘못을 모르고 살았다. 자성하지 않았다. 남의 허물은 말하면서도 내 허물은 말하지 않고 살았다. 웃으며 살지 못했다.

나는 참 나를 모르고 살아온 죄인이다. 내 인생은 세상을 진실로 사랑하지 못했다. 나를 사랑하면 남도 사랑하게 되고, 나를 미워하면 남도 미워하게 된다는 것을 몰랐다. 내 자신을 제대로 알지 못했고, 남이 알고 있는 진실을 알지 못했다. 지혜가 가득한 두뇌로 살지 못했다. 남의 손끝에 든 가시가 더 아프다는 것을 몰랐다. 한 마음 잘못 쓰면 평생이 소용없는 인생이란 것을 몰랐다. 생각할수록 후회할 날이 많은 날들을 살았다. 이렇게 늙어죽도록 살면서도, 불행은 닥쳐오는 게 아니라 자기 스스로 만든다는 것을 몰랐다. 돌아보면 잘한 일보다 잘못한 일이 더 많았고, 누군가에게 고마워하게 한 일보다 내가 고마워해야 했던 순간이 더 많았다.

남의 가슴에 상처를 입히는 것이 내 가슴에 상처를 입히는 것인 줄 몰랐다. 사랑에서 버림받은 사람은 남을 사랑할 줄 모른다는 것을 몰랐다. 사랑을 받아본 사람만이 남을 사랑할 수 있다는 것을 몰랐다. 이 크낙한 세상이란 감옥에서, 나는 내 자신을 제대로 알지 못했고, 그 누이의 사랑을 몰랐다. 이웃을 진실로 사랑하지 못했다. 다른 사람들을 도우며 베푸는 삶을 살지 못했고, 내 몸이 잘 되라고 욕심을 찾아 빌기만 했고, 내 이웃이 잘 되라고 빌지도 못했다. 내 꽃봉오리를 피워 남에게 꽃피게 하지 못했다. 다른 사람들을 괴롭히고 원망하고 미워하며 살았다. 자기의 불행을 모두 남의 탓으로 돌리며 살았다.

많은 사람을 사랑하지 못했다. 남을 위해 살지도 못했다. 그렇다고 나 스스로를 위해 충실히 살지도 못했다. 나의 진실을 보지 못했다. 사랑하는 사람은 어디서 무엇을 하든 다 알 수 있어야 한다는데 그렇지 못했다. '그 누이'가 아파 울 때 대신 아파 울지 못했고, '동생 순자'가 이국땅 서독에서 아파할 때도 아픈 줄 모르는 나는, 목숨이 다르다고 해서 밥 잘 먹고 잠들 수 있었다. 그리고 그 누이를 위해서는 무엇이라도 할 수 있다는 헛말만 지껄이며 살았다.

아무것도 못했다. 사랑한다, 벼르기만 하고 입으로 말만 했을 뿐, 결국 생명의 소중함을 다시 일깨워줄 저승길에 먼저 가서 기다린다는 한 장의 유서 같은 것을 남기고 죽지도 못했다. 사랑을 할 때는 자기가 얼마만큼 그 사람을 사랑하고 있다는 것을 모르기 때문에, 막상 죽어봐야 그 사랑의 깊이를 알 수 있다고 생각하며 벼랑에서 눈을 감고 바다로 뛰어내려 죽지 못했다.

죽으려는 연습은 수없이 해봤지만 실제로 죽지 못했다. 어느 날 뛰어내렸다 깨어났을 때는, 밤 낚시꾼들이 바다로 뛰어들어 살려냈다는 것을 알았다. 그 다음 하늘을 쳐다봤을 때는 푸른 하늘이 너무 아름답다는 생각이 들어 죽지 못했고, 약국을 돌며 수면제 낱알을 사 모아 한꺼번에 입에 털어 넣고 먹었지만, 사경을 헤매다가 사흘 만에 병원에서 깨어났다. 높은 산벼랑에 올랐을 때는 아름다운 산천에 누이의 얼굴이 어른거려 죽지 못했고, 바다로 달려갔을 때는 누가 저 푸른 바다를 저렇게 울게 하는가, 인연에 의해 일어나고 있는 수많은 파도를 붙들 수 없었다. 바다는 평등을 이루기 위해 살아 있는 파도가 그렇게 울며, 바다 깊이만큼이나 깊은 속울음을 울어대는 겨울 바다를 하루 종일 바라보다가 슬픈 파도가, 그리고 갈매기가, 푸른 하늘이 바다를 닮은 수평선 멀리 붉은 저녁노을에 바다로 떠난 갈매기가 돌아오는 것을 기다리다 죽는 것을 잊어버렸다.

밤하늘에는 웬 별들이 그리도 많을까. 많은 별 밭의 별들을 헤다가 죽는 것을 잊어버렸다. 나는 거짓 사랑을 했다. 새벽에 나무 그늘 오솔길을 산보하는 그 누이를, 작은 별이 되어 머리 위에서 지켜주지 못했고, 여름날 더위를 못 이겨 낮잠을 잘 때 누이의 맑은 한줄기 바람이 되지도 못했다. 고요한 가을 밤 그 누이가 홀로 고독에 잠겨 잠 못 드는 밤 귀뚜라미가 되어 창가에서 울어주지도 못했고, 누이가 아플 때 옆에서 아파하는 것을 보고 내가 대신 아파주지도 못했다. 여름날 시원한 나무그늘이 되어 등의 땀을 식혀주지도 못했고, 등대가 되어 항해에 지친 배에게 뱃길을 가르쳐주지도 못했다. 사랑한다는 말을 말로만 입버릇처럼 지껄였고, 진실로 목숨 이상으로 사랑하는 행동을 보여주지 못했다.

나는 눈에 보이는 것만 절대 진리라고 믿는 천박한 삶을 살았다. 선과 악, 옳고 그름, 환생과 불멸, 인연에 대해 과학을 통해 해결할 수 있는 것만 믿으며 살았다. 서양의 과학문명에 젖어 1에 1을 더하면 2가 되는 것만 알았지, 1에 1을 더하면 1이 되고, 백이 되고, 천이 되고, 0이 될 수 있다는 가변을 모르고 살았다. 선과 악은 하나다. 한 몸에서 악마도 성인도 같이 산다. 악이 일어나면 악한 행동을 하고, 선이 일어나면 선한 행동을 할 것이다. 그런데 악한 사람이 따로 있는 줄 알았다. 선한 사람과 악한 사람이 하나인 줄 몰랐다. 눈으로 볼 수 있고, 손으로 만질 수 있는 것만 믿으며 살았다.

하나만 알고 둘은 모르고 살았다. 해만 있고 달이 없으면 안 되는 줄 몰랐다. 죄는 내가 차지하고 공은 남에게 돌리는 삶을 살지 못했다. 남의 고통을 함께하지 못했다. 그러면서 내 자신은 선하기만 한 착한 존재로 알고 착각하며 살았다. 그 누구의 고통도 같이하지 못했고, 마음의 아픔도, 슬픔도 나눠 갖지 못했다. 위선자였다. 남을 위해 밤을 새워 기도하지 못했다. 남의 눈물을 닦아주지 못했다. 비겁한 줄 몰랐다. 자기 자신에게 너무 무지했다. 여여(如如)하게 살지 못했다. 우주의 모든 것이 하나의 진여(眞如)라는 것을 깨닫지 못했다. 세상에서 가장 아름답고 소중한 것은, 눈으로 보고 만져지는 것이 아니라 마음에 있다는 것을 몰랐다. 혜안으로 살지 못했다. 자유롭게 사는 법을 알지 못했다.

남을 도우며 살지 못했다. 남은 나의 분신이고, 다른 또 하나의 나인 줄 몰랐다. 후손이 내 내생이라는 진실을 알지 못했다. 자라나는 나무가 정성을 다하면 정성을 기울이는 만큼 다르게 자란다는 것을 몰랐다. 바로 알고 내 길을 찾아가지 못했다. 눈에 보이는 게 전부가 아니라, 실체란 보기에 따라 다른 허상이라는 것을 알지 못했다. 세상을 기쁜 마음으로 보면 기쁘고, 슬픈 마음의 눈으로 보면 슬프다는 것을 몰랐다. 삐딱한 마음으로 보면 삐딱하게 보이고, 아무리 아름다운 꽃도 슬픈 마음으로 보면 하나도 아름답지 않다는 것을 몰랐다.

진짜 알고 보니 소중한 것은 눈에 보이는 외형이 아니라, 자기 속에 내재한 마음이었다. 마음의 눈으로 봐야 했다. 그러나 마음의 본질은 눈에 보이는 것이 아니었다. 사랑은 눈에 보이는 게 아니었다. 나는 그래서 사랑의 눈으로 보지 못했다.

나는 죄인이다! 죽음을 목전에 두고서도 죄인이라는 것을 깨닫지 못하는 불쌍한 죄인이다. 상처를 입은 자보다 상처를 입힌 자의 아픔이 더 크다는 것을 몰랐다. 인생 역정을, 실패, 포기, 좌절을, 도전, 창조, 희망으로 승화시키는 감동적 인간으로 살지 못했다. 자신을 학대하며 사는 사람이 남을 사랑하거나 세상을 사랑할 줄 모른다는 것을 몰랐다. 참고 양보하고, 슬퍼하는 이를 감싸주고, 남의 잘못은 묻어주고, 무거운 짐을 진 사람의 짐을 나누어 지고, 겸손하고 부지런하고, 예의에 어긋나지 않게 질서를 잘 지키고, 좌우를 잘 살펴 마음에 상처받는 이가 없기를 바라는 마음으로 살지 못했다.

세상의 빈부격차와 양극화 현상을 알지 못했고, 가난한 자에게 나눔의 정을 주지 못했다. 나는 나의 목적을 우선으로 삼고 그들과 관계를 맺었을 뿐, 나는 시간이 모자란다고, 지갑이 아깝다고, 자존심이 필요하다고 그들과 적당한 거리를 유지하며, 가능한 한 손해를 보지 않으려고 애썼고, 속지 않으려고 신경을 쓰며 그것이 똑똑한 줄 알고 치열한 경쟁사회에서 때 묻고 약은 것을 지혜로운 행동이라고 때로는 정당화하기까지 하며 살았다.

잘못 살았다. 물질적이나 정신적으로, 이익이 되느냐 손해가 되느냐, 길흉화복에 이익이 되느냐 계산만 하면서 살았다. 나는 협의적이고 편견적으로 사람들과 인연을 맺으며 살았다. 평생 사람을 미워하지 않으며 살지 못했다. 끝없는 용서와 사랑으로 살지 못했다. 이제 몸에는 쓰레기 같은 것만 남았다. 남을 무시하고 나를 배신하며, 내 스스로를 속이면서 사는 것뿐이었다. 내

가슴에 든 멍 때문에 이웃의 가슴에 드는 피멍을 보지 못했다. 이 세상에 아름다운 인연을 남기지 못했고, 무지한 죄업만 쌓았다. 원수를 은혜로 갚는 삶을 살지 못했다. 진실을 사랑하고, 일을 사랑하고, 자연을 사랑하고, 타인을 사랑하는 삶을 살지 못했다. 사랑을 받아서 행복한 것이 아니라 사랑은 주는 것이 더 행복하다는 것을 몰랐다.

쇠창살문으로 보이는 보름달이 그렇게 고운 줄을 몰랐다. 여자의 얇은 모시적삼 사이로 속살을 드러낸 듯 보이는 낮달이 하늘에 떠 있다는 것도 몰랐다. 그늘이 있는 만큼 빛이 있다는 것을 몰랐다. 티끌에도 눈이 있다는 것을 몰랐다. 무수한 세월을 지옥 속에서 살았다. 이 세상에서 나는 사랑을 위해 산 것이 아니라 남을 원망하기 위해 살았다. 죄를 더 짓기 위해 살았다.

나는 사랑을 모르는 부끄러운 죄인이다. 내 마음속에 지옥을 만들면 내 이웃이 지옥 속에 갇히고, 내 마음속에 천국을 만들면 내가 사랑하는 사람들이 다 천국 속에 산다는 것을 몰랐다. 핸드폰 하나 속에 아프리카 밀림 고릴라의 간절한 눈물이 들어 있다는 것을 몰랐고, 나만을 생각해 하늘과 땅을 더럽히는 어리석음을 범하며 살았다. 산과 바다를 오염시키며 살았다. 공기를 더럽히며 살았다. 하나뿐인 지구를 더럽히며 살았다. 내 몸으로 받은 어리석음이 옳다고 고집하면서 살았다. 모든 생명은 한 뿌리라는 것을 모르고 살았다. 업이 자식에게까지 간다는 것을 모르고 살았다.

이승에서 나는 사랑을 쌓기 위해 산 것이 아니라, 영겁의 업을 더 쌓아 가져가기 위해 살았을 뿐이다. 평상심과 일상이 진리인 줄 모르고 살았다. 어머니가 보살이고, 아버지가 부처님인 줄 모르고 살았다. 어머니가 성모마리아고, 아버지가 예수님인 줄 몰랐다. 세상 사람이 다 부처님이고 하느님인 줄 몰랐다. 나는 나를 낳아주신 부모님의 은혜를 모르고 살았고, 신선한 공기를 맘껏 마시며 공기의 고마움을 몰랐다. 고향의 징검다리를 건너면서도 다리를 놓아준 고향 분들의 고마움을 모르고 살았고, 자고 나면 매일 뜨는 밝은 태양의 고마움의 의미를 모르고 살았고, 이 땅의 맑은 물을 마시고 살면서 자연의 은혜를 모르고 살았다. 농촌의 아침 신선한 공기가 그렇게 맛좋은 줄도 몰랐다.

빛이 있는 만큼 그늘이 있다는 것을 몰랐다. 곡식이 태양만 필요하고 밤 별빛이 없이는 열매를 맺지 못한다는 것을 알지 못했다. 농부가 땀 흘려 농사지은 쌀로 밥을 지어 배불리 먹고, 해녀가 물질해온 고기반찬을 맛있게 먹으면서 바다와 농부의 고마움을 진실로 몰랐다. 하늘을 보고 마음을 달래고, 땅에서 나오는 온갖 먹이를 얻어먹고, 육신을 유지해 살면서 하늘과 땅에 아무것도 보답하지 못했다. 조상이 있었기에 내가 있고, 천대 만대의 할아버지가 있었기에 오늘의 내가 있다는 것을 몰랐다. 아름다운 꽃도 구린내가 나는 땅에 뿌리가 있고 줄기가 있어야 꽃을 피울 수 있다는 것을 몰랐다. 나를 있게 한 조상의 고마움을 진실로 몰랐다. 신이나 부모님을 기쁘게 한 일도 한 번도 없었다. 동지섣달 혹한에 지하철 계단에 엎드려 구걸하는 걸인들을 보면서 동전 한 푼 던져주는 것으로 의무를 다한 듯, 내 마음속의 노숙자들의 고통을 외면하고 살았다.

지하도에는 구걸하는 여인이 있었다. 계단 중간쯤에 너덜너덜

한 옷을 입은 거지 여인의 품에는 꼬질한 강보에 싸인 아기가 안겨 있었다. 아기는 고약한 냄새가 나는 남루한 군대외투를 이불처럼 덮고 포근히 잠들어 있었다. 가던 걸음을 멈추고 잠든 아기 천사의 얼굴을 들여다보고 있을 때면, 여인이 손으로 동전이 몇 닢 든 깡통을 짤그랑거리며 내 앞으로 내민다.

나는 주머니 속에 든 지폐와 동전을 그녀의 깡통에 담아준다. 여인은 고맙다는 뜻으로 고개를 여러 번 숙였다. 그 여인에게서 나는 하늘 밑 어딘가에 있을 그 누이 천사의 모습을 본다. 나는 그날 이후, 그 누이가 그리우면 그 여인을 찾았다. 다음날도, 그 다음날도. 노동일을 그만두고 그 여인에게로 달려가 내가 가진 주머니의 돈을 털어 깡통에 담으며 잠든 아기의 얼굴을 바라보는 것으로 사는 나의 하루는, 그 여인을 통해 구원을 받는 것 같은 기쁨이었다. 잠이 깨어 어머니의 젖을 물고 있는 아기를 오랫동안 바라보는 것으로 하루해를 보내다가, 빌딩 숲 그림자가 저녁을 이고 잠겨들어 서울의 밤이 잠들기 시작하면 나는 어둠 속을 쓸쓸이 걸어 내 숙소로 돌아왔다. 그렇게 나는 거지 여인에게서 내 누이 천사의 모습을 매일 만나고 있었던 것이다.

나는 늙은이들의 서러운 슬픈 세월이 있다는 것을 모르고 살았다. 술 취한 사람이 영 기억이 없다는 것도 몰랐다. 바다에는 산더미 같은 파도가 하늘 높이 떠서 날뛰면서 날마다 왜 저렇게 몸부림을 치는지 몰랐고, 갈매기는 왜 그리 파도 위를 슬프게 울며 날고 살아야 하는지 영 모르고 살았다. 내 잘못을 모르고 살았다. 그림처럼 아름다운 조화를 이룬 논둑의 정리된 전답을 보면서, 까마득한 먼 옛날 조상들이 생명의 근원이 되는 피땀 어린 손으로 한 땀 한 땀 쌓아올린 조상의 손길을 몰랐고, 벼 한 톨이 낮에는 태양, 밤에는 달, 별들과 대화를 하며 자랐고, 그 속에는 저 아득한 은하계의 별빛이 들어 있다는 것을 몰랐다.

한 톨의 쌀에 우주가 들어 있다는 것을 몰랐다. 쌀 한 톨을 삼키는 것이 저 무한한 시공의 우주를 삼키는 것과 같다는 것을 몰랐다. 서울의 화려한 불야성의 숲을 바라보면서 빌딩을 지은 수많은 사람들의 노고를 모르고 살았고, 나는 못 하나, 흙 한 짐 져 부은 게 없는 새로 난 도로에, 고속버스를 타고 평안하게 앉아 달리면서도 그 고마움을 모르고 살았다. 도로를 닦느라 희생된 사람들의 순직비를 차를 타고 홱홱 지나가며, 뭐가 잘났다고 내 잘난 듯 뻔뻔스런 얼굴을 쳐들고 바라봤었다. 그러면서 나는 내 잘난 듯 '그 누이'를 못 만나고 사는 세상만을 원망하면서 살았다.

오늘날까지 내 인생은 하늘 앞에 얼마나 많은 죄를 저질러왔고, 이웃의 가슴에 남모르는 상처의 못을 박으며 살았을까.

지구에는 수많은 나라에 수많은 사람들이 살고 있다. 세상에 1천억 개의 은하계와 65억의 인구 중에 같은 얼굴은 하나도 없다. 세계의 수많은 인구가 어떻게 그렇게 다 다를 수 있을까. 엄지손가락의 지문이 65억이 다 다르다고 하니 대자연의 창조력은 위대한 것이다. 어느 천재 화가가 있어 얼굴에 눈, 코, 입이 다 다른, 그렇게 각각 다른 사람을 그릴 수 있단 말인가. 어느 조각가가 있어 그런 예술품인 인간을 조각할 수 있단 말인가. 세상에 모래 한 알도 같은 것은 없다. 희한하게도 똑같은 지문이 하나도 없는 각각 다른 인간들은, 파도가 바다 이야기를 들려주려고 차르륵 차르륵 밀려갔다 밀려오는 남해의 보길도 조용한 바닷가 예송리에 깔린, 크고 작은 공룡 알 같은 까만 조약돌처럼, 서로 정답게 바스락거리며 살아가고 있는 것이다.

그중에서 그 누이와 나는 하고많은 나라 중에서 한국 땅에서 태어났다. 어떤 전생의 끈을 지녔기에 억겁의 시공 속에서 같은 시대, 같은 땅 이웃에서 태어나 만나게 되었으며, 그리고 정을 주고 못 이루는 첫사랑의 아픈 메별(袂別)로 헤어져야 했을까. 우리가 전생에는 어떤 인연이었을까. 세상에는 전생의 악연이 인연이 되어 원수 갚으러 만나는 부부가 있고, 빚 갚으러 태어나는 빚쟁이 자식이 있고, 사랑을 원수로 갚으려는 아내가 있고, 원수를 은혜로 갚는 이웃이 있다더니, 우리는 무슨 원수를 갚으려고 세상에 태어나서 서로 만나 슬픈 인연의 사슬에 매달려 헤매고 있는 것일까.

1억겁 년 전쯤에, 그때는 내가 왕자였고 그 누이는 왕자의 발을 씻어주는 시녀였을까. 지금과는 정반대로 내가 왕자로 태어나, 시녀인 그 누이를 겁탈하고 가슴에 못을 박고 뼈아프게 그녀의 삶을 짓밟은 관계는 아니었을까. 그런 끈질긴 운명의 꼬인 실타래가 아니었다면 우리는 왜 몇 억겁의 시간을 거쳐 지구에 태어나 이런 슬픈 인연으로 만나게 되었으며, 내가 전생에 그녀의 피어나는 꽃을 꺾어 망쳐버리지 않았다면 그 누이는 내 가슴을 이렇게 아프게 못질하고 떠나지 않았을 것이다. 나는 하늘에 무슨 죄를 지었기에 그 누이를 이렇게 그리워하며 못 잊고, 슬픈 인생을 한으로 살아야 하는 것일까.

아주 먼 옛날, 어느 나라에서 옥문을 활짝 열고 죄인을 모두 방면한다는 방이 붙었다. 공주의 배필을 구한다는 왕명이 내려졌기 때문이었다. 그때 그 나라 성 안에는 세 청년이 있었다. 글을 잘 하는 청년과, 활 잘 쏘는 미남 청년과, 글도 잘 못하고 활도 잘 못 쏘는 추남 청년이었다.

훈장이 글을 제일 잘 하는 청년을 신랑감으로 추천했다. 글 잘하는 청년이 자신 있게 갔었는데 허사였다. 두 번째는 활을 잘 쏘는 미남 청년에게 가보라고 했다. 그 청년도 퇴짜를 맞고 되돌아왔다. 세 번째는 글도 못하고 활도 못 쏘는 추남 청년에게 가보라고 했다. 못난 제자는 앞서간 잘난 두 친구가 모두 퇴짜를 맞았는데 못난 자기는 선택될 리가 없다고 생각했지만, 훈장의 명을 거역하지 못해 에멜무지로 갔었다. 그런데 간택이 됐다.

제자들이 물었다. "어찌된 연유이옵니까?" 스승이 대답했다. "원래 공주는 예쁜 꽃뱀이었다. 앞의 두 청년은 뱀이 공주로 환생하기 전에 길을 가다가 가시덤불에서 나온 뱀을 같이 때려죽인 소년이었고, 마지막 청년은 죽은 꽃뱀이 불쌍해서 흙내를 맡으면 살아난다는 신념으로 흙을 덮어준 소년이었단다. 그렇게 될 수밖에 없지 않느냐?"

스승의 말씀은 지당했다. "너희들은 황진이를 사모하다 상사병으로 죽은 청년이, 황진이의 속옷을 던져주자 발이 붙은 상여가 떠나가고, 황진이는 상사뱀이 되어 평생 시를 읊다가 죽게 한 사연을 모르느냐." 스승은 꾸짖었다. 만약 전생이 있다면 나는 그 누이에게는 예쁜 꽃뱀을 때려죽인 악동의 소년이었을까. 그런 관계가 아니었다면 우리의 인연은 유럽의 어느 먼 항구도시 해변에서, 아니면 남아프리카 태평양 외로운 바닷가 여행지 어디에서 옷깃만 한 번 스치고 지나가는 만남일 수도 있었을 것이다. 서로 모르는 남남으로 옷깃만 한 번 스치는 만남일 수도 있었을 텐데 말이다.

지금 가만히 생각해보면 '동생 순자'를 사랑한 것은 내 영혼 속에 있는 '그 누이'를 영원히 잃어버리지 않기 위한 하나의 발버둥이었다. 누이를 잃어버린 허망한 내 영혼의 허깨비가 그 누이 대신 동생 순자를 그렇게 애타게 부르며 갈망했던 것이다. 아내와의 결혼도 마찬가지였다. 그러나 그것들은 다 사랑해선 안 될 사람을 사랑한 천벌(天罰)을 받는 운명이었다. 내 일생은 사랑의 천벌을 받기 위해 태어난 죄인의 삶이었다. 세상에서 사람이 살다 보면 잘못한 죄책감 같은 것은 시간이 흐르면 잊어지기 마련이지만, 내 사랑의 죄는 시간이 흐를수록 쌓여만 갔다.

젊은 시절에는 그래도 전쟁터에서, 막노동 현장에서 그런 대로 더러 잊고 살았지만, 백발이 성성해질수록 그 누이의 그리움은 더욱 간절해지는 것이었다. 누이만 생각하면 주먹 같은 눈물이 뚝뚝 떨어졌다. 신통한 것은 그 누이의 그리움으로 몸에 있는 수분을 평생을 다 짜내 눈물을 동이동이 쏟으면서도, 그래도 누이를 위한 다 쏟아내지 못한 눈물이 아직도 몸에 남아 강물처럼 마르지 않고 흐르고 있다는 사실이었다.

이 세상에서 그 누이를 한 번만 만나보고 싶다, 멀리서 바라보면서 사는 것만으로도 행복할 텐데 말이다. 산고의 어머니가

'응아!' 아기 울음소리에 산고를 다 잊어버리듯, 살아온 고통의 날을 다 잊어버릴 텐데 말이다. 발자국 소리라도 한 번 들어보고 싶다. 꿈에서라도 한 번, 달밤에 그림자라도 한 번 바라볼 수 있다면 평생의 한이 다 풀릴 것 같다. 뒷간에서 본 대변이라도 한 번 봤으면 죽어도 여한이 없을 것 같다.

짐을 가득 등에 싣고 길 가던 황소가 암소가 흘린 오줌자국 냄새를 맡고 무거운 짐을 잠시 잊고 먼 하늘을 바라보며 한 번 빙긋이 웃고 가듯, 내생에는 누이는 죽어서 암소가 되고 나는 황소가 되는 인연으로 태어나, 누이가 길가에 흘린 배설물 냄새라도 한 번 맡을 수 있는 황소가 되었으면 죽어도 여한이 없을 것 같았다. 그 누이는 오줌똥 하나 버릴게 없는 천사였다. 아기의 향긋한 살 냄새처럼 감미로운 누이가 흘린 오줌자국은 어머니의 손에 묻은 아가의 귀여운 똥처럼 향기가 가득할 것이다. 황금빛으로 빛날 것이다. 아니, 그 누이는 똥오줌도 안 누고, 밥도 안 먹고 사는 하늘의 천사였다.

그때 누이는 흰 적삼에 흰 속곳이 강똥 드러나는 짧은 검정 무명치마를 입고, 엉덩이까지 내려오는 긴 머리꼬리를 달고 있었다. 하얀 적삼 섶이 부풀어 터질 것 같은 가슴을 가진 그녀의 아름다운 마음의 꽃봉오리는 꽃을 피우기 위해 활짝 열려 있었다. 얼굴에는 어두운 그림자라곤 찾아볼 수 없었다. 어두움 속에서도 환히 얼굴이 빛났다. 흰 피부는 눈이 부시었다. 하늘에는 별, 땅에는 꽃이 있다면, 그 누이는 하늘의 별이 땅에 떨어져 핀 꽃이었다.

그 누이가 말을 한 마디 하면 말은 꽃으로 피어났다. 온몸에서는 언제나 그윽한 향내가 가득했다. 여자는 누구나 겨드랑이나 치마 밑 깊숙한 곳에 향주머니를 차고 있듯, 언제나 그윽한 향내가 났다. 그 누이에게서는 사람 냄새가 났다. 아카시아나무 꽃향내가 났다. 땀 냄새는 향기였다. 그 누이의 향기는 이 세상의 것이 아닌 하늘의 것이었다. 그 향기를 그리워했다.

여자의 아름다움이란 아름다움을 혼자 한 몸에 몽땅 지니고 태어난 그 누이는, 보이는 아름다움보다 보이지 않는 아름다움이 더 컸다. 그 수줍은 자태는 어디서 오는 것일까. 걷는 발자국마다 꽃이 피어났다. 활짝 핀 벚꽃처럼 환한 그 한 그루 꽃나무의 누이는 눈이 확 부시었다. 눈빛이 수정처럼 맑고 고요했다. 눈처럼 깨끗하고 물처럼 맑았다. 버릴 게 하나도 없었다. 나는 일생 동안 세상에서 찾아 헤맸지만, 그 누이처럼 조신한 몸가짐을 지닌, 지덕을 고루 갖춘 지고지순한 향기가 나는 아름다운 여인은 보지 못했다. 그 누이는 온 세상 사람들이 원하고 그리워하는 순결을 혼자 지니고 있는, 착하고 아름답고 온화한 순종을 좋아하는, 온 전신에 가득한 향기를 품은 여인이었다.

이 세상 어느 때 절세미인 양귀비가 있었다 할지라도 누이보다 더 아름다움을 지닌 여인이 있었을까. 온몸에서 연꽃 향기가 나는 누이는 뱃속에 천사가 들어 있었다. 그 누이가 나타나면 세상이 환한 아름다움으로 변했다. 만물이 환희로 빛났다. 몸짓은 천사의 몸짓이었다. 어떻게 그렇게 아름다울 수가 있단 말인가. 한 번만 웃어주면 세상 사람들의 이승의 아픔이 다 사라지고, 세상의 모든 병이 다 나았다. 그 표정은 인간의 것이 아니었다. 그 누이의 마음은 꽃이었다. 그 누이는 세상을 모두 환한 웃음꽃으로 만드는 힘을 가지고 있었다.

백련(白蓮) 같은 누이였다. 그 꽃향기는 멀리까지 풍기며, 멀수록 아름다웠다. 물속에 있어 그리움의 거리가 먼, 더욱 아름답고 애틋하게 보이는 연꽃이었다. 화왕계에 있는 장미꽃이 주안옥치(朱顔玉齒)의 아름다운 여인으로 변신해 화왕(모란)을 만나려 세상에 찾아온 장미꽃 보다 더 아름다운 그 누이였다. 소화라는 이름의 궁녀가 단 한 번의 왕의 승은을 입고 빈이 되었으나, 그 후 다시는 볼 수 없는 임금을 기다리다 요절한 꽃이 넋으로 피어 임금님의 발자국 소리에 송이채 뚝뚝 떨어진다는 능소화였다.

순임금의 왕비 아황(娥皇)과 여영(女英)이 순임금이 죽자 너무 애통하게 울어 눈에서 흐르는 피눈물을 대나무에 뿌려 핏자국 무늬가 생겼다는 소상반죽이었다. 소금 꽃이었다. 노동자 등허리에 피는 소금나무였다. 애틋하게 보이는 누이는 얼굴을 한 번만 바라봐도 하늘나라로 날아갈 수 있는 것 같았다. 아무리 모진 칼날을 들이대도 제 살을 베어주고, 오물을 덮어 씌워도 연꽃처럼 더러움을 맑은 물방울로 또르르 굴리며 씻어내는, 마음속에는 더러움이 물들지 않고 원망 같은 것은 티끌만큼도 없는 누이는, 생명의 가장 높은 봉우리에 핀 꽃이었다.

가지 끝마다 꽃봉오리를 소복이 달고 있는 배롱나무였다. 봄에 피는 봄꽃이었다. 여름에 피는 여름 꽃이었다. 가을에 피는 가을꽃이었다. 겨울에 피는 겨울 꽃이었다. 어느 꽃보다 먼저 피는 꽃이었다. 어느 꽃보다 늦게 피는 꽃이었다. 눈 속에 핀 빨간 동백꽃이었다. 매화였다. 하얀 수선화였다. 어느 꽃보다 예쁜 꽃이었다. 산수유의 노란 꽃이었다. 노란 개나리꽃이었다. 온몸이 향기로 가득한 그 누이는 천년을 두고 고려청자 속에 핀 고고한 한 송이 매화꽃이었다. '하늘을 업신여기는 꽃', 일명 '양반 꽃'이라는, 눈이 부시도록 아름답게 피는 흰 능소화였다.

고구려 벽화 속에 핀 연꽃봉오리였다. 백제 예술을 꽃피게 한 한 송이 꽃이었다. 구품 연화대처럼 구멍이 아홉 개 있는 뿌리가 아름답기에 아름다운 꽃을 피우는 연꽃이었다. 천년이 지나도 씨앗은 썩지 않으며 싹이 터 꽃을 피운다는 연꽃이었다. 식용 연이었다. 웃음꽃이었다. 흙탕물에서도 더럽혀지지 않고 연잎에 은방울을 또르르 굴리며 피어나는 연꽃이었다.

사람이 죽어 영혼으로 피어난다는 연꽃이었다. 처렴상정 홀로 피는 꽃이었다. 새벽에 소리를 내며 핀다는 연향이었다. 마음이 맑아진다는 만리향이었다. 자생 연이었다. 연밥 같은 누이였다. 부레옥잠화였다. 자수련이었다. 밤에만 피는 야개수련이었다. 어리연이었다. 보라색 연꽃이었다. 꽃술이 빗방울을 머금은 홍련이었다. 더러움에 물들지 않는 백련이었다. 가시연이었다. 노란 꽃이 피는 황련이었다. 궁남지에서 서동요 전설이 깃든 선화공주의 혼이 지천으로 피어 있는 연꽃이었다. 아니, 깊은 산 연꽃봉오리였다. 사막에 핀 꽃이었다. 들꽃이었다. 돌꽃(石花)이었다. 수석에 핀 꽃이었다. 목화석 꽃이었다. 겨울 꽃이었다. 한 번만 바라봐도 시름의 눈물이 다 사라진다는, 3천 년 만에 한 번 핀다는 우담바라였다. 별꽃이었다. 눈꽃이었다. 서리꽃이었다. 얼음 꽃이었다. 물꽃이었다. 산호꽃이었다. 무궁화 꽃이었다.

꽃들이 누이를 보면 자신은 못났다고 부끄러워하는 꽃보다 더 아름다운 인화(人花)였다. 신이 이 땅 위에 창조하신 가장 아름다운 꽃이 인간이라는 것을, 꽃 중에 사람 꽃이 아름답다는 것을 그 누이를 통해 보여주는 꽃이었다. 그 누이는 천녀화(天女花)였다! 사람 꽃이었다. 신 꽃(神花)이었다. 하늘나라의 꽃이었다. 지상에는 다시없는 한 송이 꽃이었다.

나는 그 누이가 죽고 싶도록 보고 싶을 때마다 청량산 청량사(淸凉寺)를 찾았다. 대웅전 부처의 얼굴에서 누이를 만난다. 청량사에는 전생의 누이의 얼굴이 부처로 환생한 화신이 있었다. 부처의 모습에서 누이의 영혼을 본다. 그 누이는 내가 죽으러 청량산에 갔을 때 청량사에서 무량의 미소를 띠고 웃던 부처의 얼굴이었다. 부처는 언제나 웃는다. 그 미소 앞에 인간들을 엎드리게 한다. 그 미소 하나하나가 모든 것을 품어주고, 보듬어주고, 막아준다. 부처의 웃는 얼굴은 언제나 그렇게 평화스러울 수가 없었다. 부처는 그 누이의 꽃송이 같은 지순한 얼굴과 마음을 닮아 있었다.

그리고 또 양같이 순한 그 누이는 내가 다섯 살 때, 엄마가 나를 데리러 왔을 때 안 따라가려고 할머니를 우리 엄마라고 부르며 할머니의 치마 자락을 붙잡고 울면서 매달리며, 꼭 한 번 만나본 적이 있는 어머니의 아련한 모습이었다. 연꽃 같은 얼굴이었다. 그 누이는 어머니의 얼굴을 닮아 있었다. 내 어릴 때 딱 한 번 만나본 적이 있는, 어렴풋이 떠오르는 모정을 한없이 그리워했던 그 어머니의 얼굴이었다. 예수가 마리아의 아들이었지 신

216

의 아들이 아니었듯이, 그 누이는 사람의 딸이었지 하늘의 딸이
아니었다. 그러면서 '그들'은 하늘의 마음을 가지고 있었다. 내
가 일생 동안 그 누이를 잊지 못하고 찾아 헤맨 것은 하늘의 냄
새였다. 하늘의 마음의 향기를 찾아, 잃어버린 어머니의 그리움
을 찾아 헤맨 것이었다. 참 사람을 찾아 헤맨 것이었다. 사랑을
찾아 헤맨 것이었다.

# 동생 순자의 편지들

목마르게 기다리는 사람이 있습니다.

얄밉도록 하늘은 너무 높습니다.

머지않아 가을이 다가오겠지요.

사람들은 가을을 수확의 계절이라 하지만

가을은 너무 슬픕니다.

가을은 나를 울려줍니다.

인간의 무가치와 허무함

저의 가슴속 깊이 스며듭니다.

가을을 알기에는 너무 이르지만,

벌써부터 겁을 먹은 계집애가 되었습니다.

인간을 알고 가을을 알기엔

이른 나이지만.

1964. 8. 12. 순자 드림

*

　완행열차에서. 자꾸만 담배만 피우고 계시는 선생님의 그 담담한 표정엔, 전 무엇을 볼 수가 있을 것만 같았습니다. 차창 밖으로 선생님이 내뿜는 담배 연기가 흩어질 때 선생님의 얼굴이 연기와 함께 차창 밖으로 사라지는 것만 같은 생각이 들어, 전 그것을 잡으려고 제 혼자 안간힘을 썼지만, 잡혔는지 안 잡혔는지 그건 모르겠습니다.

　그리고 아무 말씀도 안 하고 계셨지만, 전 선생님 마음의 말소리를 들을 수 있는 귀가 생긴 것만 같았습니다. 다시 말해서 선생님의 마음을 어쩌면 이해할 것만 같은 생각이 저의 가슴을 메워주셨습니다. 그리고 선생님이 내리고 기차가 떠날 때, 어쩌면 다시는 선생님을 뵈올 수 없을 것만 같은 무서운 생각이 또한 저를 호되게 때렸습니다.(물론 그러시지 않겠지만.)

　선생님의 얼굴이 제 시야에서 사라졌을 때, 전 저도 모르게 눈물을 흘렸습니다.

　지금은 은하수를 향해 먼 하늘나라 나그넷길을 떠난, 친구 숙이가 간 뒤 타인을 위해서는 첫 번째 흘려보는 눈물이었습니다. 슬픔인지 기쁨인지 분간 못하는 그 중간 지점에서 전 허덕이면서 왠지 울었습니다. 제 맞은편에서 선생님이 없어졌을 때 제 주위가 너무 삭막해졌음을 뒤늦게 깨달았습니다. 선생님이 앉으셨던 자리에서 떠들어대는 어린애들에게 괜히 저 혼자 짜증을 부렸습니다.

　선생님! 꿈이 가슴속 가득히 차서, 어느 누구의 마음도 모습도 제 가슴속에 담아둘 수 없다고 사랑을 고백하는 더벅머리 머슴

애에게 싸늘하게 내깔기고 삼십육계를 놓은 지난날이 생각이 나서 혼자 피식 웃었습니다. 물론 그 머슴애는 결혼을 해서 잘 살고 있습니다. 거기에 대해 아무 반응도 일어나지 않는 제 자신이 퍽 이상스럽습니다. 선생님! 왜 이런 이야기를 선생님께 드려야 할까요? 선생님은 제 마음을 이해해주시기 때문일까요? 부탁입니다. 선생님! 제발 생활에 충실할 수 있는 선생님이 되어 달라고요. 이렇게 이야기한다고 해서 선생님이 불충실하다는 게 아닙니다. 다만 선생님의 마음에 말입니다.

선생님마저 시대에 맞지 않는 맥 빠진 생각을 하고 계신다면, 전 참을 수 없을 것만 같고요, 또한 미칠 것만 같습니다. 선생님! 저의 이 말 잘 좀 들어주세요. 네? 그리고 취직문제를 어머니께 자세히 이야기 드렸습니다. 어머니께서 대뜸 선생님의 사모님을 잘 알고 있느냐고 절보고 묻지 않겠어요? 그래서 아직 찾아뵙지 않았다니까 그렇게까지 생각하지 않았었는데, 엉뚱한 딸을 두어서 퍽 슬프다고 하시더군요. 그래서 제가 선생님이 가자는 걸 제가 다음에 가겠다고 했다고 거짓말을 꾸며 말씀 드렸더니, 아무쪼록 자기가 한 일에 대해서는 책임을 질 수 있는 계집애가 되어야 한다고 다시 한 번 제 마음에 커다란 침을 놓으셨습니다.

선생님! 멀고도 가까운 길. 무슨 말을 쓰고 있는지 저 자신도 잘 분간할 수가 없군요. 온 들이 누렇게 선들바람이 불 때면 사람들은 천고마비의 계절이라고 떠들어대고, 결실의 계절이라고 기다리는 사람이 있기에 앞서 온 들판의 초목들이 색깔이 변화되어서인지, 어떤 우수에 젖으며, 인생의 허무함이 뼛속 깊이 잦

아질 때는, 말할 수 없는 슬픔에 사로잡힙니다.

선생님! 나이도 어린 계집애가 쓸데없는 생각에 시간을 쏟고 있다고 나무라시겠지요! 아무래도 좋습니다. 저의 이런 쓸데없는 생각이 저의 건강을 무척 뺏어가고 있는 듯하여 아버지께 리어카를 한 대 사달라고 하였더니, 또 무슨 바람이 부느냐고 웃으셨습니다. '건전한 정신은 건전한 노동에서' 라는 말을 다시 한번 확인하고, '일하는 보람 일하는 기쁜 마음' 을 먼 옛날처럼 되찾고 싶어서였습니다.

선생님! 이런 저에게 편지를 보내주셨습니다.

전 당분간은 선생님께 전화도 걸지 않으렵니다. 다만 이런 초췌한 글이라도 읽어주신다면, 전 최대의 영광이라 생각하며, 선생님과 같은 훌륭한 분을 알게 된 데 대해서 전 최대의 행복을 느끼고 있습니다. 바쁘시면 회답을 주시지 않으셔도 됩니다. 그러나 무언가 호소하고 싶은 마음이 생길 때는, 서신 보낼 테니 되돌리지는 마십시오.

되지도 않는 것을 너무도 지껄였으며, 다음 때까지 내내 안녕히 계십시오.

1964년 8월 중순에

*

저녁노을 물든 하늘에
바람의 대화가 오고 간다.


울타리 옆 흐드러진 코스모스에

바람이 가을 편지를 전해준다.

빨간 고츳대 위에 잠자리 한가로이 날고,

지붕 위에 얹힌 커다란 박 옆에

늦게 핀 하얀 박꽃이 곱다.


콩 가지를 통째로 삼키는 소

오불 통통 살진 암탉이 수수를 쫓고 있다.


— 어느 늦은 오후 저녁을 해놓고, 들에 가신 아버지 어머니를
기다리며 —


선생님!

흐드러진 코스모스가 되어 선생님의 창문을 노크합니다. 지금
쯤은 긴 잠에서 평화로운 내일을 위한 휴식시간입니다. 새벽 1
시가 조금 못 된 지금, 몹시 보고 싶습니다.

그동안도 안녕하셨습니까? 보내주신 글월, 무어라 말할 수 없
는 기쁨으로 잘 받았습니다. 여기 전번에 써 놓은 글월과 함께
부칩니다. 너무 나무라거나 허물을 말아주십시오.

1964. 10. 10. 가을밤에


*


오늘 낮차로 Y시에 나왔다. 큰집엘 들렀다가 시내엘 나왔다.
낮차로 같이 나온 계희와 같이 목욕을 하러 갔다. 오늘따라 유별
나게 기분이 어찌 유쾌한지 말할 수 없을 정도다.

더운 김이 오르는 탕 속에 몸을 담그고 있으니 이상한 생각들이 내 머리를 꽉 메운다. 나도 이젠 성숙한 육체를 가진 처녀라고 자부하고 싶었고, 주위 사람들보다 내가 더 멋지다는 생각이 가슴을 엄습해온다. 이렇게 내가 발가숭이로 있는데 미래의 그 사람이 이 문을 열고 들어온다면, 난 아마 더운 물 속에 들어가 숨도 제대로 못 쉬고 있을 거다 하고 생각하니 웃음이 나온다. 나 혼자 멋쩍게……. 그러나 가슴이 왜 이리도 빈약할까?

내 옆에서 부지런히 몸을 문지르고 있는 계희의 그 희게 탐스러운 젖가슴엔 부러움마저 든다. 언젠가 우리 친구 여럿이서 목욕을 할 때, 키가 제일 큰 내가 가슴이 제일 작아 웃은 일이 있었다. 옆에 있던 순이가 내 귀 가까이 대고 "내가 가슴을 크게 하는 방법을 가르쳐 줄까?" 한다. 귀를 번쩍 들고 고개를 끄덕였다. "남자 손길이 닿으면 커진대……." "어유, 망측한 계집애!" 그 애의 등을 밀치던 생각이 떠오른다. 그러나 그 소리를 들은 지 꼭 세 손가락을 꼽은 햇수가 지나가는 지금, 약간의 차이는 생겨도 역시 아직 작다. 언젠가는 젖가슴을 크게 하고파 내 가슴에 닿을 따뜻한 손길을 찾아보았지만, 쉽사리 내게 그런 기회는 오지 않았다. 내 주변이 너무 메말라서일까? 아니면 내가 생활 주변에서 너무 매몰차게 돌아서는 데서일까? 어머니께서 행여 이 글귀를 보시면 미친 계집애라고 나무라시겠지만 아무래도 이 글만은 끝을 맺어야겠다. 그리고 이런 방면에 너무 신경을 쓰지 않기 위해 나는 더 많은 책을 읽고, 주변이 바쁘게 돌아가게 많은 일을 해야겠다.

이런 쓸데없는 생각에 잠겨 있던 나는 현실로 돌아왔다. 내 존경하는 선생님과 만날 시간이 늦은 것 같다. 부랴부랴 서둘러서 '은하 다과' 집으로 가보았다. 그때가 네 시. 삼십 분 동안 꼬박 기다리고 계셨다. 미안한 생각이 말할 수 없이 들고…….

저녁은 '청수장'에 들어가 양식을 했다. 생전 처음 먹어보는 양식, 처음엔 속이 울렁거렸지만 실력을 발휘해서 먹으려 드니 그런대로 괜찮았는데, 지금 생각하니 얼굴이 화끈하다. 어쩌면 내가 이렇게 바보였을까 하고…….

저녁을 마치고 아카데미 극장에서 '일본 놈 천황과 폭탄'을 감상했다. 김진규, 박노식, 이예춘, 전창조, 태현실, 전양자 배우들이 열띤 열연을 하는 영화……. 돌아오는 길에 내 옆에서 걸어오는 선생님은 말이 없으시다. 벙어리처럼.

1964. 10. 16. 일기 속에서

*

안녕하셨습니까? 그사이 많은 시간이 흐른 것 같은데, 손가락을 꼽아보면 몇 개 안 꼽히는군요. 퍽 지루한 날들이라고 할까요. 그럭저럭 잘 지났는데 3일 날부터는 막니가 나느라고 아파서 자리에 누워서 지냈습니다.

오늘 아침에도 어머니께서 아침을 하셨습니다. 죄송스러운 마음 그지없으며, 어쩌면 제가 집안에서 문제아가 될 뻔했는지도 모릅니다. 선생님! 또 우스운 일이 하나 있는데, 어머니께 또 어떤 여인이 중매 이야기를 합니다. 흡사 제가 무슨 물건 같이 서로 가져가려고 경쟁이나 하듯 말입니다. 하도 어이가 없어 말괄량이 계집애짓을 하고 싶어서 동생 자전거를 타고 그 집 앞을 지나갔습니다. 어리둥절하는 신랑 될 그 어머니의 인상은 아직도 잊어지지 않습니다. 도회지 같으면 몰라도 가시나가 자전거를 타는 건 아직 우리 고장에선 의아스러운 일이니까요.

완강히 거절하는 제게 아버지는 화난 눈초리로 바라보곤 하십니다. 제 언니를 시집보낼 때 어머니의 허락도 없이 승낙하셔서 당황한 경험이 있는 어머니께서는 언제고 제 편이었습니다. 어저께는 혹 너의 마음에 둔 사람이라도 있느냐고 제게 가만히 물어보셨습니다. 그런 사람이 없다고 대답한 저를 바라보시는 어머니의 안도감 같은 얼굴은 지금도 잊을 수가 없습니다.

지난 며칠간의 일은 제게 많은 추억과 경험을 주었습니다. 1964년은 다른 해보다 그 무엇을 많이 얻은 해였습니다. 그리고 제가 그날 집에서 돌아오니 서울에서 동생이 내려와 있었습니다. 주위를 어쩌나 간섭을 하는지 아주 혼이 났어요. 그러나 역시 좋은 동생입니다.

1965. 1. 선생님의 순자 올림

*

날씨가 몹시 춥군요. 가뜩이나 험하던 손이 터지는 걸 보니까요. 진작 서신 드리지 못해 죄송합니다.

그리고 더 걱정하시는 취직문제, 어쨌든 꼭 해야겠습니다. 머리 복잡한 일이 한두 가지가 아닙니다. 돈도 벌고 싶고요. 호……. 이런 저의 마음을 눈치 채시는 아버지께서는 '처녀가 돈을 알면 못 쓴다'고 야단치십니다. 선생님! 정말일까요. 아마 아버지 말씀이 틀리지 않음도 저는 잘 알 것만 같군요. 하지만

이번만은 기필코 부모님을 이겨야겠습니다.

선생님께서 보내주신 책, 간호원 시험문제집, 처음엔 어리둥절했습니다. 보는 사이 퍽 익숙해진 셈입니다. 지금은 조산 업무 편을 보고 있습니다. 그런데 선생님께서 또 다른 이야기를 하셨는데, 어떻게 하면 좋을까요. 선생님 말씀처럼 꼭 간호원이 되어야 할 이유는 없습니다. 짧은, 아주 쥐꼬리만 한 중학 졸업장, 거기다가 아는 것도 없는 저가 더욱이 주제넘게 직장을 구하려고 하는데, 다른 곳은 마음도 열 수가 없지 않습니까? 생각하면 가슴이 답답합니다.

누군가에게 의지하고 싶습니다. 월남전에 가신 오빠도 요즘은 지독히 보고 싶고, 선생님의 모습은 매일 밤 꿈에 한 번쯤은 넉넉히 뵈올 수 있어 다행이라 할까요, 불행이라 할까요? 어쩌면 그렇게 선명하게 비쳐지는지요. 선생님! 그렇다고 이상하게 생각하시면 안 돼요. 이래도 제 가슴에 늘 존경이라는 한계를 넘어서 선생님을 생각하지는 않습니다. 물론 선생님께서는 저보다도 더 신중히 생각하시는 일이겠지만, 선생님의 모습 직접 뵙고 싶습니다. 보고 싶어요.

설 치장은 많이 해놓으셨습니까? 어른이 무슨 설 치장이냐고요? 아유, 선생님도. 어른은 설 치장을 하면 안 되나요, 뭐. 선생님이 설이 온다고 들뜬 마음들을 하고 있을 것을 생각하니 말이에요. 윷놀이는 해마다 하십니까? 작년에도 재작년에도 윷놀이를 안 하고 설을 나도, 허전하게 보내도, 섭섭한 마음이 없는 걸 보니까 아마 제 마음도 퍽 늙었나 봐요. 어머니께서는 까마귀 오디를 마다하지 웬일이냐고 하셔서 한바탕 웃었습니다.

올해는 일찌감치 용하다는 점쟁이를 찾아 신수나 보아야겠습니다. 지금부터 엄마를 조르고 있습니다. 어머니는 왜 길년(吉年)이라고 할까 봐서 그러냐고 하셔서 또 웃곤 했답니다. 1965년엔 어떻게 해야 하나, 좀 똑똑히 봐야겠군요. 일종의 미신이라고 하지만 그래도 믿고 싶음은 아마 지독히 마음 약한 때문인가 봅니다. 어머님께 이야기 드려 선생님 것도 보아 가지고 갈게요. 무어라고 할까요. 본 대로 설명을 똑똑히 하겠습니다.

언제쯤 선생님을 뵈올 수 있을까요? 3, 4일 날은 시간이 있으신지요? 이렇게 이야기한다고 해서, 급한 일이 있는데도 제쳐놓고 절 기다리는 건 싫어요. 그러고 싶은 선생님의 마음만으로 전 행복할 수 있으니까요.

설을 쇠러 시골에 가시면 아마 못 만나게 되겠군요. 그렇다면 제가 서신으로 드리겠습니다. 바람소리가 꽤나 문풍지를 흔듭니다. 하는 것 없이 바쁘군요. 그릇도 닦고, 뒤늦게 베개도 꿰매고 해야 하니, 솜씨 없는 주제에 아주 혼이 납니다.

너무 너절히 나열해 죄송합니다. 많은 이해 바라며, 끝으로 훌륭한 남편이 되실 선생님께 건강을 가슴 가득히 빕니다.

1965. 1. 27. 새벽에 순자 드림


*


사실 이렇게 펜을 든 건 다름이 아닌, 다가오는 12일 날 밤에 선생님이 해야 할 일(부적 방법)을 혹시나 잊으실까봐 이렇게 서신을 드립니다. 친구 분과 어울려 술잔을 기울이더라도 정말 잊어서는 안 되며, 전 술 많이 잡수시는 분 싫어요. 선생님! 올해부터는 술 양 좀 줄이세요. 그리고 귀가 시간도 좀 당겨주세요. 아무 것도 알지 못하는 가시나가 주제넘게 술이니, 귀가니 하면서 쓸데없는 넋두리를 나열합니다만, 제발 부탁입니다. 들어주세요, 네? 조금이라도 절 생각해주신다면…….

그리고 또 하나, 가슴이 무거워옵니다. 한꺼번에 너무나 많은 걸 아는 것만 같고, 머리가 무겁습니다. 선생님을 위해 조그마한 정성을 들여 자수를 하나 하고 있습니다. 드려도 될까요? 12일 날엔 잊질 마세요.


저녁 해 지는 저 으스름 길
먼 산이 어두워 잃어진 구름
만나려는 심사는 웬일일까요.
그 사람 올 길 없는데
발길은 누구 마중을 가고 있는가.
하늘에 달 오르며 우는 기러기.


네 잎 클로버를 동봉합니다. 작년 여름에 찾아 헤매던 중 낙동강 둑에서 찾았던 단 한 잎을 일기장 속에 넣어두었던 것입니다. 부디 행운이 깃들기를 빕니다. 안녕히 계십시오.

1965. 2. 9. 낮에 순자 드림


*

6일 날 저는 대구간호학교에 와서 3일 날 부쳐주신 글 잘 받았습니다. 선생님이 올라가시고 즉시 글을 드린다는 것이, 겨우 오늘에야 필을 들게 되어 죄송하기 그지없습니다.

그사이 저는 나름대로 퍽 바쁜 일과들이긴 하였습니다만……
화요일 날엔 대학병원엘 견학 갔고, 수요일 날은 동촌에 있는 고
아원에 견학을 갔습니다.

부모 없이 자라는 불쌍한 고아들의 눈동자가 나의 눈시울을 뜨
겁게 하였습니다. 그 아이들의 눈동자는 영원한 구원을 바라며
무엇을 애원하는 듯…… 21일 날 또 갔습니다. 이번엔 학생 대표
단만 갔습니다. 전번엔 다른 곳에 갔다가 시간이 조금 있어서 들
렀기 때문에 속속들이 살펴보지 못했기 때문입니다. 어른들의
하잘것없는 잘못으로 사랑을 잃은 생명들이 너무 불쌍합니다.

선생님! 토요일 날은 학교에서 소풍을 갑니다. 안 선생님께서
저를 보고 소풍을 가느냐고 물으시더군요. 안 간다니까 학교 대
표가 안 가면 어쩌느냐고 야단하시더군요. 암튼 염려 말고 가자
고 하시는 안 선생님의 이야기를 들으면서, 고향에 계시는 어머
님의 생각은 웬일일까요? 고향의 하늘이, 고향의 봄빛이 몹시도
그립습니다.

선생님께서 입학식 때 찍은 사진은 잘 되었습니까? 몹시도 궁
금합니다. 제 딴엔 열을 올렸는데, 우스꽝스러운 저의 표정이 생
각나서 혼자 웃곤 합니다. 그날은 참 즐거웠습니다. 역에서 돌아
나올 땐 이제 나의 주변에 가까이할 아무런 사람도 없다는 퍽 적
막감 속에 잠겨 있었는데, 선생님께서 오셨으니 어찌 기쁘지 않
겠습니까? 동정이라고 핀잔을 주셔도 좋습니다.

선생님! 또 한 가지 기쁜 일은, 이번 월요일 날 시험을 쳤는데
모자보건은 100점을 받았습니다. 저의 반에서 저뿐이라고 선생

님께서 칭찬을 하여 주셨습니다. 속으로 싫지 않으나, 누가 거름을 부어주는데 게으름을 피우겠어요.

밤이 어지간히 깊었습니다. 기숙사 동무들의 숨소리가 고르게 반주를 맞춥니다.

사람의 욕심을 채우기란 밑바닥이 없는 독에 물 붓기입니다. 그러나 사람이란 도덕이라는 옷과 예절이라는 굴레를 쓰고 있기 때문에, 어느 정도까지 야수성을 뽑을 수 있다가 반성하는 마디에 소스라쳐 돌아설 수 있습니다. 그러기 때문에 '만물의 영장이 비로소 사람이다' 라는 말을 끝맺음으로 장식할까 합니다. 내 내 안녕히 계세요.

1965. 5. 9. 대구에서

*

받으신 액자에 대해서 많은 의아심을 품으시는군요. 사실 그것은 수본이 있는 것을 제가 며칠을 두고 고치고 다시 삽입시키고 해서 만든 화폭입니다. '신풍(新風)' 이상할 것 하나도 없습니다. 지난날의 선생님 마음의 일부분이었을 겁니다. 아니, 지금도 그래요. 하지만 시간이 흐르면, 선생님의 마음은 평상의 기분으로 돌아가실 거예요.

그리고 술병과 술잔은 왜 간격을 두고 평행선을 이루고 있을까요. 선생님 체질에 술은 금물입니다. 술은 잔이 있어야 마시는 법, 그러나 술잔을 멀리 함으로써 선생님 자신과 가정에 행복이 온다는 뜻에서, 술병 뒤에는 보일 듯 말듯 한 '복(福)' 자가 그려진 술잔이 있는 거예요. 만약 선생님이 계속해서 술을 잡수시면 복 자는 완전히 없어지고 술병만 크게 클로즈업할 거지만, 술병을 멀리하신다면 복이 두드러지게 술병을 무너뜨리고 그 자리에 자신만만하게 서 있을 거예요.

이는 곧 선생님의 결심과 마음에 따른 문제입니다. 전 요사이 기도시간이면 이 문제에 심각한 정신을 기울이고 있음은 속일 수 없는 사실입니다. 꽤나 건방지고 아니꼬운 가시나라고, 담배 연기 뿜어 올리는 사이에서 비웃으시겠지요?

선생님! 육체와 정신! 이제 죽어도 전 주저하지 않습니다. 이 세상에 태어나서 어느 한 사람으로부터 지극한 믿음과 사랑을 받은 몸이라고…… 요사이 혈압을 재는데 심장박동 소리가 들리지 않아 혈압을 못 재겠습니다. 무슨 영화를 보자고 이곳에 와서 이렇게 바동거리는지…….

그 한 예로 이웃 영양군에 사시는 나와 조지훈 선생님입니다. 천재에 가까운 훌륭한 시로 목마른 자의 목을 축여주시더니, 그렇게 빨리 저세상으로 가실 줄은 몰랐습니다. 인간은 역시 허무하고 무상하나 봅니다. 이런 마음이 계속된다면 염세자살자의 수가 두 배로 증가하겠지요? 불완전한 인간들이기에 종교가 생겼고, 신을 믿고 의지하며, 비틀어진 마음들을 바로 잡으려고 노력하는가 보죠. 그러기에 인간을 만물의 영장이라고 일컫는지 모르겠고요.

술! 너무 과음하시지 마세요. 술 없이는 못 산다는 선생님의 말이 머리를 떠나지 않습니다. 알코올 속에는 산성이 있습니다. 우리 위에서는 산성(소화액)이 또 나옵니다. 이것과 알코올 속의 산이 합쳐지면 위산과다를 일으켜요. 위염이 오고요. 다음은 위

암이 오고요. 제발 부탁입니다. 쥐꼬리만 한 지식을 최대한으로
활용합니다. 밤이 어지간합니다. 이만 아듀!

1966. 5. 22. 대구에서 순자 드림

*

영원히 존경하는 선생님께

어제 하루는 망설임, 두려움, 기쁨과 환희 속에 어떻게 보냈는
지, 지금 생각해보니 어리둥절한 지경입니다. 누추한 저희 집에
오셔서 정말 부끄럽습니다. 그러나 기쁩니다. 저희 집에 친히 오
셨으니까요. 어머니께서는 대접보다 또 폐만 끼쳤다고 걱정을
하십니다.

선생님을 전송하고 집에 들어와서는 한꺼번에 몰린 허탈감과
피로에 기가 막히도록 단잠을 잤습니다. 어찌나 긴 잠을 잤는지
깨어보니 새벽 5시 반. 제가 이 세상으로 '응아—'의 울음을 남
기고 태어나던 새벽입니다. 벌써 22년의 긴 세월들이 지나, 세
상에 살아간다는 이상한 감정에 휩싸여 무언가를 생각하게끔 전
이만큼이나 성장을 하였나 봅니다.

밖에서 이상한 소리가 나기에 문을 열어보았더니 아, 이럴 수
가! 어제까지도 시무룩하던 날씨가 기어코 눈이 소곤거리며 오
나 봅니다. 어느 결에 내렸는지 흰 눈송이가 온 마을을 다 덮고
지금도 자꾸 내립니다. 정말 이렇게 상쾌한 기분으로 새벽을 맞
이해보기란 여태까지 처음이었습니다. 엷은 잠옷 바람인데 추운
줄 모르고 마당을 쏘다녔습니다. 통학하는 동생의 새벽밥을 하
시는 어머니께서 누구냐고 놀라기까지 한 오늘 새벽입니다.

영원히 존경할 나의 선생님!

어제 헤어질 때 편지 자주 하라고 말씀하실 때 건성 대답, 마음속으로 정신적으로 도움을 청할 때, 혹 몹시 아쉬움을 느낄 때만 편지하겠다고 다짐하던 저였으며, 될 수 있으면 편지 삼가야 되겠다던 저였습니다. 그러나 그것이 결코 아니었습니다. 캄캄한 밤, 아무도 없는 길에서 제가 그런 엄청난 행동을 나도 모르게 요구할 때, 묵묵히 거절하시던 그 믿음직스러운 행동은 날 완전히 바꾸어놓았습니다. 욕심을 억제하면서 묵묵히 참고 견디어 나가시는 그 장한 인내에 다시 한 번 고개가 숙여집니다.

선생님! 영원히 존경한다니까 제가 나이 많도록 시집도 안 가고 선생님 주위를 맴돌며, 선생님의 마음을 빼앗아가고 괴롭히고 욕되게 한다는 그런 뜻은 아닙니다. 언제 어느 결에 시집을 가더라도, 아니 그보다 더한 곳을 가더라도 영원히 흐르는 우정과 같은 존경하는 관계를 말합니다.

나의 선생님! 환한 아침이 되어옵니다. 밝은 태양은 이 소녀에게도 또 변함없이 사랑으로 비춰주네요.

1967. 3. 1. 아침에


*


바람소리, 물소리가 합창이 되어 들려오는 깊은 밤입니다. 헤어진 몇 시간 사이나마 안녕하셨습니까? 염려하여 주신 덕분에 무사히 집에 도착하였으며, 자고 가라는 어머니의 권유를 뿌리치고 막 버스로 보건지소에 도착했습니다. 며칠 동안 비워둔 방이라서 그런지, 내 마음보다 더 싱그러움과 쓸쓸한 찬기가 참으로 서글픕니다.

지금은 깊은 밤, 아직 그래도 차 소리와 바람소리, 사람들의 술 취해 흥얼대는 소리, 뒷골목 술집 아가씨들의 퇴색한 유행가 소리가 들릴 만도 합니다만, 여긴 지극히 조용한 시골입니다. 간혹 매섭도록 몰아치는 바람소리와 낙동강 물소리, 그리고 나의 숨소리…….

선생님! 어머니가 그토록 만류하셨는데도 나는 왜 찬바람이 나는 이 방으로 돌아와야 하겠습니까. 나의 선생님! 두 번 다시 우울한 마음을 만들지 않겠습니다. 괴로움은 나 스스로 창조하지 않겠습니다. 자욱한 안개 속에서 내 마음과 육신을 내 마음대로 할 수 없이 반항하며 허우적거리며, 풋풋이 불어 무서울 정도로 불어난 강물, 황토 물, 그러다가 불이 꺼지듯 줄어든 그 주위의 황폐한 모습은 전 이제 다시 만들지 않겠습니다.

우정의 샘물이 오래오래 흐르게 하고 싶습니다. 맑고 청명하며 깨끗한 선생님!

선생님의 주위를 떠나려는 저의 마음, 이해해주십시오. 언제나 선생님의 마음속에 살고 싶습니다. 그리고 나의 마음속에 선생님이 살고 있습니다.

새봄부터 최대한의 마음을 되살려야겠습니다. 그러나 또다시 선생님을 만나면 희박해지는 내 마음이 참으로 얄밉습니다만, 안간힘을 쓰겠습니다. 전번 의사 선생님의 말씀이, 몹시도 불안해하며 심장이 극도로 약해져 있고, 신경이 몹시도 쇠약해져 있어서 지극히 조심하라는 데 영향을 받는 것만은 아닌 줄 압니다. 선생님이 옆에 계시기만 하면 정신없이 잠도 잘 오고, 마음도 편안하고, 밥맛도 기막히도록 좋아지는데 왜 이래야만 하는지……
허리, 가슴의 고통이 참기 어렵습니다.

편지를 쓰다가 그만 잠이 들었나 봐요. 12시가 되었을 때까지
뭔가 자꾸 끄적거렸는데, 지금은 새벽 2시 반. 이제 맺음을 지으
려고 합니다.

선생님! 안녕히 계셔요. 눈물을 머금고, 술 너무 많이 잡수시
지 말아줘요.

1967. 4. 6. 새벽에 순자가

*

꼬마들이 손아귀가 벌어지도록 꺾어 오는 붉은 진달래가 몹시
도 탐스럽습니다. 불의 입김이 대지 위를 완전히 덮었나 봐요.
청량산에 불꽃이 탑니다. 아! 저 꽃 좀 봐요, 선생님!

그동안도 안녕하셨습니까? 저도 염려해주시는 덕분에 참 잘
있습니다.

선생님! 요사이의 생활은 어떠하십니까? 화창한 봄날과 더불
어 창창한 나날들이 되기를 빌겠으며, 아울러 술 잡수시고 밤늦
도록 다니시는 일 요즈음도 계속하시는지요. 이 일을 언제나 염
려하고 그러시지 말라고 부탁을(주제넘게) 드렸는데, 얼마쯤이나
효과를 거두었는지요? 늘 귀찮은 소리라고 짜증스럽게 귀 넘어
들으셨겠지만, 너무 노여워만 마십시오. 지금 제가 가만히 생각
해보니, 아무래도 그런 부탁드릴 기회도 얼마 남지 않았다는 생
각은 지나친 노파심 때문일까요? 화창한 날에 창창한 일들을 하
여 주십시오. 또 부탁드려봅니다.

선생님, 뵈온 지 꼭 보름만이군요. 뵈옵고 나서 한동안 짜증스러운 날들이 계속되더니, 또다시 머리를 들고 일어나는 얄밉도록 애틋한 보고 싶은 마음. 혼이 나간 사람처럼 앉아계시던 선생님의 모습이 왜 이렇게 가슴 아프게 다가올까요. 그러나 지금은 아주 침착하게 살아갈 수 있다는 하나의 용기를 얻었다고 하면 좀 거추장스러운 표현이 아닐까요? 인간이 마지막 순간들까지 보람 있게 생활하다가 죽는다면 얼마나 행복한 사람일까요? 비록 그 보람 있는 생활은 못할지언정, 그 마지막을 생각하는 그 순간순간들이 저에게 몹시도 커다란 희열을 안겨다 줍니다.

산골짜기마다 붉게 물든 진달래가 아름답습니다. 명호 땅에 온 여선생은 그냥 나가는 여선생님이 없다는 말이 문득 머리에 떠올라 혼자 피식 웃었습니다.

안집 꼬마들은 벌써 강변엘 가서, 한 아름의 진달래를 꺾어 왔습니다. 그런 대로 괜찮더군요. 강가에서 낚시를 하는 중학생들이 고기를 어찌나 잘 잡는지 한참을 넋 없이 바라보기도 하고, 더 큰 청년이 잡았더라면 좋았을걸 하는 생각도 들고요. 붉은 진달래가 낙동강 주변을 멋있게 장식해주었습니다.

강물을 한참이나 바라보고 섰으니 나를 끌어 들이는 듯한 힘에 정신을 차리곤 했습니다. 특히 진달래를 한 가지라도 꺾었으면 편지 속에 동봉할 셈으로 발길을 언덕으로 옮겼지만, 영 자신이 없어요. 한 발자국도 더 옮기면 강물 속에 그대로 머리를 처박을 것 같은 두려움이…… 왈칵 무서운 생각이 들어 뜀박질을 해서 먼 거리에서 강물을 바라보게끔 한 자리에 와 앉았어요.

수십 년 동안 물의 사나이에게 짓궂게 닳은 처녀 돌들은 퍽 깨끗하네요. 이 돌들도 나처럼 닳기 전에는 통증을 느꼈을까요.

선생님! 이슬비가 내립니다. 바람이 불어옵니다. 네잎클로버의 노래를 목청껏 뽑았지만 중도에서 하차, 영 기운이 없으니…… 잘나가다가 삼천포로 빠졌다는 어느 어깨 패 두목의 말처럼, 소녀의 마음들을 잘 담아오는 내 가슴엔 상처투성이 공상들이 꼬리를 물고 일어났었는데, 그런 생각들은 하나도 일지 않습니다. 그저 멍청히 초점 잃은 눈동자에 눈물이 왈칵, 웬일인지 모르겠습니다.

선생님! 왜 이렇게까지 하면서 살아야 합니까? 끝없는 공상들을 다 잃어버린 이 복잡한 마음속에서도 한순간은 황홀했습니다. 그러나 두 번 다시 그런 황홀함만은 만나지 않겠습니다. 갑자기 무서워지기도 합니다. 누가 내 뒤에서 "순자야!" 부름이 있는 듯해 돌아보곤 하는 어리석음도…….

가눌 수 없는 눈물을 닦지도 않고 그대로 두었습니다. 마침 비 오는 날씨 탓인지 사람의 왕래가 없어 내 행동에 방해가 되지 않아서 좋았습니다.

선생님! 안타깝습니다. 시계가 벌써 오후 2시를 넘었습니다. 어제는 이 시간쯤 선생님과 같이 자장면을 맛있게 먹었는데, 아직 아침도 안 먹고 이렇게 앉아 있으니 나는 영 미쳐 있나 봅니다.

선생님! 너무 피곤한 듯합니다. 늘 쓰기 싫은 편지를 써서 섭섭하다는 선생님께 혹 마지막이나 아닐까 하는 생각에, 낙동강이 바라다 보이는 바위 위에서 편지를 쓰기로 했는데, 좀 쓰다 보니 비가 내려 그 뜻도 못 이루었습니다. 이러고 보니 펜대 움직이기도 싫어졌습니다. 선생님을 하루속히 잊어버리고 더 진한 화장과 예쁜 옷으로 겉모양을 내어야겠습니다.

1967. 5. 4. 순자 드림

*

참으로 오랜만에 글 드립니다. 어저께요(24일), 전 직원이 모두 청량산을 갔습니다. 너무 늦어 단풍이 바람결에 마구 휘날리더군요. 토끼 길처럼 낭떠러지의 좁은 오솔길에 떡갈나무, 참나무, 밤나무 색깔은 몇 개의 낙엽식물임을 자랑하는 듯 너무도 색깔이 아름다웠습니다.

너무 늦게 가서 그 곱게 물든 단풍의 제철을 구경 못해 약간 서운했으며, 그날따라 날씨가 바람이 약간 일어서인지 걸어가는 길 앞에 수없이 나뭇잎이 마구 떨어지더군요. 구르몽의 '나뭇잎이 져 버린 숲으로 가자' 가 연발 입에서 흘러나올 정도로.

낙엽이 깔린 숲길을 가면서 같이 가자던 선생님 생각이 나서 가슴이 메이더군요. 꼬마 김양의 "언니 왜 그리 얼굴이 핼쑥하냐!"는 핀잔을 받고 정신을 가다듬긴 하였습니다만, 산을 오르고 내리는 동안 너무나 마음이 아프더군요.

그날 저녁부터 지금까지 다리가 아파서 잘 움직이지도 못하긴 합니다만, 얻은 것보다는 잃은 것이 더 많았으니 더 슬픕니다.

1967. 11. 3. 순자 드림

*

마지막 필을 드립니다.

아무 말씀도 못 드리고 선생님 곁을 떠납니다. 부모님께도 말

쑴 안 드리고 떠나는 고향의 하늘입니다. 선생님을 미워하면서 떠나는 마음은 괴롭습니다. 인생의 만남이란 이래도 되는 것인지 모르겠습니다. 왜 선생님은 그렇게만 살려고 애쓰시는지 모르겠어요. 안타까워 죽겠습니다. 너무 허무하군요.

오랜 생각 끝에 결정한 일입니다. 선생님처럼 저도 평생을 떠돌며 눈물을 흘리며 혼자 살지라도, 고향을 떠나기로 결심했습니다. 마음을 결정하고 나니 편합니다. 선생님은 고국산천에서 평생을 그렇게 떠돌며 술을 많이 마시고 타락한 생활을 실컷 하시기 바랍니다. 술을 그렇게 많이 마시면 폐인이 돼요. 정말 그렇게 많이 마시지 말아줘요. 순자가 두 손 모아 빌겠습니다. 선생님은 그 누이 때문이라고 했지요. 이제는 그 누이를 잊을 수 없는지요. 가슴에 있는 누이를 끌로 폭폭 파내 버리면 안 될까요.

부인과는 그예 이혼하셨다는 말을 들었습니다. 부모님들이 정해준 약속을 저버리는 선생님은 정말 나쁜 사람이래요. 저는 그런 선생님인 줄 모르고 존경했어요. 사람이 타락하면 그렇게 되나요. 그렇다면 선생님은 이 하늘 밑 죄인입니다. 선생님은 그래서는 절대로 안 되는 일을 저질렀습니다.

선생님이 이혼하셨다는 소리를 듣는 순간, 저는 선생님 곁을 떠나기로 결심했습니다. 순자는 정말로 선생님이 보기 싫고 미워, 고향 하늘을 떠나 서독으로 갑니다. 선생님을 이해를 못하고 떠납니다. 한 삼 년 간, 아니면 십 년 간 타국의 물을 먹고, 문물을 많이 배우고 오렵니다. 내 마음을 정리하고 오겠습니다. 아니, 어쩌면 선생님이 미우면 영영 돌아오지 않는 순자가 될지도 모르겠습니다.

정말 그동안 은혜 입은 일들, 하나하나 열거하자면 한이 없습니다. 학력도 모자라는 제가 간호학교를 졸업하고 공무원 발령을 받은 것은 다 선생님의 은혜입니다. 그토록 뒤를 돌봐주시고 지금의 내가 있게 해 주신 데 대해서는 정말 무어라고 감사드릴 말이 없습니다.

1968. 4. 조국을 떠나는 순자가

*

아카시아 꽃 냄새가 코를 찌르는 6월이 우리 주변에 와 멈추어 있습니다. 그동안도 안녕하셨습니까? 보내주신 서신, 반가움과 슬픔이 뒤섞인 이상한 감정으로 병원 침대에서 읽은 지 퍽 오래되었습니다. 그 당시는 도망치듯 떠나와서 도저히 필을 들 자신조차 생기지 않아서 이렇게 글이 늦었습니다. 이제는 그나마도 건강해져 내일부터는 다시 병원 근무를 하게 되어 천만다행이라 할까요?

이역만리 동떨어진 외로운 이방인이 몸마저 아파 누웠으니, 그야말로 집 잃은 철새 신세는 행복한 편이더군요. 그러나 지금은 또 이렇게 나 자신에게로 돌아와 서투른 필을 드립니다. 비록 마음은 병이 들어 안간힘을 쓰는 고집스러운 저의 심정은 어디를 가나 여전한 것 같습니다. 집에도 한 달 정도 편지를 안 했더니 어찌된 일이냐고 어머님의 편지가 3일이 멀다하고 날아옵니다. 차마 아프다는 소리는 못하겠고, 그저 읽어만 보고 회답을 보류하기로 하였죠.

어머님 편지에 박정희 대통령이 Y군에 왔을 때 타고 온 비행기를 처음 가까이 가서 보고, 제가 타고 떠난 비행기를 떠올리며 울고 오셨다고 했습니다. 저도 서독 하늘 병원 창문 밖으로 날아가는 비행기를 보고 흘리던 눈물은 어떻게 해야죠? 나의 조국! 나의 고향! 미운 선생님! 그리고 나의 자랑스러운 어머니가 계시는 내 집. 하루에도 몇 번씩이나 가고 싶은 마음 한이 없지만, 가지 못하는 서러운 몸입니다.

선생님! 세월이 지나면 고향 생각도 잊어진다고 미리 온 선배가 이야기했지만, 잊어지기는커녕 세월이 갈수록 더욱 그리워지기만 하니 어떻게 해야 할지요?

그래도 세월이 벌써 2개월을 넘어가게 하고요. 그만큼 제가 늙어가고 있다고 말해주는 거죠? 지금 서독의 하늘에는 비행기가 또 지나갑니다. 떠나던 날 김포공항에서 나오는 울음을 참으려고 온갖 힘을 다 썼지만, 봇물처럼 터지는 눈물은 나를 슬픔으로 몰아가고, 고향에 있는 선생님의 모습이 눈물에 희미하게 멀어져갔습니다.

이런 정든 고향, 고국을 떠나야만 하는 나의 가련함. 그 당시의 저의 모습을 어머니가 보셨다면 정녕 날 못 가게 붙잡았을 거고요. 그러나 지금 전 여기 와 있고 이렇게 서러운 눈물을 흘리고 있음은 틀림없는 꿈이 아닌 현실입니다.

바라시는 글이 되지 못해 죄송합니다. 건강을 빌며, 천주님의 가호가 항상 선생님을 보호해주시길 기도드립니다.

　　　　1968. 6. 11. 백림에서, 선생님 곁을 떠난 순자

                                    *

　1월 중순부터 병원 근무가 시작되었습니다. 내 딴엔 노력한다
고 하였지만, 그들의 말을 알아듣기엔 거리가 멀고, 지금은 그런
대로 독일 말을 몇 마디씩 지껄여대니 역시 세월이 알려주는지,
아니면 환경이 그렇게 말을 하게 해주었나 봅니다. 제가 근무하
고 있는 곳은 외과이며, 부인과 남자들이 섞인 병동입니다. 부인
들이 훨씬 더 많으며 인기도 꽤나 있나 봅니다. 근면·성실·검소
한 독일 사람들, 조직적이고 규칙적인 그들의 생활에 감탄과 놀
라움이 항상 내 마음을 새롭게 해주지만, 왜 이들과 같이 일을
하며 살아야 하는가 생각하니 슬픔뿐입니다. 어느 때는 말을 잘
알아듣지 못해서 내가 아는 대로 하여 엉뚱한 일을 해, 그들을
오히려 놀라게 합니다. 그들은 우리에겐 최선의 친절을 베풀어
주지만 언젠가 눈물을 흘린다고 생각하면 봇물처럼 터지겠지요.
　'시련을 이긴 민족이 위업을 남긴다' 는 5·16 혁명정부의 캐치
프레이즈처럼, 벌레 먹은 나무도 좋은 재목감이 되겠다고 나는
이렇게 노력을 해보지만, 어디까지가 노력이고 어디까지가 태만
인지 분간하기 힘든 바보가 되어갑니다.
　우리나라 대통령 전용기가 없어 남의 나라에서 보내준 루프트
한자 비행기를 타고 서독에 온 박정희 대통령이 루르 지방 탄광
을 방문했습니다. 나라를 대신한 광부와 간호사의 몸을 지급담
보로 차관을 얻어낸 우리나라의 자랑스러운 광부 5천 명과 간호
사 2천 명을 대표한 사람들이 대통령을 만났습니다.
　매일 새벽 4시, 막장으로 들어가는 친구들을 보며 "글릭 아우
프(Glueck auf. 살아서 돌아오라!)"를 마지막 인사로 주고받는 광부

242

들, 외로운 이국 땅 독일 하늘 아래 애국가가 울려 퍼지자, 우리는 서로 부둥켜안고 소리 없이 흐느껴 울었습니다. "열심히 일하자. 그래서 우리나라도 남부럽지 않게 살아보자"는 대통령의 연설은 제대로 이어지지 못했고, 끝내는 대통령도 손수건을 꺼내 눈물을 찍으며 목메어 울고, 곁에 있던 육영수 여사와 뤼프케 서독 대통령도, 수행원들도 함께 울고 우리는 목 놓아 울었습니다.

서러운 광부 간호사들과 대통령이 남의 땅 하늘 아래 뿌린 뜨거운 눈물은 분명코 헛되지 않을 겁니다. 선생님! 내 조국 땅에 싹이 되어 꽃을 피우겠지요.

그 잘 아는 기억력 참 기가 막힐 때가 있지만, 그런 대로 세월만 가거라 하고 있습니다. 교만과 허위, 어두움이 뒤덮인 Y시도 그동안 어떻게 변모를 하였는지요? 미련마저 두고 싶지 않지만 그래도 미운 정, 고운 정이 다 든 Y시이기에 잊지 못합니다.

오늘이 제 보잘것없는 생일날입니다. 'Y시에서 청춘무정'을 세 번 반이나 보아 기록을 남긴 날이며, 비록 이렇게 멀고 먼 곳엘 왔지만 선생님은 항상 저와 같이 호흡하고 있습니다. 그리고 그 정성의 손길이 항상 저와 같이 있습니다. 의복에도 마음에서도 저의 영혼에도…….

같이 있는 동료들이 내 생일 파티를 열어주었어요. 기쁘기보다는 슬픈 감정이 더 많았습니다만 억지로 참았죠. 다행히도 오늘은 휴식 날이어서 하루 종일 집에 있었습니다. 그 지긋지긋한 그리고 고된 병원의 근무도 하지 않았으며, 학교도 쉬는 날이었습니다. 내일부터는 또 그 지긋한 병원 근무를 해야 합니다만, 병원 근무 이외의 시간은 번역이라기보다는 일할 수 있는 장소가 있고, 삶의 보람을 느끼는 계기가 되어 기쁘다고 생각하는 방향으로 화살을 돌려야겠습니다만 잘 안 되는군요.

한 해의 연륜을 모두 쌓고, 얼마만한 소득과 인생의 플러스를 선물로 받았는지 의문스러우며, 왜 남들처럼 단단한 마음과 몸을 가지지 못했는지, 체력도 키도 모두 큰데 여기서도 또다시 '호박장군' 이란 닉네임을 선물 받았습니다.

늘 입술이 부르터 있으니 병원에 다른 간호원(외국 간호원 아가씨)이 키스를 많이 해서냐고 해서, 온 사무실이 웃음바다가 되기도 했습니다. 그러나 세월과 단련이 되면 나도 건강해지겠지요. 새해엔 더 큰 소망과 사업의 번영을 빌며 선생님의 건강을 함께 빌어봅니다. 이만!

1969. 2. 3. 백림에서 순자 올림

*

너무나 오랜만에 필을 들어서 무슨 말을 먼저 써야 할지 모르겠어요.

겨울도 벌써 다 지난 듯 포근한 날씨가 그저께는 백림의 땅 위에 비치었어요. 새해가 지난지도 벌써 두 달이 거의 되는, 서로의 서신 왕래가 없는 두절된 상태 속에서도 세월은 잘도 갑니다. 한 해의 연륜을 살아가며 노처녀(?)라는 닉네임이 붙어 별로 듣기 좋은 소리는 아닌 줄 압니다만, 먹어가는 나이를 누가 먹고 싶어 먹습니까? 세월이 먹여주는 걸 어떡합니까? 정말 돌이켜 생각해보면 이 나이가 되도록 무엇을 하였는지 딱한 노릇입니다. 기억 속에 '아! 그것 참 잘한 일이구나' 느껴지는 일

은 하나도 없으니, 역시 세상 속에 바보 축에도 첫째로 가나 봅
니다.

검둥이, 흰둥이, 노랑둥이가 다 모인 인종 박람회에서 정말 이
곳 생활 지긋지긋합니다. 돈이 아까워 학교도 그만둘까 생각해
보았지만 그것마저 그만두면 나는 너무 늙은 것 같아서, 아직 나
의 젊음으로는 무언가 하려고 움직여야 할 나이가 아닙니까? 우
리 친구들은 나중에 한국 가서 독일어 선생을 하려고 그러느냐
고 하면서 웃습니다만, 정말 내가 생각하기에도 딱합니다. 이 나
이에 그것도, 계약 3년이 끝나면 곧장 한국으로 돌아갈 생각은
지금도 변함이 없습니다.

지독히 일하는 억센 사람들! 이런 사람들이 모인 독일이란 곳
에 내 무엇이 좋다고 더 머물겠습니까? 날씨가 사람을 닮았는지
아니면 사람들이 날씨를 닮았는지, 변덕이 죽 끓듯 하는 독일 하
늘과 독일 사람들. 이곳의 좋은 점도 없진 않지만, 옳은 것보다
는 나쁜 점 그리고 불평만 늘어놓으니 역시 나는 정신박약아인
가 봅니다. 너무 시시한 이야기를 해서 오히려 속을 상해드릴까
걱정스럽습니다만, 거짓말을 쓸 수도 없고 미안합니다.

이제 더 오랫동안 머무르면 좋은 이야기를 보내게 될지 모르
겠습니다. 좀 더 독일 말을 지껄이게 되면, 어떤 못난 독일 놈
이라도 하나 붙들고 연애를 하게 될지 누가 압니까? 그때는 내
그런 이야기라도 써 보내겠습니다만, 연애 같은 건 시시해서,
글쎄요.

고향 동생 왈, 어머님을 생각해서라도 돈을 아껴 쓰라고요. 그
리고 세계에서 사람을 가장 잘 보는 사람이 독일 사람인데, 많은

것을 배우라고 충고를 해주었고요. 우리 모친 왈, 부디 한국에서 생활할 때처럼의 그때의 네가 되어 돌아오라 하였습니다. 불쌍하신 우리 어머님! 어머님을 속인 거짓말쟁이 딸, 세상에 있을 수 있는 일이겠지요! 지난 일을 생각해 가슴 아파하면서 후회하느니, 보다 닥친 현실을 바르고 착하게 살아가는 것이 더 중요한 일이겠지요.

지난날을 자기 생활의 본보기를 삼아서 잘 되어만 간다면 더 좋은 약이 될 터인데요. 너무 많이 지껄여서 피로하시게 했습니다. 지금은 새벽 2시 반, 밤 근무가 끝나자면 아직도 5시간이라는 긴 시간이 남았습니다. 오늘부터 밤 근무를 시작한 날. 아직 일주일이 나를 기다리고 있습니다. 건강과 안녕을 빌며.

1970년 1월 새벽. 백림에서 영원한 순자 올림


*

✝주의 평화.

또 한 해의 연륜이…….

모스코바를 무색케 하는 눈이 11월경부터 지금까지 내리고 있습니다. 오고 또 녹고, 오고…….

어떻게 지내셨습니까?

이곳의 저도 염려 덕분에 잘 지내고 있으니 감사드립니다. 아무쪼록 다가오는 크리스마스와 새해엔 더욱 더 건강히, 하시는 일이 충만하시기를 빌겠습니다.

1973. 12. 18. 백림에서 마리아 드림

*

또 한해의 연륜을 쌓았습니다. 생신을 맞이해 더욱 더 건강하시고 복되시기를 기원하면서 이 엽서를 띄웁니다.

그동안도 안녕하셨습니까? 새로 이사 온 기숙사 정원엔 개나리가 만발했습니다. 지금은 고국에도 개나리가 한창 피겠으며, 이제 꽃이 피기 시작하는 이때에 생신을 맞이해 더욱더 즐거운 날이 되시기를 빌겠습니다.

처음 필을 들 때엔 무슨 말을 많이 하려고 하였는데 할 말이 없어졌습니다. 모두 겁이 나서 말이 달아났어요. 더욱 건강해주시길 빌며, 안녕히—.

1974년 3월. 백림에서 순자 드림

*

고향의 오두막집 꽃, 물, 새들이 울고 있는 집 주위에도 봄꽃이 피겠지요. 그동안 안녕하셨습니까? 덕분에 저도 잘 있습니다. 다가오는 생신을 축하하는 의미에서 엽서 한 장 띄웁니다.

아무쪼록 한 번 가면 다시 돌아오지 않는 아깝고 그리운 시간, 부디 복되기를 빌면서, 베를린의 노처녀 순자는 진심으로 그리고 또 성심으로, 선생님의 모든 일이 뜻대로 되기를 멀리서 빌어봅니다.

1977. 3. 19. 백림에서 순자

# 황혼 길에서


그는 사람이 세상에 태어나 잊지 못할 슬픔이나 참을 수 없는 고통은 없다고 들었다. 그러나 그 말은 거짓말이었다. 그는 누이를 못 잊고 견디지 못하는 슬픔으로 살았다. 세상에 태어나 세월은 흐르고, 흐르고, 물은 흐르고 또 흘러도, 그 누이 하나만을 사랑하는 마음은 변하지 않았다. 그 누이만이 가슴의 유일한 등불이었다. 그 누이가 떠난 후 그는 어느 여인도 사랑하지 못했다. 사랑할 수 없었다.

그에게는 그 누이 하나만이 자기 갈빗대로 만들어진 여인이었다. 찾아 헤매는 어디에도 없는 반쪽이었다. 세상의 전부였다. 죽는 그날까지 자기 육신보다 그 누이를 더 사랑하는 마음으로 살았다. 누이 하나만을 사랑하는 마음은, 겨울철 앞뜰에 선 소나무가 하늘에서 내린 눈을 혼자서 뒤집어쓰고 가지가 찢어지고 쓰러지면서 모진 풍상을 겪으며 외로이 버티듯, 세상의 슬픔을 혼자 견디며 사는 인생으로 살았다. 슬픔도 괴로움도 다 제 탓으로 돌리며, 자기를 부정하는 막장 인생을 살면서도, 오매 그리운 것은 그 누이 하나뿐이었다.

떠난 누이는 편지 한 장 없었다. 아니 편지를 전할 수도, 할 곳도 없는 처지였다. 누이가 떠난 후 그 영혼이 깃들 여인을 발견하지 못한 그는 그 누이가 때로는 어머니도 되고, 누이도 되고, 할머니도 되고, 천사도 되는 것이었다. 세상을 살아가는 데 사랑하는 사람이 있다는 것, 그 하나만으로도 행복한, 하늘이 주는 복이라고 그 누이를 그리워하며 살았다.

한 사람이 사람을 사랑한다, 사랑하는 사람을 평생 기다리고 그리워하며 살 수 있다는 것은 그래도 그에게는 큰 축복이었다. 사랑하는 사람이 있는 사람은 나쁜 짓을 할 수 없었다. 그것이 인생으로 태어난 행복한 삶이었다.

더 잃을 것이 없는 인생으로 미운 오리새끼처럼 살았다. 그러나 사랑을 잃은 버림받은 인간이 살아갈 공간은 그리 없었다. 가는 곳마다 꿈을 버린 사람들과 함께 살았다. 바람에 휩쓸리는 비닐봉지처럼 날려 다니며 살았다. 영혼이 상처입고, 육신이 병든 사람들과 함께 살았다. 죽는 게 죽는 게 아니고, 사는 게 사는 게 아닌 천층만층 구만 층을 사는 사람들과 함께 살았다. 가진 것도 없고, 이룬 것도 없이 죽어가는 한 포기의 풀처럼 시들어가며 살았다. 가족도 그 누이도 없는 타향에서, 소외되고 척박한 삶을 살아가는 이웃들과 함께 죽음을 그리워하며 살았다. 가난하게 살았다. 무뇌(無腦)로 살고 싶었다. 세상에 없는 듯 살고 싶었다. 아무것도 몰랐던 때처럼 그렇게 살고 싶었다.

사랑을 잃어버린 죄가 가슴에 이렇게 가혹한 큰 형벌인 줄은 몰랐다. 사는 것이 죄였다. 생활 속에서 행복이란 즐거움을 느끼면서 살지 못했다. 아내를 스스로 버리고, 홀로 고향을 그리워하며, 슬픈 인연의 끈을 잡고 울면서 아무 재미도, 뜻도 없이 살았다. 고통 속에서 진정한 행복을 찾지 못했다. 세상에 여자는 많아도 내 아내는 없었고, 학교 운동장에 뛰노는 아이들은 많아도 내 아이는 없고, 도로에 자동차는 많아도 보험 들 내 차 한 대 없었고, 집은 많아도 내 집 한 칸 없이 살았다. 세상은 그리 넓어도 송곳 꽂을 땅 한 평 없는 것이 아니라 송곳조차 없는 인생을 살았다.

그러나 마음은 늘 넓은 하늘땅이 다 내 것으로 살았다. 내 아이 하나 없어도 하늘 밑에 뛰노는 아이들이 다 내 아이였고, 넓은 세상의 땅이 다 내 땅이었고, 도로에 가득한 차가 다 내 차였고, 넓은 하늘이 다 내 하늘로 살았다.

일하며 살며, 오매 그리운 누이를 기리는 글을 쓰기도 했다. 소설책 한 권을 남기고 싶어 죽자고 쓰기는 했었지만, 누구를 먹여 살리기 위한 글을 쓰는 것은 아니었고, 명성을 날릴 작품은 못 썼고, 별 볼일 없는 글쟁이로 글쓰기를 그냥 천형병으로 알고 살았을 뿐, 소설은 자기를 구원할 수 있고, 타인을 구원한다는 것을 모르고 살았다. 별 볼일 없는 이야기꾼으로 끝맺음했다. 그렇게 할 일 없이 그저 점심 먹고, 저녁 먹고, 자고, 아침 먹고 또 점심 먹고, 일하고, 저녁 먹고, 자고, 아침 먹고…… 더 될 것도 덜할 것도 없는 인생으로 살았다. 그렇게 살면서도 생활에 밀려

가슴이 텅 빈 껍데기뿐인 육신으로 삶을 버텨온 것은, 그 누이를 한 번 만나야 한다는 구경의 목적인 그 영혼의 갈구 때문이었다.

단군 할아버지의 후손인 7천만 겨레의 민족이 땅을 남북으로 갈라놓고, 내 조상이 물려준 5천 년 역사의 보배는 다 버리고, 우리는 서양의 것이라면 귀신떨거지 같은 것도 좋아하고 살았다. 서양의 종(種)들은 공생을 하는 것이 아니라, 자기는 살고 주변의 우리 고유의 것들을 말라 죽였다. 새가 그렇고, 벌이 그렇고, 물고기가 그렇고, 식물이 그랬다. 그래도 우리는 서양의 것이라면, 내 것은 죽어도 좋다고, 똥도 다 주워 먹는 주체성 없는 속물적 민주주의와 김일성 맹신주의를 하는, 한 하늘 아래 태양이 둘인 땅에서 살아야 했다. 남북이 태양을 잃은 땅덩어리에서 쓰레기 같은 인간들이 개도 안 주워 먹는 이데올로기를 물고, 이리 떼처럼 으르렁거리며 짐승처럼 사는 슬픈 현실을 보며 눈물을 흘리며 살았다.

그들은 백 년 전에 지구상에서 다 사라져 없어질 인간들이다. 제 욕심만 채우며 사는 불쌍한 인간들, 후손에게 물려줘야 할 땅임을 모르는 인간들, 말이 통하는 사람을 만나기가 어려운 세상이었다.

통일은 반드시 온다고 하는데, 언제 오는가. 민족의 지상과제인 진정한 통일조국은 언제 오는 것인가. 영원히 통일이 오지 않는 이유는 뭔가. 분단 60년은 결코 짧은 세월이 아니다. 독일, 월남은 다 통일을 이루었는데, 우리만 못 이루고 있는 것이다. 왜 우리는 못한단 말인가. 인간으로 치면 환갑을 지난 나이에도 우리 민족은 오랜 잠에서 깨어나지 못하고, 꼭두각시놀음에 놀아난단 말인가. 남북의 평화스러운 한나라가 영원히 존재할 수 없단 말인가. 통일을 불가능한 것처럼 고착화하고 있는 이유는 뭔가. 누가 그렇게 하는가. 통일을 비핵화, 경제논리로 푼다는, 말도 안 되는 작란 질을 치고 있는 것이다.

남북 정상이 마주 앉아 탁 털어놓고, 손을 잡고, 사상과 이념을 초월하여 통일을 합의한 후 미·소와 세계만방에 공문을 통보하면 그만이다. 그리고 조상의 사당에 그동안 잘못한 고유제를 올리면 된다. 그리고 부산을 떠난 기차가 서울과 평양을 지나 신의주까지 그리고 대륙을 횡단하면 그만이다. 뭐가 그리 어려운가. 꼭두각시 수령과 허수아비 대통령이라서 못하고 있는 것인가. 그리고 서로 북쪽에 가 살고 싶은 사람은 북으로 보내고, 남쪽에 가서 살고 싶은 사람은 남에서 살 수 있게 하면 되지 않는가. 왜 그런 시대가 오지 않는 것인가. 그럴 때도 되지 않았는가. 우리가 하는데, 누가 안 된단 말인가.

세계는 원수진 남들과도 손을 잡는데, 형제간에 왜 손을 못 잡는단 말인가. 사람이 죽을 때는 3년 전 혼이 뜬다고 한다. 자기를 반성하는 것이다. 북한 김일성 수령이 남한 대통령을 만나자는 제의를 해놓고 만나지 못한 채 급사했다. 그때 만났으면 통일이 되지 않았을까. 자기가 잘못한 죄를 자기 대에서 풀지 못하면 통일을 이루지 못한다는 생각은 아니었을까. 우리나라는 지극히 운이 없는 민족이라는 생각이 든다. 죽일 놈들이다. 열 번 죽어도 죄가 남을 위정자들! 조국 통일을 이룩하지 못한 정치인들이 사는 땅은 모두가 역적들이다. 역사의 죄인들, 똥개 같은 인간들, 똥개에게 복종하는 똥개만도 못한 인간들을 보면서 살았다. 거짓뿐이다. 쓰레기 같은 형장의 이슬로 사라져가야 할 사형수와 같은 더러운 인간들이 사는 땅을 만들었다. 퉤, 퉤, 더러운 인간들과 같이 한 하늘을 이고 살아야 한다는 생각을 하면서 살았다. 홀로 가는 길은 영혼도 외롭고, 마음도 외로운, 사막처럼 쓸쓸한 먼 길이었다.

이 땅은 하늘법정 아래 사형수들이 사는 슬픈 노예의 땅이었다. 그런 노예들은 제가 잘났다고, 통일도 못하는 주제에 내가 대통령을 해야 하고, 벼슬은 제가 해야 된다고 앞장서며 돈은 내가 가져야 한다고, 무슨 경제성장을 했다고, 정신을 잃은 허깨비가 되어 뻔뻔스런 얼굴을 쳐들고 하늘을 쳐다보며, 한국적인 것이 세계적인 것이라고 주절대며, 세상은 긍정적으로 살아야 한다고 구시렁거린다. 그들은 전통을 잃은 뿌리 없는 문화로 인간성을 상실해가는, 뇌가 점점 노예화되어가는 삶을 살고 있는 것이다. 그것은 총체적인 비진리 속에서 못난 인간들이 저지르는 패거리의 짓거리로, 그들이 이 땅을, 조국과 민족을 사형수와 같은 죄인들이 사는 땅으로 만든 것이다.

엄밀한 의미에서 우리는 통일된 조국을 이룩하지 못한 채 독립기념관을 짓고, 거기서 무슨 기념행사인가를 하는 나라이다. 그것이 무슨 독립기념관인가. 분단된 상태에서 독립을 염원하는 의미에서 지은 기념관이라면 모르지만, 나침반을 잃은 우리는 독립관이 무엇인지 그것도 모르는 불쌍한 민족이다. 또 어느 곳에 가면 성대한 한국정신문화원이 있다. 여기서 한국의 유학과 중국의 공·맹자를 제사지내는 세계한국정신문화학술대회를 개최한다.

유교사상이 어떻게 한국정신문화원이 될 수 있는가. 우리에겐 조선의 5천 년 단군 역사가 있고, 삼일신고와 천부경인 단군사상이 있는 것이다. 이것이 한국의 정신문화인 것이다. 정부와 대회를 개최하는 교수를 붙잡고 물었다. 자기도 모른다는 것이다. 돈만 챙기면 되는 모양이다. 우리는 그런 나라다. 알고 그러는지, 모르고 그러는지 모를 일이다. 우리는 사형수처럼 죽고 싶어도 죽지 못하는, 보이지 않는 올가미가 뱀처럼 목에 탁 감겨 살아가고 있는 운명이었다. 3백만이 죽은 6·25전쟁은 휴전으로, 조국은 죽은 뱀처럼 휴전선을 길게 감고 있고, 옳고 그른 것이 없는, 무엇이 본말인지 모르는 채 국군 포로와 남북의 생존 미확인 인사 1천2백여만 명의 이산가족들이 아픈 상흔을 어루만지며, 피고인이 되어 살아가는 나라이다.

그는 그런 하늘 밑에서 그들과 함께 구름처럼 떠돌고, 바람처럼 흐르면서 살았다. 통한의 눈물바다를 이룬 민족의 슬픔을 보면서, 아프고 아픈 가슴을 움켜잡고 죽는 순간까지 통일의 그날을 기다리며 살았다. 그는 홀로 따뜻한 밥을 먹어도 맛이 없고, 따스한 잠자리에 들어도 잠이 오지 않는 슬픈 나날을 보냈다.

일제 식민지로부터 해방과 6·25로 잃었던 나라를 되찾은 지 반세기의 세월이 흘렀다. 그도 그 세월을 넘나들며 남들처럼 나라를 잊고, 누이를 잊고, 자기만의 이익의 길을 찾아 높은 울타리를 치고, 꽃을 심으며 살았더라면 행복할 수 있었을까. 흘러가는 아픔의 세월에 얽매여 그런 좋은 날들을 살지 못했다. 행복할 수 없는 나날들이었다. 후회 없는 날들을 살지 못했다. 눈물을 낭비하며 살았다. 그러나 후회, 분노, 자기연민, 절망의 세월은 멈추지 않고 흘러갔다. 나라를 탓할 것만도 아니지만, 지금은 진정으로 후회를 해도 잘못 산 인생이 과거로 돌아갈 수는 없었다. 가슴을 치는 회한도 부질없는 아픔으로만 남는다.

세월은 부대인(不待人)이었다. 늙어갔다. 늘 허기진 마음으로 살았다. 나이는 고희를 넘어서고 있었다. 오매 꽃보다 고운 그 누이를 만날 날을 기약하며, 그렇게 목마르게 기다리던 멀고 긴 세월! 아쉬웠던 미련들을 모두 떨쳐버리며 사는 삶이란, 얼마나 아프고 가련한 세월이었던가. 그 시간들을 누이를 가슴에 그리는 따뜻한 추억을 꿈꾸는 그리움만으로 살았다. 그 누이가 내가 원하는 곳에서 살기를 바랐다. 그 누이만 행복하다면 지옥이 지옥이 아니고, 극락이 극락이 아니다. 지옥도 극락이 될 수 있고, 극락도 지옥이 될 수 있는, 자신은 한평생을 개똥밭에 굴러도 괜찮았고, 이 세상에서 진실로 원하는 것은 그 누이 하나가 행복하게 사는 것을 바라는 마음뿐이었다.

대체 시간이란 무엇인가. 이 세상에서 가장 무서운 것은 시간이었다. 시간을 죽이기도 하고 살리기도 하며 살아가는 것이 인간이라면, 그는 죽이는 시간을 살아왔다. 내 것인 시간을 만들지 못했다. 복된 시간을 창조하지 못했다. 시간은 지나간 1초는 과거에 속하고, 다가올 1초는 현재가 되어버리는 무서운 미래였다. 그 미래는 또 어느새 과거가 되어버리는 것이었다.

흐르는 시간은 잡아둘 수 없듯이, 이제 그의 남은 시간은 잔고 없는 통장으로 남아 있었다. 남은 시간 순간순간이 간절하고 소중했다. 시간은 돈이 많다고 돈으로 해결할 수 있는 것도 아니었고, 훔칠 수도 없는 것이었다. 실체가 없는 시간은, 그렇다고 변하지도 않았다. 시간은 불변하는 생명의 근원이었다. 그런데 사람들은 시간은 변하는 것으로, 흐르는 것으로 착각하고 살아가는 것이다.

해가 뜨고 지는 것은 영원히 항구적인 운동을 되풀이하는, 시작도 마침도 없는, 공전과 자전을 되풀이하는 불변의 끝없는 영원성을 이어가는 지구의 운동일 뿐인데, 사람들은 시간은 흔적 없이 흘러가는 것으로 믿고 있다. 기차를 타고 창밖을 내다보면 차는 가만히 있는데 전주가 자꾸 뒤로 물러나 달아나듯, 그와 같은 현상이었다. 무한한 창공은 우주와 지구가 공전과 자전을 되풀이하면서 영원성을 유지하며 가만히 있는데, 영원하지 못하면서 영원을 꿈꾸는 인간의 눈에는 주야가 바뀌고 자기 모습이 자꾸 늙어가니까 시간이 가는 것으로 착각하는 것이다.

그래서 석가모니는 "인생은 본모습을 모르고 착시현상으로 살다 가는 전도몽상(顚倒夢想)"이라 했고, 시성 도연명은 "시간은 사람을 기다려주지 않는다. 그러나 세월은 사람의 얼굴을 비켜가지 않는다"고 노래했고, 춘원 이광수는 인생은 환(幻)이라고 '꿈'이라는 소설을 쓰기도 했다.

그의 인생에서 기쁜 순간은 없었다. 갖고 싶은 것도 너무 많고, 이루고 싶은 것도 너무 많았다. 그러나 그 행복했던 포옹은 다시는 없었다. 순결한 사랑과 희망의 믿음이 불길처럼 타오르는 젊은 시절이 있기는 했었다. 하지만 열 손가락을 일곱 번이나 되풀이해 꼽아보며 헤어보지만, 그런 순간은 꿈처럼 흘러가고 없었다. 그의 손은 그동안 세상에서 무엇을 했는지 한 일이 없다.

오늘 하루는 내 것이다 하고 내 것인 인생을 산 적이 없었고, 돌이켜보면 그런 덧없는 인생을 살려고 세상에 태어나 발버둥을 치며 보낸 허망한 시간들뿐이었다. 그 뒤에는 자기 의지와는 무관하게 어떤 보이지 않는 거대한 힘이 있어 그렇게 했는지는 모르지만, 전생에 무슨 죄를 지었기에 이렇게 살아야 하나 하고 하루하루를 살았을 뿐이다. 몸뚱이 하나에만 의지해 영혼은 하늘에 구름 가듯, 바람 가듯 떠돌았다. 그렇게 살고 보니 죽는 것도 맘대로 할 수 없었고, 사는 것도 맘대로 안 되는 인생이었다.

세상사는 천분(天分)이 정해져 있는 모양이었다. 되는 것이 있고 안 되는 것이 있는 것이었다. 언젠가는 세상살이가 돌아가는 이치의 끝자락이 보일 것이라는 막연한 기다림에서 살았을 뿐, 오늘보다 내일이 더 나을 것이란 꿈 있는 인생으로 살지 못했다. 마음 시키는 대로 살았다. 그게 참 삶이 아닌 모양이었다. 아무것도 남는 것은 없었다. 그런 칠십여 년의 세월이 흘렀다. 가을 길가에 떨어져 날리는 한 잎의 낙엽처럼 날리며 살았다. 한때는 노동판에서 파란만장한 인생을 살아가는 사람들과 함께, 포장마차에서, 헌책방에서 만난 소중한 시간의 두께를 그리워하며 살기도 했었지만, 세월은 덧없이 흘러가고, 꽃은 피고, 새들은 봄이 오면 또다시 노래를 부르고, 그렇게 변함없는 세월은 가고, 물은 덧없이 흘러가기만 했었다.

신통한 것은 시간 앞에서 인간은 평등한 것이었다. 정치 앞에서, 신 앞에서의 인간은 불평등한 것인지 모르지만, 인간에게 한 치의 오차도 없이 부여되는 시간은, 죽음의 문턱 앞에서는 누구나 승자도 패자도 없이 '죽음' 이란 두 글자를 멍에에 걸머지고 똑같이 맞이하게 했다. 태어날 때는 그렇게 힘들게 울며 태어났으면서도, 죽을 때는 세상사 다 버리고 왜 그리 쉽게 울지도 못하고 힘없이 죽는 것일까. 천년만년 살 것 같던 사람들을 한순간에 죽게 하는 무정한 시간은, 누구에게나 그렇게 평등하게 세월을 보내고 죽음을 맞이하게 하는 것이었다.

울면서 태어난 인생이 웃으면서 죽을 수는 없을까. 살아놓고 보니 "그 여자는 팔자가 사납다. 사람은 가죽 밑에 무겁지 않은 복이 들어 있어야 한다"고 하시던 할머니의 말씀이 가슴에 떠오른다. 사람은 보이지 않는 복을 타고나야 한다. 복을 타고나지 못한 사람은 어떻게 살아야 하는 것인가. 나만 곧으면 된다고 진정성을 다하는 삶을 살지 못하는 인생은, 어떤 모습으로 변하여 자연으로 돌아가야 하는 것일까.

인간의 삶은 선택이었지만 죽음은 선택이 아니지 않는가. 죽음은 기차를 타고 멀리 타향으로 떠나가는 나그네와 같이 어느 날 갑자기 말없이 떠나가야 하는 것이다. 남편은 사랑하는 아내를 언젠가는 곁에서 떠나보내야 하고, 아내는 남편을, 그리고 또 목숨처럼 사랑하는 자식을 불태워 공원묘지에 갖다 묻어야 한다. 떠나가는 이별의 뱃고동소리에 갈매기들의 울부짖는 슬픈 울음소리를 뒤로 다시는 돌아올 수 없는 항구로 떠나는 배와 같이, 인생은 영원으로 이어지는 배를 타고 여행을 떠나는 한 마리의 외로운 나그네새였다.

가슴속에는 늘 그 누이와 같이 있었다. 누이는 옆에 없어도 누이에 의해 움직여지고 있다는 것이 신통했다. 구름이 태양을 가렸지만 태양은 언제나 구름 속에 그대로 있듯이, 누이는 가슴속에 그대로 남아 있었다. 하늘에 뜨는 달도, 별도, 태양도 세상의 모든 것들이 누이를 위해 존재하고 있었으므로 모든 일의 뒤끝에는 그 누이가 있었다. 해가 뜨고 하루가 시작되면 눈으로 보고, 입으로 먹고, 두 다리로 걸어 다니고, 자리에 누울 수 있고, 잠잘 수 있었던 것은 다 누이 때문이었다. 그 누이의 영혼의 아름다움을 인생의 전부로 가슴에 지니고, 비록 가진 것이나 행사할 권력은 없어도, 떠받들 권위는 없어도, 쇠퇴하고 척박한 사람들과 함께 허정허정 걸으며 칡넝쿨처럼 질긴 목숨으로 살았다.

헤어진 누이와 당장은 못 만난다 하더라도 언젠가 한 번은 어디서 불쑥 나타나 다시 만날 수 있으리라는 위안으로 그날그날을 기약하며 살았다. 그러나 기다리던 그날은 오지 않았다. 길고 긴 겨울밤을 한데 잠을 전전하며, 심장 박동소리가 멈춰져버릴 정도의 추위와 절망의 시간들 속에서도 그 누이를 만날 날을 기다리며 살았다. 매일매일 해면 위로 해가 솟아오르듯, 누이를 만날 수 있는 해가 불쑥 솟아오를 날을 기다리며 살았는데, 그런 태양은 영영 떠오르지 않는 것이었다.

그는 세상에 태어나서 하고 싶은 것을 한 번도 못 해봤고, 갖고 싶은 것을 가져보지 못했다. 스스로 모든 것을 갖지 않고 버리며 살았다. 못난 인생으로 내가 나를 버리면서 살았다. 소유하고 싶은 욕망을 다 버리고 살았다. 그는 세상에 태어나 인간답게, 사람답게 살고 싶었다. 남들처럼 모질게 살았더라면 돈을 벌고 출세를 했을지도 모른다. 그러나 그렇게 살지 못했다. 덜떨어진 인생으로 살았다. 한평생 짝 없이 외롭게 헤매는 외기러기처럼 살았다. 괴롭고 힘들 땐 복 짓는 마음으로, 기쁠 땐 죄 짓는 마음으로 살았다.

왜 그렇게 살았는지는 모른다. 누가 그렇게 살라고 한 것도 아닌데, 그렇게 살았다. 세월이 흐르고 늙어감에 따라 지난 세월이 소록소록 후회로 떠오르는 때도 있었다. 그러나 그것은 어디까지나 운명대로 산 것일 뿐, 그것이 설사 잘못된 삶이었다 할지라도 이제 와서 모든 것을 되돌릴 수는 없는 노릇이었다. 그는 그렇게 원해서 산 것이 아닌지 모르지만, 다른 사람들이 그렇게 살기를 원해서 산 것인지도 모르지만, 자기 스스로 선택한 길이었으니 하늘을 원망해도 소용없었다.

"인생은 내가 만든다. 가장 어려울 때 자기를 도울 수 있는 것도 자기 자신이고, 살릴 수 있는 것도, 죽일 수 있는 것도 자기 자신이다. 이 세상에서 나를 구할 수 있는 가장 큰 힘은 나 자신 속에 있으며, 나를 해하는 무서운 칼날도 나 자신 속에 있다. 나의 실패와 몰락에 대해서 책망할 사람은 나 자신 이외에는 아무도 없다. 내가 내 자신의 최대의 적이며, 나 자신의 비참한 운명의 원인이었다"고 말한 나폴레옹이 아니더라도 누구를 탓할 수는 없었다.

인생으로 태어나 자기가 선을 행해 받은 복이나, 악을 저질러 지은 죄는 다 자기의 몫이었다. 후회해도 소용없고, 누구를 원망해도 필요 없는 일이었다. 자기가 살아오면서 감당한 모든 것은 다 자기 능력의 한계였다. 영혼이 텅 빈 육체를 벼랑 끝에 박쥐처럼 매달고, 자기 몸은 있어도 그만, 없어도 그만으로 막노동판에 뛰어들어 일에 목숨을 걸고, 지옥의 문턱을 넘나들며 사는 삶이란 얼마나 외롭고 아팠던가. 몸은 한 군데도 성한 데 없이 시퍼런 피멍이 든 총알 박힌 다리를 쩔뚝거리며 일을 했다. 노동판에서 자기 학대의 날품팔이를 하면서도 그 누이의 그리움이 있었기에 살 수 있었다. 누이에게로 갈 수 있는 길이 있다면 그곳으로 한 발짝이라도 다가가기 위해, 누이의 소식을 들을 수 있는 길을 걷기 위해 그 길이 어디 있는지 그 길을 찾아 헤맸던 것이다.

칠십 평생을 누이 속에서 살았다. 이 세상에 그를 살아 있게 했고, 험한 일을 할 수 있게 했던 모든 것은 구원의 누이 때문이었다. 누이는 "평생 사람을 미워하지 않으며 살라"고 했다. "하늘의 뜻에 따라 순리로 사는 사람은 복을 받을 것이며, 하늘의 뜻을 거스르며 악하게 사는 사람은 벌을 받는다" "부자로 살지도 말고, 가난하게도 살지 말아야 한다. 가난하면 도둑질을 하게 되고, 부자가 되면 교만해진다"고 한 말을 가슴에 새기며 살았다. "진리가 아닌 것은 절대 이길 수가 없으며, 하늘이 내리는 벌을 피할 길이 없다"는 것이 누이의 말이었다.

하늘은, 하늘의 뜻이 아닌 야심으로 남의 나라를 통째로 집어삼키려 하던 일본은 결국 패망하게 하였고, 착하게 사는 미국의 손을 들어 원자탄을 주어 전쟁을 승리로 이끌어 세계 평화를 맞게 했다는 것이다. 시련을 극복한 민족에게는 축복을 준다. 빛이 있다. 하늘은 무심하지 않다는 것이었다. 누이의 말대로라면, 그런 착한 마음으로 살면 언젠가는 누이를 만나게 될 것이었다. 그러나 그날은 오지 않았다.

날개옷을 입고 하늘나라에서 맑고 영롱한 빛을 내며 한 번은 날아 내려와 만나줄 줄 알았는데, 꿈에서라도 한 번은 만날 줄 믿었는데, 누이는 만나지 못했다. 언제나 술이 취해 잠들었기에 꿈에서도 만나지 못했는지도 모른다. 그 숱한 밤을 그 누이를 그리워하며 잠들었으나 꿈 속에서도 매정한 누이는 나타나지 않았다.

정성을 다하는 삶은 하늘을 움직인다고 했다. 그 누이를 위해 정성을 다하는 삶을 살면, 공덕이 쌓여 공기 중에 있는 천지신명의 텔레파시가 열려 누이에게로 전해져 만날 수 있게 되리란 것을 믿었다. 하늘이 불쌍히 여겨 한 번은 만나게 하리라 믿었는데, 어느 날 기적처럼 불쑥 나타나리라 믿었는데, 헤어질 때 흘린 눈물이, 누이는 평생 나에게 마지막 해줄 수 있는 사랑은 그 것뿐이라는 듯, 다시는 눈앞에 나타나지 않았다.

어린 시절 그리던 어머니를 만나지 못하듯, 타는 가뭄에 봄비를 기다리듯, 기다리던 누이는 만나지 못했다. 드넓은 강물이라도 쉬지 않고 퍼내면 언젠가는 그 바닥을 볼 수 있듯, 사람이 지극 정성과 수행으로 구도의 길을 걸으면 무슨 구함인들 얻지 못할 것인가, 무슨 소원인들 이루지 못할 것인가 하는 세상의 진리는 헛말이었다. 하늘을 바보 천치라고 욕해도 소용없었다. 하늘은 눈은 있어도, 귀가 없는 등신인 모양이었다. 하늘까지는 거리가 너무 멀어 욕하는 소리가 안 들리는 모양이었다. '그를 알게 하소서. 그를 이웃이 되게 하소서.' 기도를 드리며 길거리를 헤매며 울고 다녔다. 그냥 울고불고 다니면 하늘이 그 울음소리를 듣고 천우신조로 한 번은 만날 수 있게 하리라 믿었는데 그게 아니었다.

하루가 열흘 같이 그리운 그 누이는 50여 년 세월이 지나도록 만나지 못했다. 만약 그 누이가 어느 하늘 밑에서 죽고 없다면, 그건 자기가 죽인 거나 다를 바 없다는 고통으로 살았다. 좋은 소식이 있기만을 기다렸다. "구하라 주실 것이요 두드리라 열릴 것이니라"는 하느님의 말씀도, "지성이면 감천"이란 공자님의 말씀도, "간절히 원하는 것은 주어진다"는 성현들의 말씀도 그에게 있어서는 헛말이었다. 그 모든 말은 인간의 허약함을 자위하고 위로하기 위한 헛구호였을 뿐, 만나고 싶어 했던 꿈은 영원한 꿈이었을 뿐이다.

대체 사랑하는 사람을 온몸으로 원해도 만나지 못하는 사연은 무엇일까. 지은 인연이 다하면 하늘도 어찌할 수 없는 모양이었다. 세상에 길을 피해 다녀도 원수는 꼭 외나무다리에서 만나고, 인연이 다한 사람은 아무리 찾아다녀도 만날 수가 없는 모양이었다. 신라 때, 박제상의 부인처럼 왜국에 볼모로 간 왕자 미사흔을 구하러 간 사랑하는 남편이 보고 싶어, 울산 수리재(치술령)에 올라 남편을 애타게 기다리다 죽어 망부석이 되는, 천년을 돌이 되어 기다리는 한이 있더라도, 하늘은 인연이 다한 사람은 만나게 해주지 않는 모양이었다.

찾아 헤매다 더러는 그 누이의 소식을 듣기도 했었다. 누이의 소식을 듣기 위해 어쩌다 고향 쪽으로 귀를 기울이다 보면 대숲의 바람소리처럼 귀에 흘러들어 오는 누이의 소식은, 남편이었던 군인장교는 6·25때 행방불명이 되었고, 북한으로 넘어갔다고도 했다. 누이는 북한으로 따라 넘어가 잘 살고 있다고도 했고, 북으로 따라가지 않고 한국에 남아 다른 사람과 재혼을 해 아들딸을 낳고 서울에서 행복하게 살고 있다고도 했다. 또는 휴전이 되자 그 누이는 군인장교와 같이 아이들을 데리고 미국으로 건너가 기름진 땅에서 행복하게 산다는 풍문도 들렸다. 수녀원에 갔다고도 했고, 여승이 되어 어느 깊은 산속 절에 숨어들었다고도 했다. 그러나 그런 소문들은 북한으로 갔다는 확인될 수 없는 사실 외에는, 시간이 지나가고 나면 다 바람소리처럼 흘러들려오는 헛소문들이었다.

누이가 죽었다는 소문도 들렸다. 천사 같은 누이는 너무 오염되고 탁한 땅에서 오래 살 수 없었는지도 모른다. 그 누이는 전쟁이 지나간 타락한 땅에서 메마른 가슴으로 살다가, 세상이 싫어 고향의 하늘을 바라보며 학처럼 목을 길게 빼고 울다가, 죽어 하늘의 별이 되었다가, 한 송이 꽃으로 피어났는지도 모른다. 그러나 바람결에 들려오는 그런 누이의 헛소문들을 들으면서 살 수 있었던 것은, 그래도 같은 하늘 밑 어딘가에는 그 누이가 살고 있다는 것을 믿었기 때문이었다. 그러기에 어떤 수모도, 어려움도 참고 견딜 수 있었다.


그리고 육체노동을 하면 할수록 자기 육신을 아끼는 사람들에 비해 천한 생명을 오래 부지할 수 있었다. 그러나 전쟁터에서 전우들의 갈가리 찢어진 부패한 시신을 땅에 묻으며 전쟁터를 떠다니던 그의 코에는 늘 송장 썩는 냄새가 떠나지 않아, 평생 고기를 먹을 수 없었다. 고기를 안 먹으니 정신은 점점 맑아지지만 육신은 허약한 몸으로 살았다.

그런 그의 목숨은 누이가 떠나는 것을 보는 그날 뒷동산 아카시아나무 밑에서 까무러친 채 깨어나지 말았어야 했었다. 아니면 치열한 6·25전쟁터에서 전우들과 함께 초로의 이슬로 사라졌어야 했다. 그런데 사라지지 못했다. 그 뒤로는 그가 인생의 살 이유를 찾지 못하듯 죽을 이유를 찾지 못해 죽지 못했다.

여우도, 까마귀도 죽을 때는 고향 산천으로 머리를 두고 죽음을 기다린다는데, 하물며 인간인 그는 고향으로 머리를 두고 죽을 자리를 찾지 못해 죽지 못했다. 그 쓸쓸한 먼 길을 인과의 길을 따라 살지 않았으면 질긴 목숨이 오늘날까지 살지 못했을 것이다. 신앙도 없이 그냥 일생을 탈 없이 사는 사람들은 정말 위대한 도인으로 보였다. 마구 욕하고 싸우고 억울함을 당할 때, 이것은 다 내가 지은 업을 내가 받는 것이라 생각하니 폭발하는 억하심정을 참고 살 수 있었다. 인과로 생각하면 마음의 평화를 얻을 수 있었다.

그저 비정한 하늘 아래 이 광막한 벌판을 홀로 외로이 거닐며, 고추보다 매운 세상을 살았다. 이제 와서 하루아침에 한 마리의 부나비처럼 소리 없이 죽는다는 것도 억울했다. 그러나 질긴 생명도 다하고, 이제 그에게 남은 것은 한 마리의 부나비처럼 사라져가야 하는 시간들뿐이었다.

칠십을 넘어서면서부터 온몸 곳곳이 삐걱거리기 시작했다. 비탈진 언덕이나 지하철 계단을 보면 먼저 시큰거리는 무릎 때문에 겁부터 났다. 이렇게 노년의 그림자가 빨리 찾아올 줄은 꿈에도 몰랐다. 인생의 황혼에 접어든 나이는 서글펐다. 억척스럽게 노동일을 하며 살아왔던 예전과는 달리, 이제는 어떻게 할 기력도 능력도 없고, 언제나 마음은 우울했다.

인생에 있어서 확실한 행복은 죽음이 있다는 사실이었다. 고통스런 인생이 죽음이 없이 영원한 고통에서만 살아야 한다면 얼마나 더 슬픈 일인가. 인생이 세상에 온 것은 행복만을 누리기 위해 온 것도 아니고, 영원한 고통을 받기 위해 온 것도 아니지만, 그렇다고 덧없는 소멸을 위해 온 것도 아니지 않은가. 지구에 존재하는 모든 생명은 언젠가는 속절없이 왔던 곳으로 돌아가는 것이다.

자연의 품에서 태어난 만물은 다시 자연인 어머니 품으로 돌아가야 한다. 과거의 모든 것은 죽어 땅에 묻힐 것이고, 미래의 모든 것은 새로 태어날 것이다. 삼라만상은 하나의 이(理)와 기(氣)에 의해 일양(一陽)이 움직여, 시생(始生)한 존재는 소멸하여 다시 공(空)으로 돌아가는 것이다. 생명은 인(因)의 조건(因緣)에 의해 발생했다가 그 존재는 자연과 함께 다시 무(無)로 귀결하는 것이다.

우주에 있는 모든 존재는 반드시 소멸한다. 형상을 가지고 있는 만물은 이것을 피할 수 없다. 우주의 일기(一氣)로 육신을 받아 가지고 온 인간은 그 정신을 다시 우주로 돌려주어 분산해야 하는 것이다. 인생에게 부여된 건강과 질병, 부귀와 빈천, 선악과 생사의 생명들은 꽃이 지면 피고, 피면 지듯이, 흘러가는 세월과 함께 있던 것이 없던 것으로, 없던 것이 있는 것으로 다시 돌아가는 것이다. 있는 것이 없는 것으로, 없어지는 것이 아니라 본래의 모습으로 귀의하는 것이다.

태초로부터 미지의 세계에서 태어난 그 생명체는 태어난 적도 없고, 죽음도 없고, 존재했던 적도 없는 본래의 모습으로 돌아가는 것이다. 그런 인생의 조건은 운명에로의 귀의였다. 지금 존재하는 모든 생명은 머지않아 지구를 떠나야 하듯, 이제 그에게 남은 생명은 무(無)에서 시작한 삶이 공(空)으로 돌아가는 것만이 남았을 뿐이다. 그에게 부여된 시간은 얼마 남지 않았다. 하루하루를 연장하면서 살아야 했다. 세상의 모든 것은 언젠가는 구름처럼 바람처럼 이승에서 사라져 없어지듯, 이제 그에게 남은 것은 바람소리처럼 흘러가야 하는 것뿐이었다.

검은 망토를 걸친 저승사자가 늙은 육신을 내려다보고 헛기침을 하는 모양이었다. 등뼈가 휘고 어깨가 내려앉는 듯, 육체는 전군에 비상령을 내려도 속수무책이었다. 몸을 지탱하고 있든 뼈들이 무너져 내려앉기 시작했다. 뇌수만 살아서 움직일 뿐, 육신은 영 말을 듣지 않는다. 위장과 혀, 잘 돌아가고 있던 혈관, 굳건하게 땅을 딛고 서 있던 두 개의 다리에 감내할 수 없는 병이 잇따라 일어났다. 오장육부는 한 군데도 성한 데 없이 하나하나 망가지기 시작했고, 늙은 몸은 한 군데가 고장 나기 시작하면 무정부상태로 연쇄반응이 일어났다.

전쟁과 노동판에서 굳어진 평생을 버텨온 낡은 뼈들이, 이제 더 이상은 지탱하지 못하겠노라고 시위하듯 뼈와 뼈, 피와 피, 신경과 신경이 잇고 있던 고리가 툭툭 끊어져 달아났다. 허리뼈가 부러지는 듯 아팠고, 50년의 아픔을 안고 견뎌오던, 파편이 박혀 절뚝거리던 다리는 말썽을 부리기 시작했다. 가슴속 깊이 기침을 쿨럭쿨럭 했다.

자기 손으로 시멘트를 개고 철근을 넣어 남들이 못하는 고속철도 KTX 교량을 잇고, 터널 천장에 원숭이처럼 거꾸로 매달려 마술사처럼 일하며, 거역할 수 없는 인생의 필연적 조건 속에서 살아오던 그는, 막장에서 삶의 무게를 이기지 못한 채 뚝 떨어졌다. 일생을 밑바닥으로 떨어지고, 떨어지고, 또 떨어지면서 살던 모진 삶이 영원한 밑바닥으로 추락한 것이다.

떨어질 때는 눈앞에 그 누이의 모습이 어른거렸다. 사막에서 나타나는 신기루 현상처럼, 그렇게 죽도록 꿈에 그리던 누이가 거기에 서 있는 것이었다. 간밤에 꿈에 나타났던 그대로였다. 두 개의 무덤이 있는 고향의 집 뒷동산에서였다.

환하게 웃고 서 있는 그 누이는 처녀 때처럼 하얀 무명적삼에 검정치마를 입고 있었다. 몸에서는 꽃향기가 났다. 묻고 싶은 말도, 하고 싶은 말도 너무 많았다. 어디 있다 이제 왔느냐고 그가 와락 달려들어 고운 손을 덥석 잡으려는데, 누이는 손을 벗어나며 말없이 웃기만 했다. 누이는 우리가 여기서 만나기로 했지 않

느냐고 했다. 엉겁결에 용기를 내어 와락 달려들어 누이를 다시
는 놓치지 않으려고 끌어안으려는데, 순식간에 누이는 어디론가
사라지고 없었다.

　꿈이었다. 꿈을 깨고 나니 전신이 물속에 빠진 듯 흠뻑 젖어
있었다. 천장에서 떨어지는 순간이 그랬다. 간밤에 꿈에 나타났
던 그대로 누이의 모습이 눈앞에 나타나 어른거렸다. 어쩌면 죽
을 때까지 꿈에도 한 번 만나지 못하리라 믿었던 누이가 거기에
있었다. 위에서 내려다본 까마득한 거리의 밑바닥에서 그 누이
의 목소리가 들려왔다. 누이가 하얀 적삼을 입고, 검은 몽당치마
를 팔랑거리며 빨리 내려오라고 손짓했다. 그는 허공에서 곧 내
려가겠다고 손을 맞받아 흔들어 내저으며 뛰어내렸던 것이다.
그 뒤는 어떻게 되었는지 모른다.

　깨어났을 때는 병원이었다. 그날 무릎에 박혀 있는, 신체의 일
부분이었던 파편이 말썽을 부려 무릎관절을 오려냈다. 결국 한
달 후에는 다리를 잘라냈다. 파열된 위장을 끊어냈다. 다음부터
는 장기를 하나 둘, 헌 차 부속품을 들어내듯 떼어내고 갈아 넣
기 시작했다. 대장을 잘라냈다. 또 쓸개가 곪아 터져 떼어냈다.
간을 토막토막 잘라내야 했다. 이젠 더 잘라낼 것도 없었다. 이
승과 저승의 문턱을 왔다 갔다 하며 살았다. 그는 기저귀를 차
고, 어머니의 말을 잘 듣는 착한 어린 아기처럼 병상에 누워 있
었다. 세 살 때 어머니는 떠나고 할머니가 아랫도리에 기저귀를
채워주었듯, 그는 간호원이 채워준 기저귀를 차고 그리워하던
고향으로 달리는 남행 열차에 몸을 실었다. 그것이 그에게 주어
진 마지막 자유였다. 그것은 다시는 돌아올 수 없는 영원한 고향

으로의 회귀(回歸)였다.

그는 고향의 잔디밭에 누워 기차역을 바라보며 "서 있는 기차는 쌍놈, 서울로 달리는 기차는 양반기차……" 그렇게 노래하며 어린 시절 기차를 타면 전봇대가 전깃줄을 매단 채 길게 늘어서서 자꾸자꾸 뒤로 물러서던 일을 떠올린다. 산천은 가만히 있는데 자꾸만 뒤로 물러가던 기차가 도착한 곳은 서울역이었다. 스물한 살의 꽃다운 나이에 고향을 떠났다가 칠순의 노인이 되어 찾은 고향이었다.

성공을 해도, 실패를 해도 마지막 찾는 땅은 고향이었다. 이 세상에서 제일 불쌍한 사람이 있다면 고향을 잃은 사람들일 것이다. 꿈에도 그리워하던 고향이었다. 두 주먹 불끈 쥐고 어머니 뱃속에서 세상에 태어나 첫울음을 울던 고향이었다. 빈손으로 태어나 빈손으로 세상의 온갖 풍상을 겪으며 살다가, 버릴 것 모두 버리고, 잊을 것 다 잊고 한 세상 떠나면 그만인데, 안고 온 외로움과, 두고 가는 그리움과, 품고 가야 할 슬픈 기억과, 희망과 기쁨과 사랑을, 삶에 대한 애착과 미움을 미련 없이 모두 다 버리고 가면 그만인데, 눈 하나 감으면 인생이란 덧없는 한갓 꿈인데, 사람이란 죽어 불타버린 불쌍한 한 줌 뼛가루를 무심한 강물에 뿌리면 그만인데, 가져갈 것이란 업(業)뿐인데, 업만 남기고 가는 인생인데, 왜 그리 서러울까. 연연한 인생이 회귀하는 서러운 고향은 '상실된 낙원'과 같은 것이다.

발해 유민들은 고향을 잃고 살다가 죽었다. 키르기스스탄으로 유배된 고려 유민들에게는 돌아갈 고향이 없었다. 기구하게 살다가 끝내 고향땅을 밟지 못하고 쓸쓸한 최후를 맞는, 망향의 꿈을 잃은 사할린 동포에게는 고향이 없었다. 수몰된 실향민들에게는 고향이 없었다. 지금 북한에 고향을 두고 온 실향민들에게는 돌아갈 고향이 없다. 예수는 고향을 잃고 십자가에 못 박혀 죽었고, 소크라테스는 돌아갈 고향이 없어 독배를 마시고 홀로 쓸쓸한 생을 마감했다. 불멸의 영웅 이순신 장군도 마지막 돌아갈 고향이 없어 함상에서 장엄한 최후를 맞이했다. 불철주야 조국의 독립을 위해 싸우던 안중근 의사도 돌아갈 고향이 없어 잃은 조국을 그리워하며 이국의 감옥에서 불멸의 글씨를 남기고 생을 마감했다.

그의 고향이 그러했다. 진정한 마음의 고향을 잃어버린 지는 오래였다. 그도 한때는 제대를 하고 고향으로 돌아와 복위혼을 하고, 할아버지가 농사짓던 묵정밭에 할아버지에게서 배운 농사법으로 잡초를 뽑고, 옥수수, 콩, 오이, 호박 등 채소와 복숭아, 배, 감나무를 심고 농사를 지으며 살기도 했었다. 노동판에서 떠도는 것보다 죄를 덜 짓는 농사를 지으며 살고 싶은 고향이었다. 사과나무에 꽃이 피고 붉은 열매가 열리는 것을 보고, 야생화가 피는 언덕을 바라보며, 자기보다 꽃을 더 사랑하는 누이가 돌아오는 날을 기다리며 살고 싶은 고향이었다.

그런 고향을 버리고 떠난 후, 아픔 때문에 긴긴 세월을 혼자서 찾지 못했다. 죄인처럼, 가고 싶어도 못 가는 고향이었다. 가슴속 정 하나, 사랑의 씨앗을 심어놓고 떠난 지는 오랜 세월이었다. 그러나 가슴에는 고향 산천의 뒷동산과 두 개의 무덤과 하늘과 꽃, 물, 새, 나무들이 남아 있었다. 가슴속에는 늘 고향 산천의 꽃들이 피고 있었다.

# 야생화 피는 무덤

그의 고향은 기차여행을 하다 보면 소백산맥 굽이 트는 철길을 따라 두메산골 어디에서나 볼 수 있는 그런 마을이었다. 숨 막히는 절경을 굽이굽이 돌아 아름다운 대자연을 달리는, 어린 시절을 태운 비둘기호 열차는 아직도 낡은 침목 위를 덜컹거리며 달리고 있었다. 칙칙폭폭 달리는 기차를 따라 엉금엉금 따라오던 산들과 느릿느릿 뒤처지는 나무들, 거북처럼 웅크린 집들이 보이는, 아카시아 꽃이 온 동네를 포근히 감싸고 있는 동네였다.

산과 들, 하늘마저 가득 싣고 숨차게 달리는 기차가 산허리를 돌아 가파른 깊은 산속으로 들어가는 차창 가에서 멀리 내려다 보이는, 핵핵 스쳐 지나가는 마을 한가운데 큰 기와집이 한 채 있고, 숲 속에는 초가집을 헐고 지붕개량을 파랗게 칠한 올망졸

망한 슬레이트집들이 여러 채 정답게 모여 있고, 마을 앞에는 맑은 냇물이 흐르고, 뒷동산에는 살구꽃 복사꽃 진달래가 만발하는, 산기슭에 한 떨기 진달래가 외로이 핀 오막살이집이 한 채 있는 그런 마을이었다.

봄에는 꽃이 피고, 여름에는 시원한 그늘이 있고, 가을에는 단풍이 곱게 물들고, 겨울에는 아름다운 산하에 흰 눈이 가득 덮이는, 산과 들이 사람의 실핏줄처럼 가닥가닥 물줄기를 뿜어내는, 강보에 아기를 감싸 안듯 산이 마을을 포근하게 보듬은 고향이었다.

뜰에는 매화꽃을 피우고, 살구나무와 새콤달콤한 앵두가 빨간 열매를 맺는, 젖과 꿀이 흐르는 땅이었다. 어딜 가나 아름다운 꽃이 피고, 향기가 가득한 숲 속에서 산새들이 울고, 반딧불이 날아다니는 꽃향기 가득한 고향이었다.

봄이면 집집마다 산나물을 삶아 발에 넌 냄새가 마을에 가득하고, 마구간에서는 어미 소가 순한 눈방울을 끔벅이며 음머어— 송아지를 찾고, 송아지와 염소는 마당에서 엄매에— 울고, 강아지가 컹컹 짖으며 송아지와 같이 뛰놀고, 붉은 깃 수탉 한 마리가 암탉 열 마리를 거느린 채 봄볕이 따뜻한 흙 마당을 한가로이 거닐며 짝짓기를 하고, 알을 낳은 암탉이 둥지에서 꼬꼬댁— 울고, 텃밭에서는 살찐 돼지가 엉덩이를 동서로 흔들며 꿀꿀거리고, 뒷산에서는 장끼가 푸드덕 깃을 치며 나는 고향이었다.

단군 할아버지 때부터 대대로 족보를 따지고 핏줄을 챙기는 민족성의 맥을 이어오면서, 온 마을 사람들이 천년 세월을 두고 고향의 마음을 가슴에 품고 살아온 꽃동네였다. 낯선 사람이 오면 빈 입으로 돌려보내지 않고 물 한 모금이라도 먹여 보내는 고향이었다. 근심걱정 없이 평화롭게 사는 무수촌(無愁村)이었다. 이 도원경의 마을은 나그네들이 다른 곳에도 이런 인정이 넘쳐흐르는 마을이 있느냐고 묻는, 그런 마을이었다.

아름다운 고향이었다. 뒷동산에서 부엉이가 많이 우는 동네였다. 춘하추동 꽃이 피고 새가 우는, 자연의 혜택을 듬뿍 받은 축복의 땅이었다. 오천 년 역사를 두고 우리는 남의 나라를 침범한 사실도 없고, 그렇다고 어떤 침략에도 순순히 굴복한 적 없이 적을 물리쳐 끝내 주권을 굳게 지켜온 나라, '조선 땅 조용한 아침의 나라' 후손들이 사는 평화로운 고향 마을이었다.

그런 조용한 아침의 나라, 아카시아나무 꽃이 흐드러지게 피는 고향 뒷동산에, 남매의 사랑을 묻은 무덤이 있었다. 고향 산천에 두고 온 두 개의 무덤이었다.

풀 한 포기, 돌 하나도 내 고향의 것이 아닌 것은 없었다. 그 누이의 사랑을 무덤 속에 묻고 떠난 고향의 나무와 풀들이었다. 그 고향의 산천과 유유히 흐르는 낙동강이 그를 길렀고, 그를 기른 나무와 새, 물, 친구들이 있었다. 들에는 오곡이 풍성하고, 이 나리강에는 피라미, 붕어, 메기, 꺾지, 뱀장어, 은어 떼들이 펄쩍펄쩍 뛰노는 곳이었다.

철 따라 개울가에 모닥불을 피워놓고 고구마와 감자무지를 해먹고, 강에서 미꾸라지와 가재를 잡아 구워먹고, 산에서 산나물을 뜯고 도라지를 캐먹으며 어린 시절을 보낸 곳이었다. 산에서는 새들이 노래를 불렀다. 밭에는 밤마다 하늘에서 별들이 내려와 소곤소곤 사과 꽃을 피우고 빨간 열매를 맺게 하는, 바람에 흔들리는 야생화들이 외로움을 호소하고 웃고 있는, 산천이 아름다운 고향이었다.

그리고 마을 뒤 달봉산에는 공동묘지가 있었다. 야산 펄에 옹기종기 정답게 모여 있는 무덤들이었다. 할아버지 대대로 이 고장에서 살다 죽은 동네 사람들의 무덤이 있는가 하면, 장터에서 독립만세를 부르다가 일본 놈 순사에게 총 맞아 죽은 독립지사의 무덤이 있고, 동굴에서 독립운동을 하다가 일경에게 발각돼 죽은 독립군의 무덤이 있었다. 우리 아버지의 무덤이 있고, 나를 길러주신 할아버지의 무덤이 있고, 나와 복위혼을 하게 했던 할아버지 친구, 나에게는 장인이 되는 분의 무덤이 거기에 있었다.

민족혼을 일깨우기 위해 싸우다가 죽은 선구자들이 묻힌 무덤에는, 봄이 오면 아지랑이가 아롱거리고 진달래가 붉게 피었다. 일제 징용에 끌려가 사이판 섬에서 죽어 재봉지로 돌아온 삼촌의 무덤이 있고, 일본에 항거하다 총살당한 독립지사의 무덤이 거기에 있었다. 신간회 회장으로 지하운동 주모자로 몰려 일본 놈 헌병에게 모진 고문을 당하다 옥사한 친구 삼촌의 무덤이 있었고, 상해 임시정부의 군자금을 모금하기 위해 삼거리에서 주막을 차려 술을 팔다 죽은 금동댁의 무덤이 거기에 있었다. 혼란기에 국민보도연맹 그리고 대한청년단 방위대가 즉결 처분한 무차별 사살로 무더기로 죽임 당한 마을 청년들의 무덤들이 여기저기에 널려 있었다. 6·25 때 죽은 국군의 무덤도 있고, 인민군의 무덤도 있었다.

총에 맞아 죽은 사람, 물에 빠져 죽은 사람, 차에 치어 죽은 사람의 무덤도 있었다. 이 땅에서 억울하게 죽은 무덤들이었다. 소나무 숲 속에서 어렵사리 온갖 풍상을 겪으며 추억의 갈피 속에 영영 묻혀 있는 무덤들엔, 조국의 산하에 꽃다운 청춘을 불사른 이 땅에 목숨을 초개같이 버리고 사라진 목숨들이 잠들어 있었다.

세월이 흘러도 세상에 변하지 않는 것이 있었다. 바위와 폭포, 물빛, 나무는 변한 게 없이 그대로였다. 뒷동산 무덤 주위에는 누이가 '고향의 봄'을 불러주던 따뜻한 너럭바위가 고향을 지키고 있었고, 그 뒤로 사랑을 그리워하며 몸을 비비꼬고 서 있는 연리지 큰 소나무와 서낭당이, 그리고 물레방아가 그 자리에서 누이의 혼을 지키고 돌아가고 있었다.

누이가 눈을 깜박거리며 "동상임!" 하고 요정의 목소리로 노래를 불러주던 아카시아꽃 향기 가득한 뒷동산 산비탈에는, 조상으로부터 물려받은 떼기 텃밭이 버려진 채 묵어 있고, 50년 넘는 세월 동안 버림받은 외로운 고향집이 조락해가는 잡초 속에 쓸쓸히 묻혀 있었다. 마당가에는 세월에 따라 자연으로 씨가 떨어져서 피고 지는 코스모스가 홀로 피어, 쓸쓸한 가을을 손짓하고 있었다.


그림자만을 안고 휘적휘적 걸어온 사람의 귀향을 기다려주는 사람은 아무도 없었다. 기다림의 인연을 남기지 않았으니, 기다림이 있을 리 없다. 한 인생의 고향으로의 회귀에 눈물 한 방울 흘려줄 사람이 없다는 사실이 허무하게 그를 기다리고 있었다.

고향에는 버림받은 모든 것이 늙어가고 있었다. 마당에는 제멋대로 자라나 말라죽은 풀과 썩은 낙엽들이 까맣게 쌓여 있었다. 찰랑찰랑하는 우물은 할머니가 새벽에 눈을 뜨고 일어나 샘물을 한 그릇 떠서 삼신단에 놓고 절을 하시던 우물이었다. 퍼내도 퍼내도 다함이 없이 솟아오르는 샘물을 할머니가 바가지로 별을 가득 담아 물을 떠오시던 샘은 마르고, 낙엽이 쌓인 채 썩고 마르는 냄새가 가득했다.

싸리나무로 얼기설기 세워 만든 썩은 울타리를 들어서다가, 다 쓰러져가는 통시간을 보자 눈물이 왈칵 솟았다. 그때는 뒤를 보고 수수 잎이나 이엉을 벗긴 묵은 볏짚으로 뒤를 닦던 시절이었다. 어린 그가 한번은 신문지로 똥구멍을 닦았다가 할아버지에게 들켜, 귀한 신문지로 뒤를 닦았다는 호된 꾸중을 듣고 눈에서 뚝뚝 흐르는 눈물을 두 주먹으로 훔쳤던 생각이 떠올랐다. 그것도 신문지를 반 장이나 썼다고, 가산을 탕진할 절약을 모르는 손자라고 야단을 치셨던 것이다. 다음은 누이가 멀리 떠나고 그 통시간에 숨어 시도 때도 없이 수음을 하던 기억도 떠올랐다. 지금은 지하철이나 고속도로 휴게소 화장실에서 젊은이들이 물건 귀한 줄 모르고 화장지를 둘둘 말아 흥청만청 뒤 닦기를 하고 뭉텅이로 버리는 시대를 떠올리면서, 더욱 지난 세월의 서러운 눈물이 솟았다.

그리고 사랑방에서 할아버지 앞에 무릎을 꿇고 앉아 배우던 한문 구절이 떠오른다. "인생은 후손이 있어야 후사를 경영한다" "남자는 평생에 세 번 운다. 태어날 때 울고, 부모가 돌아가셨을 때 울고, 나라가 망했을 때 운다" "남아 일생은 하늘을 쳐다보아 한 점 부끄럼 없이 살아야 한다" "인생은 태어나는 것도 중요하지만 죽은 후 후세 사람들의 평가가 중요하다. 높은 벼슬

자리에 오르는 것이 중요한 것이 아니라 그 자리에 올라 무엇을 얼마나 어떻게 잘 했는가, 사람으로 태어나 죽을 자리에 잘 죽었는가 하는 게 문제다"라고 가르치시던 교훈이었다.

"동양의 가치관은 민주주의와 친화적 천연성이 안 맞는다고 하셨다. 지금은 일본과 서양 바람이 불어 사람들이 사는 세상은 짐승들이 사는 세상이 되어가고 있다며, 새가 목숨을 바쳐 기른 새끼가 커서 어미를 버리고 떠나면 그만이듯, 인간도 그렇게 사는 세상이 오고 있다며, 일정 기간이 흐르면 그것은 짐승의 삶이란 것을 깨닫게 될 것이다"라고 할아버지는 상투를 벌벌 떨면서 말씀하셨다.

"서양의 자유주의와 정의는 돈 앞에 굴복 당하고, 선은 악의 포로가 되어간다. 정의는 강자를 대변하고, 불의는 약자만이 당하는, 도덕이 없는 사회로 변해간다. 그러니 인간은 윤리와 도덕이 무엇 때문에 문명이란 이름으로 가장된 가혹한 형벌을 받는지, 전도되고 있는지에 대해 모른다. 현대 과학인 윤리적 문명으로는 오늘의 인류를 구원할 수 없다"고도 하셨다.

"서양의 개인주의는 겉으로 볼 때는 멀쩡하고 행복해 보이지만 실제로 인류의 행복을 느끼는 사람은 하나도 없다. 먹이를 어미에게 물어다 주는 까마귀(孝鳥)처럼, 나무나 풀처럼, 줄기는 뿌리의 고마움을 알고, 꽃은 줄기의 고마움을 알고, 꽃의 고마움을 알고 은혜에 보답하기 위해 열매를 맺는 우주의 법칙처럼, 자식이 부모에게 보은하는 세상이 다시 올 것이다. 한번 지나간 유행이 다시 돌아오듯 돌아올 것"이라고 말씀하셨다. 이 말은 할아버지가 하는 말이 아니라, 하늘의 소리를 성현이 경전에 기록한 것을 내가 너에게 전하는 것이라고 강조하셨다.

그는 살아놓고 보니 장손으로서 효행은 고사하고 할아버지의 가르침을 하나도 실행하지 못하며 살았다는 생각에 가슴이 저미었다. '나는 할아버지 앞에 몇 점짜리 손자였을까.' 억지 인생을 살았다. 선영이 있는 고향을 버리고 떠났었다. 부모님이 준 신체발부를 소중한 줄 모르고 함부로 천하게 다루었다.

할아버지가 살아 계신다면 가정을 이루지 않고 이렇게 산 손자를 용서하실 수 있을까. 할아버지가 못다 한 한을 이루어달라고 길러주신 은혜에 보답을 못하고, 간절한 가르침의 뜻을 저버렸고, 하늘의 뜻을 알고 인간의 본성을 밝히는 성명(性命)을 다하는 삶을 살아달라는 할아버지의 간절한 소원을 저버리고 절손을 했다.

노인이 된 그의 눈에 눈물이 가득 고였다. 굽은 나무가 선산을 지킨다는 것을 몰랐고, 눈먼 자식이 효자노릇 한다는 옛말을 귀 너머로 들어온 그는, 할아버지의 가르침을 하나도 실행하지 못하는 불효를 저질렀다. 절손(絕孫)을 하면 이 세상의 숭조(崇祖) 사업은 누가 이어가며, 저승에 가서 조상들의 얼굴을 대할 면목이 없다고, 그렇게 간절하게 부탁하시던 할아버지의 유언을 지키지 못했다. 장손으로 태어나 후손을 남기지 못하고 자기 대에 줄기가 끊기는 천하의 불효를 저지른 것이다. 한평생을 할아버지의 가르침을 욕보이는 삶을 살았다. 그는 그런 손자였다.

향나무 숲 그늘에서 누이가 처음 뿌얀 손으로 가슴에 품고 있던 편지 한 장을 내밀었을 때, 그때 누이의 손이 너무 아름답고 환하게 예뻤던 것도 떠올랐다. 그는 나무꾼의 굳은 손등에 까마귀 때가 묻은 못난 손으로 차마 그 편지를 받을 용기가 없어, 손을 뒤로 감추었던 생각이 난다. 그날 밤 할아버지가 쑨 소죽솥 뜨거운 물에 손을 담그고, 손이 뽀얗게 되라고 밤새도록 잠을 안 자고 씻었던 생각이 떠오른다.

효열(孝烈)을 기리는 고색창연한 정려각이 서 있는 집 뒤로는 푸른 노송이 둘러서 고향 하늘을 가리는 듯 덮고 있었고, 수백 년 전부터 내려온 묵은 향나무 숲 그늘에는 향내가 묻어나는 조상의 혼백을 모신 사당이 전설처럼 웅크리고 있었다. 어린 시절 할아버지를 따라 죽 늘어선 혼백 앞에 절을 올린 기억도 난다.

지금은 사당을 에워싼 허물어져가는 돌담은 도마뱀들의 낙원이었고, 들쥐들의 소굴로 만들어진 돌담 위에는 돌 박 하나가 하얗게 하늘을 이고 늙어가고 있었다. 모로 기울어진 기둥을 간신히 지탱하고 있는 행랑채는 늙은 제 몸이 하늘의 무게만큼이나 무거운 듯, 천 근 무게로 지붕을 이고 쓰러져가고 있었고, 다 쓰러져가는 집에는 지나가던 거지가 하룻밤을 새운 듯, 거미줄이 쳐진 헌 문짝이 떨어져나간 문설주에 축 늘어진 가마니때기가 바람결에 귀신 치맛자락처럼 펄럭이고 있었다. 펄럭이는 가마니때기가 무너져가는 한 가정의 허무한 몰락과 세월의 무정함을 무언으로 말해주고 있었다.


발길이 머문 곳은 감나무였다. 할아버지가 심으신 늙은 감나무는 혼자 빈집을 지키고 있었다. 빨랫줄을 거느라 못을 박고, 소가 뿔로 문질러 껍질이 벗겨져 상처가 나고, 새가 쪼아 구멍을 뚫어 집을 짓고 새끼를 친, 모진 시련과 풍상을 겪은 감나무는 혼자 쓰러져가는 집을 외로이 지키고 있었다.

까치 한 쌍이 나뭇가지에 앉아 깍깍 울고 있었다. 어린 시절 오월이면 아침마다 감꽃이 떨어져 뒤뜰을 노랗게 물들였고, 그 감꽃을 주워 실에 꿰어 목에 걸고 다니며 먹었다. 그 감나무가 지금 힘겹게 가지에 감을 주렁주렁 매달고 있었다.

할아버지는 담 안에 있는 감나무는 그 집 식구와 같다고 하셨다. 마구간에 있는 소가 주인의 말귀를 알아듣듯, 감나무도 사람의 말귀를 알아듣는다는 것이었다. 감나무는 사람의 기(氣)를 받아서 열매를 맺는다고 하셨다. 사람의 말소리, 숨소리, 발자국소리, 아이들의 울음소리를 들으며 익어가는 감은 주인의 얼굴을 닮아간다는 것이었다. 적막한 가을 하늘 아래 감나무에는 산새들의 지저귐이 소란스럽고, 고목 밑동이 썩어 속이 텅 빈 감나무는 늙은 가지에 감을 주렁주렁 매달고, 가을 하늘에 영롱한 수를 놓으며 서러운 나그네의 발길을 멈추게 했다.

유년시절 고향에 칠월이 오면, 보리타작을 한 거름더미에 모깃불을 피워놓고, 할머니가 감나무 가지에 등을 걸어 등불을 밝히는 날이면, 야외용 아궁이 솥뚜껑 위에는 낮에 새 밀로 방아를 빻은 밀가루로 부치는 호박전이 지글거리며 익어가고, 일가친척과 이웃들이 모여 앉아 도란도란 이야기꽃을 피우며, 밤이 깊어가는 줄도 모르고 마당에서는 막걸리를 마시는 잔치가 벌어졌다.

그런 날 밤이면 그는 할머니의 무릎에 누워 호랑이 담배 피우던 시절의 얘기를 자꾸 조른다. 그러면 할머니는 "우리 손자 고추 따먹자!" 하시며 언제나 터진 손자의 바지 사이로 손을 넣어 잔뜩 찌부러져 있는 사타구니의 고추를 곧추세워 한번 쓰다듬고는, 그 손을 자기 입에 대고 "쭉! 냠냠 맛있다. 우리 손자 씨 고추 참 맛있다" 하시며 똑같은 옛날 얘기를 되풀이하셨다.

할머니가 들려주는 이야기 중에 가장 신났던 것은 '호랑이와 팥죽 할머니'였다. 팥죽 할머니가 팔다 남은 팥죽을 이고 집으로 돌아오는데, 깊은 산속에 호랑이가 나타났다. "할머니! 팥죽 한 그릇 주면 안 잡아먹을게." 할머니가 주는 팥죽을 한 그릇, 두 그릇 그렇게 다 먹어치운 호랑이는, 팔 한 짝 주면 안 잡아먹을게, 다리 한 짝 주면 안 잡아먹을게…… 이렇게 해 팥죽 할머니를 잡아먹었다. 할머니를 다 잡아먹은 호랑이는 팥죽 할머니로 둔갑을 해 별순이 달순이를 잡아먹으려고 집으로 찾아간다. "문 열어라! 할머니가 왔다." 별순이 달순이는 방 안에서 "할머니 목소리가 아닌데?" 한다. 창호지 문 사이로 손을 들이밀어 보라고 한다. 호랑이가 털이 부숭부숭한 앞발을 들이민다. "우리 할머니 손이 아닌데?" 문을 안 열어준다. 호랑이가 본색을 드러내고 별순이 달순이를 잡아먹으려고 문을 뜯으며 "어흥!" 한다. 별순이와 달순이가 하늘을 보고 기도를 드린다. "별님요, 달님요. 별순이와 달순이를 죽이시려면 헌 동아줄을 내려주시고요, 살려주시려면 새 동아줄을 내려주셔요." 하늘에서 동아줄이 내려온다. 별순이와 달순이가 동아줄을 타고 하늘로 둥둥 올라간다. 이것을 본 호랑이도 기도를 한다. 하늘에서 동아줄이 내려온다. 동아줄을 타고 하늘로 별순이와 달순이를 따라 올라가던 호랑이가 탄 동아줄이 뚝 끊어져, 수수밭에 떨어져 수수 꼬챙이에 궁둥이가 꽂혀 피를 줄줄 흘리며 죽는다. 하늘에서 헌 동아줄을 내려주셨다.

그때 할머니의 무릎을 베고 누워 호랑이 얘기를 들으며 쳐다

보는 밤하늘에는 아름다운 별들이 많기도 했다. 멍석 위에 누워 끝없는 하늘 저쪽 저 멀리에는 저와 같은 무수한 은하계가 수없이 펼쳐져 있다는 얘기를 듣는다. 달에서 방아 찧는 옥토끼와, 칠월칠석날 은하수를 건너서 만나는 견우직녀의 애타는 사랑 얘기도 들려주신다. 그런 밤이면 할머니의 애기는 장끼전이나 장화홍련전, 심청전, 춘향전, 유충열전으로 끝없이 이어진다.

그는 할머니의 무릎에 누워 시든 젖꼭지를 만지작거리며 무한한 우주공간을 바라본다. 이야기를 더 해달라고 투정을 부리던 그는 금가루를 뿌린 듯한 별 밭에서 별빛이 쏟아지는 별들의 축제를 바라보면서, 돌아올 기약 없이 여행을 떠나는 별들을 본다. 하늘에 수없이 떠 있는 별들을 하나 둘 헤다가 잠이 든다. 팥죽 할머니의 애타는 사연을 가슴에 새기며, 별순이와 달순이의 꼬마 신랑이 되는 꿈을 꾸면서 스르르 잠이 든다.


'그 누이'를 잊으려고 만든 고향 하늘 아래 두 개의 무덤가에, 무량한 태양이 하염없이 쏟아지는 날이었다. 그해의 가을은 말없이 깊어가고 있었다. 그가 고향으로 내려온 한 달쯤 후였다. 그날은 이상하리만치 하늘이 맑고 고요했다. 집 뒷동산에는 적막감만 감돌았다. 산새들이 맑은 소리로 지저귀는 두 개의 무덤가에는 낙엽이 말없이 한 잎 두 잎 떨어져 쌓여가고 있었다.

가을 해는 짧고, 나뭇가지에 걸린 햇볕이 허우적거리는 한가한 오후, 두 개의 무덤가에는 슬픈 황혼 빛이 하늘을 붉게 물들이고, 뻐꾹새가 한 맺힌 울음을 슬프게 우는 날이었다. 노을이 비낀 허공에서 까마귀 떼들이 '까악 깍―' 울며 산속으로 날아들었다. 까마귀들이 우짖는 산속으로 마을 사람들이 징검다리를 건너 모여들었다. 고요한 산골, 두 개의 무덤가에서였다.

인생을 한없는 사랑의 목마름으로, 한 누이에 대한 그리움을 불태우며 살던 그가 마지막 발길을 멈춘 곳은 두 개의 무덤가였다. 막대기에 의지해 가던 몸은 무덤을 잡고 쓰러졌다. 눈앞에는 자꾸 적의 총구가 어른거렸다. 죽어가는 전우들의 시체와 전쟁의 비명소리가 귀를 찔렀다. 어린 학도병이 어머니를 부르는 마지막 외마디 소리가 귀를 울렸다.

누이의 모습이 눈앞에 나타났다. 차츰 흐릿해지는 눈길을 간신히 굴려 주위를 돌아보니, 늘어선 늙은 소나무들이 누이의 얼굴이 되어 수풀 속에 나타나고 있었다. 눈앞이 점점 흐려오면서 아무것도 보이지 않았다. 나뭇가지에 부엉이들이 앉아서 그를 내려다보고 울고 있었다. 그의 가슴에는 고향 하늘과 너럭바위가 있고, 바위 앞에는 그 누이의 헛무덤이 잠들어 있었다.

그는 자기도 모르는, 아무도 모르는 먼 나라로 떠났다. 평생토록 그렇게 원하던 누이를 만나보지 못한 채였다. 먼 영성의 길을 떠나는 한 쪽뿐인 발에 신발을 벗은 채 맨발로, 아무도 보아주는 이 없이 혼자 쓸쓸한 생을 마감했다. 그래도 누이의 헛무덤이라도 같이하는 것이 마지막 가는 길에 위로가 되는 듯, 무덤의 잔디를 손으로 꼭 쥔 채 이승의 길을 떠났다.

한 생을 살다 가도 잃을 것이나 남길 것은 없었다. 오직 그 누이에 대한 사랑의 마음을 죽는 날까지 어느 누구에게도 말하지 않았고, 누구도 눈치 채지 못하게 혼자 가슴을 태우며 살아왔다. 어떤 슬픔도 혼자 참고 견디며 살았다. 무슨 소용이 있다고 그렇게 살았을까. 왜 그렇게 살았는지는 모른다.

그는 그렇게 이 세상에 태어나 그 누이 하나만을 가슴에 안고 어디론가 갔다. 어디서 와 어디로 가는지는 모르지만, 사랑하는 누이의 무덤을 가슴에 묻은 채 숨겨 있는 그를 하늘의 그림자가 덮었다. 고향의 꽃, 물, 새, 나무들이 지키고 있었다. 숲 속에서 뻐꾸기가 내려다보며 울었다. 하늘에서는 죽음에 그림자를 드리운 흰 구름 한 점이 한가로이 떠돌고, 허우적거리는 해맑은 햇살이, 구름 사이 하늘나라로 먼 여정을 떠나는 그의 영혼을 어루만져주듯 시신의 얼굴을 조용히 내리비치고 있었다.

지금 사랑하는 누이를 고이 가슴에 품고 잠든 그는, 영혼의 새 옷을 갈아입고, 고통과 슬픔이 없는 영원한 나라에서 하늘의 별이 되어, 두 개의 무덤이 있는 고향 뒷동산 바위에 내려와 앉아 영원히 잊지 못하던 그 누이를 만나고 있는지도 모른다.

그는 무덤을 깨뜨리고 하늘로 치솟아 훨훨 날아 누이를 볼 것이다. 그 누이의 사랑을. 그리고 그 누이가 청량사 부처가 되어 아기부처를 안고 있는 모습을 볼 것이다. 그는 그 누이의 첫사랑을 담기 위해 비워두었던 가슴에 누이의 별을 담고, 그 누이를 만나기 위해 밤하늘의 별이 되어 반짝이고, 뒷동산 숲 속의 나비가 되어 어디론가 훨훨 날며, 온 천지에 향기가 가득한 하늘나라에서 별을 타고 내려온 그 누이 천사를 만나 못다 한 한을 별꽃으로 피우고 있는지도 모른다.

따가운 가을 햇볕에 하늘의 그림자가 그의 머리에서 가슴을 거쳐 발끝까지 내리 덮이고 있었다. 마을 사람들이 두 개의 무덤 중 하나를 헤치고 시신을 묻었다. 옆에는 그 누이가 준 유품을 묻은 누이의 헛무덤이 나란히 있었다. 무덤 주위에는 꽃, 물, 새, 나무들이 있었다. 이제 그 누이는 없고, 그도 이승을 떠나고 없는 고향의 뒷동산에는 뻐꾸기만 울고 있었다.

이듬해 봄, 그가 발버둥을 치고 울며 그 누이를 기다리던 아카시아나무 밑에 그 누이가 좋아하는 야생화가 피었다. 지난 봄 진달래, 철쭉이 산자락을 불태우던 혼이 하늘로 올라간 자리, 그곳에 다시 꽃들이 빨갛게 피어났다. 더 이상 지상에 그의 육신은 존재하지 않았지만, 그의 영혼은 무덤가에 꽃으로 피어나 하늘의 혼을 웃게 했다. 너럭바위가 있는 뒷동산에는 그가 심은 150여 종의 야생화 꽃들이 무더기로 피어났다. 각양각색의 풀꽃들이 철따라 피고 졌다. 눈 속에 핀 꽃들이었다. 양지바른 눈 속을 가만히 들여다보고 있으면, 땅속에서 꽃을 피우기 위해 첫 얼굴을 내밀고 나오는 생명들이 있었다.

먼저 복수초가 피어났다. 첫 꽃이었다. 어느새 흰색, 자주색, 연분홍 노루귀가 피어났다. 해맑고 청순한 깽깽이풀이 가냘프게 피고 있었다. 제비꽃이 가련하게 피고 있었다. 누이가 좋아하는 패랭이꽃도 피었다. 산자고, 엘레지 할미꽃이 피어 있었다. 앙증맞으면서도 고혹적인 꽃들이었다. 오랑캐꽃이 피어 있었다. 각시오랑캐꽃, 오랑캐꿀, 구름털 오랑캐꽃, 노랑오랑캐꽃, 누운 오랑캐꽃, 호오랑캐꽃, 장구채오랑캐꽃이 지천으로 피어났다.

산골마을의 생명의 상징인 색깔로 수백 년 간 살아오도록 한 희망의 표상인 노란 산수유꽃이 피었다. 동백꽃, 생강나무꽃, 진달래가 피어났다. 절구대꽃, 도장나무꽃, 산딸나무꽃, 백굴채,

자운영, 댐싸리꽃, 수국인삼, 충층나무꽃, 갓꽃, 후박꽃, 병꽃나
무꽃, 고들빼기, 찔레꽃, 토끼풀꽃, 꽃잔디, 수영꽃, 박태기꽃,
자목련, 사상자꽃이 피어났다. 산연꽃, 쥐똥나무꽃, 돌미나리,
붓꽃, 개쑥꽃, 사계화, 냉이꽃, 엉겅퀴, 줄풀꽃, 구슬꽃, 씀바퀴,
싸리꽃, 초록꽃, 돈나물꽃, 무늬무릇, 중의무릇, 개망초꽃, 쇠별
꽃, 바람꽃, 애기똥풀, 양지꽃, 백자단, 딱지꽃, 물매화, 참꽃마
리, 제비꽃, 좀가지풀, 애기나리, 금붓꽃, 앵초, 민들레, 숲 속 여
인의 치마 속에 감추어진 그 무엇이란 요강꽃이 피어났다.

　어머니의 넋이라고 하기도 하고, 중국 진나라 왕이 화살에 맞
아 죽으면서 피가 튀어 꽃이 되었다는 수달래꽃이 피어났다. 갈
퀴나물, 석산, 좁쌀풀, 풍선덩굴, 개별꽃, 물양지꽃, 용담, 며느
리밑씻개, 엘레지투구꽃, 물봉선화, 큰구슬붕이, 꼬리풀, 처녀치
마, 활나물, 해오라비난초, 산부추, 잔대, 닭장이풀, 배향초, 며
느리밥풀꽃, 쥐오줌풀, 족두리풀, 사마귀풀, 미치광이풀, 오이
풀, 금강초롱, 송이풀꽃이 피어 있었다. 단풍취, 각시취, 각시패
랭이꽃, 난쟁이패랭이꽃, 술패랭이꽃, 장백패랭이꽃, 하늘나리,
뻐꾹채, 꿩다리, 모데미풀, 금낭화, 피나물, 동자꽃, 까치수영,
천남성, 현호색, 아기해바라기, 산자약, 병아리난초, 둥굴레, 쑥
부쟁이, 솜방망이, 개족도리, 은방울꽃, 옥잠화, 그 고고한 자태
와 은은한 향기가 나는 구절초가 피어나고 있었다.

　꽃들은 저마다 제 품은 빛과 향을 다른 색깔과 표정으로 뽐내
고 있었다. 붉고 희고 노란 꽃들이었다. 훅 불면 하얀 깃털이 바
람을 타고 둥둥 떠 날아 내리는 산 민들레가 피어 있었다. 노란
달맞이꽃이 피어 있었다. 산촌에서 짓밟히고 꺾이며 피고 있는,

흔히 볼 수 있는 이름 모를 산 풀꽃들이었다. 누이가 좋아하는 찬란한 꽃들이었다. 누이를 닮은 산꽃들이었다. 풀꽃에 하얀 나비 한 마리가 날아와 곱게 앉아, 누이의 영혼이 하얀 손님으로 온 듯 날개를 파닥거렸다.

단기 4340년(2007년), 그 누이의 사랑을 가슴에 안은 그는 불멸의 사랑을 남긴 채 조용히 약속된 땅으로 갔다. 사랑은 주는 것이 아닌, 받는 것은 더더욱 아닌, 서로가 가꾸어가는 것이라고 말하던 누이. 사랑한다는 것은 사랑을 받는 것보다 행복하다고 말하던 그 누이의 말처럼, 한 여인을 사랑하며 살았던 그는 한 세상을 행복하게 살다 간 것이었다.

세상에 잊어짐은 없는 것과 같은 것, 그래서 미친 사람들은 자기 이름이 잊히지 않기 위해 비석을 세우고, 돌에 이름을 파고 새기는 몸부림을 친다. 그래도 세월이 흐르면 세상의 모든 것들은 잊어지고 사라져갈 것이다. 그러나 사랑은 잊혀지지 않는다. 영원한 꽃으로 피고 진다. 그 사랑의 꽃은 시공을 초월하여 타오르는 태양의 불덩어리와 같은 것이다. 사랑을 간직한 인생은, 죽어도 죽는 것이 아닌 모양이었다. 그의 육체는 어디로 가고 없어도, 그의 사랑을 묻고 있는 두 개의 무덤가에는 불멸의 영혼이 살아, 늘 이름 없는 아름다운 꽃들을 피어나게 할 것이다.

들꽃들은 시도 때도 없이 피어났다. 우리가 영원히 살아가면서 잊어버린, 또 끊임없이 잊어가면서 살아야 할 슬픈 사랑의 그리운 꽃들을 피우고 있었다. 땅속에서 꽃이 핀다. 하늘에서도 꽃이 핀다. 땅속에서는 처녀생식을 하는 땅 꽃이 피고, 하늘에서는 별꽃 달꽃이 밤마다 핀다.

봄이 오면 무덤에는 꽃이 피었다. 봄꽃이었다. 여름 꽃이었다. 가을에 꽃이 피었다. 꽃은 아침에 피고, 낮에 피고, 저녁에 피었다.

밤에 달을 보고 조용히 홀로 피는 꽃들도 있었다. 달맞이꽃은 달을 보고 홀로 피었다. 별꽃은 별을 보고 피었다. 땅속에는 그 누이의 사랑의 혼불이 숨어 있어, 봄가을 겨울 없이 꽃을 피게 했다. 저마다 색과 향을 뽐내며, 영겁으로 이어진 세월을 흐르는 두 개의 무덤가에서 꽃을 피우고 있었다.

그가 잠든 무덤가에는 봄이면 잎 없는 긴 줄기의 꽃대 위에 한 송이 붉은 상사화가 피어났다. 사랑을 가슴에 묻고 죽어 핀다는 무릇 꽃이 지천으로 피어 찬란한 사랑을 불태우고 있었다. 잎이 지면 꽃이 피고, 꽃대가 지고 나면 또 잎이 피는, 그래서 서로가 만날 수 없어 언제나 그리워만 하는, 임을 만나기 위해 핀다는 붉은 상사화가 허공을 향해 홀로 피고 있었다.

봄여름 가을 겨울 없이 비바람 긴긴 세월을 산새들이 지저귀고, 뻐꾸기가 고향 산 숲에서 무덤에 핀 상사화를 내려다보며 울고 있었다. 산새들은 밤낮 없이 새벽을 울고, 밤을 울고, 자유를 울고, 고향을 울었다. 그리운 그 누이의 영원한 사랑을 울고 있었다.

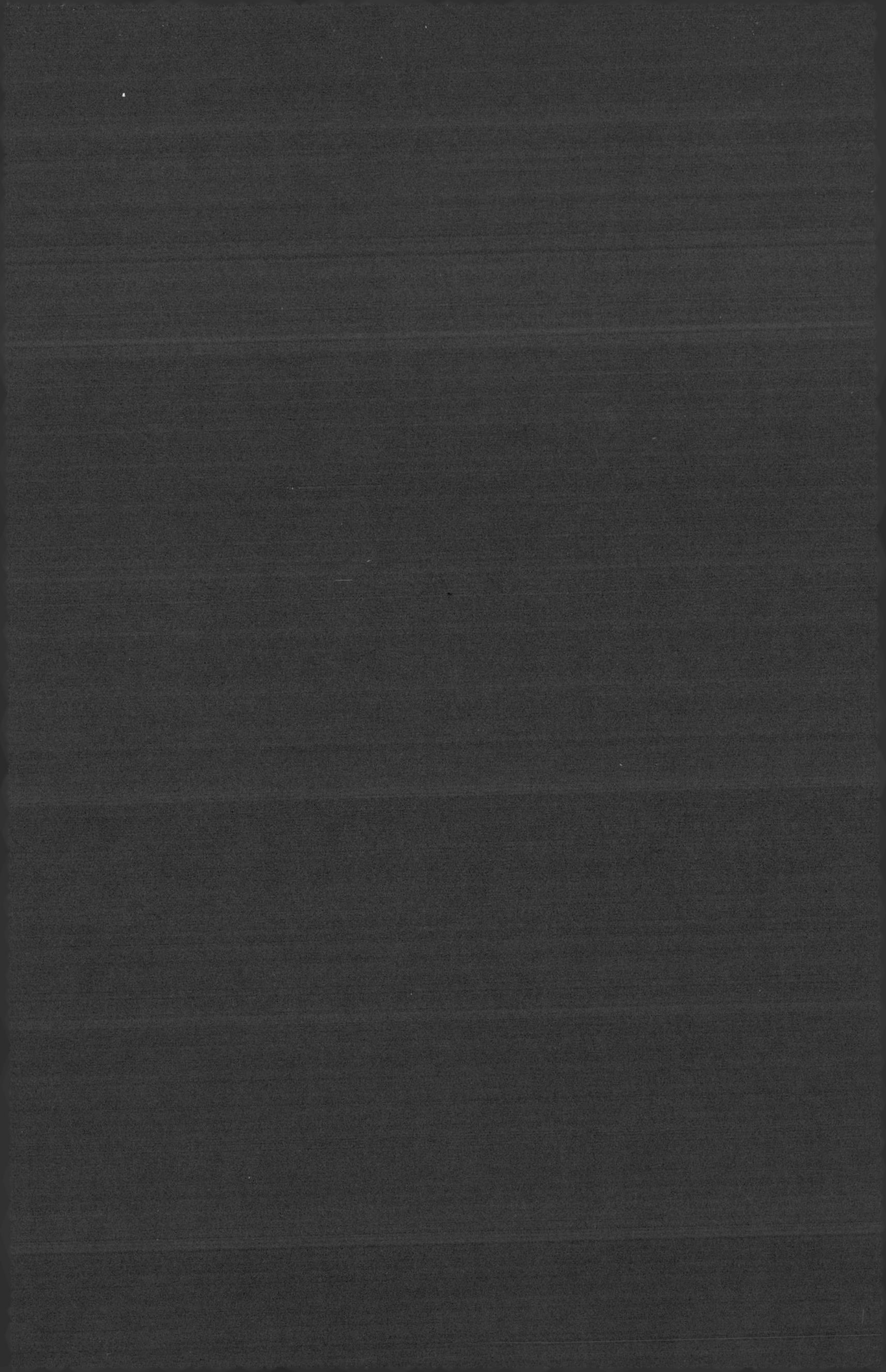